メディアワークス文庫

迷子宮女は龍の御子のお気に入り2
～龍華国後宮事件帳～

綾束 乙

JN070040

目　次

主な登場人物

鈴花《りんか》：十七歳。《見気の瞳》を持つ少女。方向音痴ですぐに迷子になる。
珖璉《こうれん》：二十歳。官正を務める絶世の美青年。実は「龍璉《りゅうれん》」という名で皇族の血を引く唯一の皇位継承者。
洞淵《けいえん》：代々筆頭宮廷術師を務める蚕家《さんけ》の現当主。珖璉の友人。
禎宇《ていう》：珖璉の従者。
朔《さく》：珖璉に仕える隠密の少年。
影弔《えいちょう》：珖璉の実家に仕える隠密。
茱栴《しゅせん》：後宮付きの宮廷術師だったが、妃嬪《ひひん》を皆殺しにしようとし、珖璉に倒される。
博青《はくせい》：後宮付きの宮廷術師。中級妃の芙蓉妃と通じていた。
暎睲《えいせい》：二十一歳。洞淵の高弟のひとりで宮廷術師である名家出身の青年。
芙蓉妃《ふようひ》・迦佑《かゆう》：中級妃のひとり。博青との間に子どもを身籠もり、後宮を辞す。
牡丹妃《ぼたんひ》・玉麗《ぎょくれい》：上級妃のひとり。懐妊が判明している。
蘭妃《らんひ》・翠蘭《すいらん》：上級妃のひとり。
桂花妃《けいかひ》・珂笙《かしょう》：中級妃、三十二歳。梅妃は姪。
梅妃《ばいひ》・萌茗《ほうめい》：十六歳。上級妃。雪牙《せつが》という犬を飼っている。
躑躅妃《つつじひ》・媚晏《びあん》：中級妃のひとり。
銕延《てつえん》：躑躅妃の実家に仕えていた武官。生真面目で剣の腕が立つ。

第一章　謎の病の噂

「牡丹妃《ぼたんひ》様主催で牡丹を観《み》るお茶会、ですか……？」

珖璉《こうれん》が書き終えた巻物を受け取って丁寧に巻き直していた鈴花《りんか》は、隣に座る主人から告げられた言葉をおうむ返しに呟《つぶや》いた。

「ああ。『十三花茶会《じゅうさんはなちゃかい》』があのようなことになってしまったゆえ、その代わりだと。皇帝陛下直々のご発案とあっては、覆すこともできぬ」

応じる珖璉の声は苦い。《見気《けんき》の瞳《ひとみ》》と呼ばれる特殊な目を持つ鈴花には、淡い銀の光を纏《まと》って見える端麗な面輪にも、隠しきれない苦悩が浮かんでいた。

十三花茶会という単語に、鈴花は思わず唇を引き結ぶ。

後宮付きの宮廷術師であった茱栴《しゅせん》が禁呪を使って妃嬪《ひひん》を皆殺しにしようと企《たくら》んだ十三花茶会から、まだ四日しか経《た》っていない。

後宮の雰囲気も、落ち着きを取り戻しつつあるものの、まだどことなく浮ついており、珖璉もいまだに後始末に追われている状況だ。

それなのに、また新たな茶会を開くとは。しかも、主催を命じられた牡丹妃は、身重の身体《からだ》なのだ。懐妊がわかったばかりの大切な時期だというのに、あまりに過酷ではなかろうか。

「そんな顔をするのではない。陛下にも、お考えがあるのだ」

鈴花の表情に気づいた珖璉が、苦笑をこぼして鈴花に手を伸ばす。あたたかな手のひらがそっと頰を包むだけで、鈴花の心臓がぱくりと跳ねた。

十三花茶会の翌日に想《おも》いを伝えあい、くちづけを交わしてからというもの、珖璉は何かと鈴花に優しくふれてくれる。珖璉にふれてもらうたび、鼓動が騒ぎ、顔ばかりか全身が熱くなるのを感じるのだが……。鈴花は喜びを抑えるように唇の裏側を嚙《か》みしめた。

珖璉の想いは、胸の奥がじんと熱くなって涙がこぼれそうになるほどに嬉《うれ》しい。だが、世事に疎い鈴花とて、珖璉との関係がいつまでも続くはずがないとわかっている。

鈴花と珖璉では、身分があまりに違いすぎるのだから。

優しくて誠実な珖璉が不実なことをするとは思わないが、身分違いの恋がどんな凶事をもたらしたのか、鈴花は十三花茶会の時に嫌というほど思い知った。

いつか、別れの日が来ても心が壊れてしまわぬように……。珖璉にみっともなく縋《すが》って迷惑をかけぬよう、珖璉が与えてくれる優しさを盲信しないように自制しなくては。

鈴花の表情を牡丹妃への心配と受け取ったのだろう。珖璉が穏やかな声で言を継ぐ。

「牡丹妃様に非がないとはいえ、今年は牡丹妃様が主催だった十三花茶会が、不出来に終わったのは事実。しかも、懐妊なさったことにより、牡丹妃様のお立場は後宮内でますます重要となる。それゆえ、名誉挽回《ばんかい》の機会を与えることにより、陛下が牡丹妃様を大切にしていることを他の妃嬪にも印象づけるというのが、陛下のお考えなのだ」

「で、ですが……。そんな立派なお茶会となれば、主催される牡丹妃様のご負担はかなりのものになってしまうのでは……？」

皇帝陛下の考えに一介の侍女が疑問を差しはさむなんて、誰かに聞かれたら罰せられるかもしれない。そう思いつつも、鈴花は牡丹妃が心配で問いを口にする。

脳裏に浮かぶのは、周りの空気すら色づくような華やかな笑みを鈴花に向けてくれた牡丹妃・玉麗《ぎょくれい》の姿だ。

自身も気づいていなかった懐妊を知らせた鈴花に礼を言ってくれた玉麗。どうか、健やかな御子が産まれますようにと祈らずにはいられない。

「その点についても心配ない」

鈴花の不安を融《と》かすように、頬にふれたまま珖璉が柔らかな笑みを浮かべる。

「なにぶん、急な決定だったからな。牡丹妃様の補佐をして茶会の準備を進めるよう、陛下から直々に命じられている。官正《かんせい》であるわたしは、なかなかひとりの妃嬪に肩入れすることはできぬが……。陛下のご命令とあれば別だ。誰はばかることなく、牡丹妃様をお助けできる」

そう告げる珖璉は心から嬉しそうだ。

後宮内の不正を取り締まる役職である官正の地位に就く珖璉は、ふだんはあまり感情を表に出さない。私室にいても、仕事に取り組んでいる時は厳しい表情をしていることが多い。

そんな珖璉が喜びを露《あら》わにしているなんて、よほど嬉しいに違いない。珖璉が嬉しそうにしているだけで、鈴花の心まではずんでくる。

そうだ。本来、珖璉にふさわしいのは牡丹妃のような高貴で非の打ちどころがない女人なのだ。

つきんと胸の奥で軋《きし》んだ痛みをごまかすように、鈴花はあえて明るい声を上げる。

「珖璉様がご助力なさるんでしたら、百人力ですねっ！　絶対に素晴らしいお茶会になるに決まっています！」

勢い込んで告げると、ふ、と珖璉が笑みをこぼした。かと思うと。

「っ⁉」

不意に端麗な面輪が間近に迫ったかと思うと、ちゅ、と優しくくちづけられる。ふわりと珖璉の衣に焚《た》き染《し》められた爽やかな香の薫りが揺蕩《たゆた》った。

「こ、こここ珖璉様っ⁉　な、何を……っ⁉」

一瞬でぼんっと顔が熱を持つ。頬を包む珖璉の手よりも熱いくらいだ。

「わたしに曇りない信頼を寄せてくれるお前が愛らしくて、くちづけたくなった」

「あ、あい……っ⁉」

甘やかな微笑《ほほえ》みに、口から心臓が飛び出しそうになる。

「ひと足早く、紅《あか》く可愛《かわい》い牡丹が咲いたな」

見惚《みほ》れずにはいられない笑みを浮かべた珖璉の面輪が、ふたたび近づいてくる。反射的にぎゅっと目をつむったところで。

「珖璉様、ただいま戻りました」

遠慮がちに扉を叩《たた》く禎宇《ていう》の声に、珖璉の動きが止まる。珖璉の従者のひとりである禎宇は、午後から同僚の影弔《えいちょう》や朔《さく》と一緒に、牡丹妃の宮へ行っていたはずだ。

「禎宇、どうしたのだ？　まさか、牡丹妃様に何かあったのではなかろうな？」

厳しい声音で問うた珖璉が、身を離す気配がする。目を開けた鈴花ががたごととあわてて椅子ごと珖璉と距離を取ったところで、禎宇が部屋へ入ってきた。

宦官《かんがん》の地味な色合いの服の上からでもわかる鍛えられた身体つきは、いかにも武官といった雰囲気だが、顔立ちや物腰が穏やかなので威圧感はほとんどない。鈴花にとっても一番話しやすい相手だ。

だが、今の禎宇は、凜々《りり》しい面輪を緊張に強張《こわば》らせていた。

「ご安心ください。牡丹妃様は健やかにお過ごしでいらっしゃいます。ただ……。気になる噂《うわさ》を耳にしましたので、珖璉様にお伝えしておかねばと思い、急ぎご報告に参りました」

「気になる噂、だと?」

眉をひそめた珖璉が、禎宇にいぶかしげな視線を向ける。扉を閉めた禎宇が、立ったまま話し出した。

「後宮内で、謎の病が広がっているらしいのです」

「っ⁉」

禎宇の言葉に、鈴花は思わず息を呑《の》む。

数千人が暮らす後宮は、ひとつの村のようなものだ。だが、出入りが厳しく監視されているため、閉鎖的な空間でもある。そんな後宮で謎の病が広がれば、宮女や宦官達の間に不安が広がり、混乱が巻き起こるのは必至だ。

「謎の病だと? 禎宇、お前が聞いた噂とはどんなものだ?」

珖璉も険しい表情で身を乗り出す。

「わたしも偶然、掌服《しょうふく》の宮女達が話しているのを聞いた程度なのですが……」

前置きした禎宇が説明するには、最近、掌服で体調を崩す宮女が続出しているらしい。掌服とは、妃嬪の衣服や、宮女や宦官のお仕着せの支度、洗濯などを担当する後宮の部門のひとつだ。

体調を崩した宮女達の症状はさほど重くはなく、熱が出て寝込む程度らしいが……。

「それが、熱を出した宮女の中で、精神的に不安定になって暴れ出す者がいるそうなのです。取り押さえようとするといっそう暴れるため、怪我《けが》をする者も出ているのだとか。医局の医師も診察しましたが、原因がまったくわからぬそうで、掌服の宮女達は次に病にかかるのは自分ではないかと、かなり不安がっているとのことです。業務にも支障が出ているそうでして……」

「医局の医師でも原因がわからぬのか……」

珖璉が苦い顔で呟く。

妃嬪を診察することもある後宮付きの医師は、優秀な者ばかりだと鈴花も聞いたことがある。その医師達でも、何の病気かわからないとは。

どんどん不安が大きくなる鈴花にかまわず、禎宇が言を継ぐ。

「しかも、影弔と朔にも確認したところ、二人も掌食《しょうしょく》や掌寝《しょうしん》で発熱している者がいるという話を耳にしているとのことです。熱がひどいというわけでもないらしく、二人とも、十三花茶会の疲れが出ただけだろうと、今まで珖璉様にご報告をしていなかったそうなのですが……」

「つまり、掌食や掌寝の者も謎の熱病の可能性があるわけだな？　すでにいくつもの部門に広がりつつあるとしたら、厄介だな」

渋面で禎宇の言葉を引き取った珖璉が、さっと席を立つ。

「禎宇。医局の医師を掌食と掌寝に遣わし、掌服の者と同じ症状かどうか確認させよ。わたしは掌服へ行く。医師が診ても原因がわからぬということは、《蟲《むし》》が原因の可能性もありうる」

この世界には、《蟲招術《ちゆうしようじゆつ》》と呼ばれる術がある。ここではない異界より、さまざまな蟲を召喚し、使役する術だ。蟲の力を使えば、空を飛んだり、何もないところに氷や火を出したり、傷を治したり、と常人には不可能なさまざまなことができる。

だが、術師の才能を持つ者は非常に少ないため、鈴花は後宮へ来るまで、術師になんて会ったこともなかった。

鈴花が教えてもらったところによると、蟲の中には、人の負の感情に引かれて、術師の手によらずにこちらの世界へ来てしまう蟲もいるらしい。そういった蟲に取《と》り憑《つ》かれてしまうと、病気になることもあるという。

術師の才を持っていれば蟲を見ることが可能だが、常人はよほど強い力を持つ蟲でなければ、姿を見ることさえかなわない。そのため、蟲が原因の病に対応できるのは術師だけだ。

「後宮付きの術師が不在でなければ、そちらに任せるのだが……」

珖璉が嘆息する。

つい先日まで、後宮付きの宮廷術師として、博青《はくせい》という青年と、茱梅という美しい女性術師がいたのだが、今は二人ともいない。

茉梅は宮女の命を贄《にえ》に練り上げた禁呪で妃嬪を皆殺しにしようとして、珖璉に阻止されて命を喪《うしな》い、博青は妃嬪のひとりである芙蓉妃《ふようひ》を妊娠させて二人で逃げようとしたところを捕らえられ、現在は代々筆頭宮廷術師を担う蚕家《さんけ》の牢《ろう》に入れられている。

宮廷術師がいない今、後宮で蟲招術を使えるのは珖璉だけだ。

「わ、私も掌服へ行きます！　蟲が関わっているのなら、私も一緒に連れて行ってくださいっ！　もしかしたら、見気の瞳がお役に立てるかもしれませんし……っ！」

勢いよく立ち上がり、珖璉へ申し出る。

方向音痴で粗忽《そこつ》者で役立たずな鈴花だが、たったひとつだけ、他の者にはない能力がある。

見気の瞳と呼ばれる目だ。

術師は生まれつき持っている己の《気》を糧に異界から蟲を喚《よ》び寄せるが、自分や他の術師の《気》を感じることはできても、《気》を見ることはできない。

だが、鈴花の見気の瞳ならば、《気》を見ることができるのだ。掌服の下級宮女だった鈴花が珖璉に仕えることになったきっかけも、珖璉が纏う銀色の《気》を見たことが契機だった。

残念ながら、術師としての修行を積んでいない鈴花は、蟲を召喚することはできないが、《気》を見ることができれば、何かわかることもあるかもしれない。

何より、少しでも珖璉の役に立てるのなら、鈴花にとってこれほど嬉しいことはない。

気合を込めて告げた鈴花に、だが珖璉から返ってきたのは苦い表情だった。

「だめ、でしょうか……？」

問う声が無意識に震える。

お前など連れて行って何になる？　どうせ役に立たないだろう？　と言われたらどうしよう。鈴花が珖璉の役に立てることなんて、ほんの少ししかないのに。

「だめも何も……」

珖璉が困惑した声を上げる。

「ちゃんと話を聞いていたか？　これから行くのは掌服なのだぞ？　お前をひどくいじめた者達がいる……。そんな輩《やから》の顔など、見たくもないだろう？」

珖璉の言葉に、苦い顔をしていたのは鈴花の心情を慮《おもんぱか》ってくれたからなのだと、ようやく気づく。次の瞬間、弾《はじ》かれたように首を横に振っていた。

「そんなこと、全然平気ですっ！　確かに、掌服でいじめられたこともありましたけど、あれは、役立たずの私なんかが珖璉様の侍女に大抜擢《ばってき》されたからですし……。何より、病気で苦しんでいる方がいるのでしょう？　そんな人を放っておけませんっ！」

珖璉を見上げてきっぱりと告げると、端麗な面輪にとろけるような笑みが浮かんだ。

「まったく。お前は本当にお人好《ひとよ》しだな」

告げる言葉は呆《あき》れ交じりなのに、声音はやけに甘い。

「だが、その優しさがお前の美徳のひとつだな」

不意に鈴花の手を取って持ち上げた珖璉が、ちゅ、と指先にくちづけを落とす。

「こ、珖璉様っ⁉」

禎宇もすぐそばにいるのに、いったい何をするのか。

びっくりして引き抜こうとするが、珖璉の骨ばった指先は、しっかと鈴花の手を摑《つか》んだままだ。

「言っておくが、お前は決して役立たずなどではないぞ。見気の瞳を持つお前が来てくれるなら、心強いことこの上ない。それに」

鈴花の目を真《ま》っ直《す》ぐに見つめた珖璉が、きっぱりと告げる。

「もう二度と、掌服の宮女達にお前を蔑《ないがし》ろにさせるつもりはない。お前はわたしの大切な侍女なのだからな」

「珖璉様……っ」

頼もしい言葉に、胸の奥がじんと熱くなる。

「ありがとうございます！　どうか、私も連れて行ってくださいっ！」

勢いよく頭を下げると、珖璉に優しく手を引かれた。

「では行くか。禎宇、お前は医局へ寄った後、王城に行って新しい宮廷術師がいつ派遣されるのかを確認してきてくれ。そろそろ新しい術師が遣わされてもよい頃だ。まだだと言うのなら、すぐにでも派遣されるよう、問い詰めてこい」

「かしこまりました」

珖璉の命に恭しく一礼した禎宇が、すぐさま身を翻して部屋を出ていく。禎宇に続いて、鈴花の手を引いたまま部屋を出ようとする主を、鈴花はあわてて止めた。

「珖璉様っ！　手をお放しください！」

「うん？　なぜ、放す必要がある？　お前が迷子にならぬためにも、つないでおいたほうがいいだろう？」

からかうように告げられ、思わず頰が熱くなる。珖璉が言う通り、鈴花はとんでもない方向音痴だ。

だが、後宮内を宮女達の憧れの的である珖璉と手をつないで歩くなんて、そんな大胆なことをできるわけがない。宮女達の嫉妬の視線が針のように刺さるに違いない。

「大丈夫です！　珖璉様についていけば、迷うことなんて絶対にありませんから！」

鈴花の目には全身に淡く銀の光を纏って見える珖璉なのだ。たとえ闇夜であっても、珖璉の姿を見失うことは決してない。

鈴花の抵抗が激しいのを見て取った珖璉が、仕方がなさそうに手を放す。ほっとして数歩下がると、鈴花は凜《りん》と背筋を伸ばして歩く珖璉の後に付き従った。

◇　◇　◇

宮女だけでなく、妃嬪や妃嬪付きの侍女であっても、憧れぬ者はいないと噂される珖璉の美貌の威力は絶大だった。

掌服の棟に着いた途端、白髪交じりの掌服長《しょうふくちょう》が奥から走り出てきて、恭しく珖璉を迎える。

「これはこれは！　珖璉様自らが掌服にお越しくださるとは、なんという僥倖《ぎょうこう》でございましょう！」

鈴花や他の宮女達には鬼のように厳しい掌服長が、珖璉にはへりくだった様子で愛想よく応じる。感動に声を潤ませる掌服長は、今にも泣き出しそうだ。だが、珖璉の来訪に歓喜しながらも、どこか疲れた様子なのは、多くの宮女達が寝込んで業務に支障が出ているからかもしれない。

「掌服長、顔を上げてくれ。宮女達の間で病が流行《はや》っていると聞いて、様子を確かめに来たのだ。後宮の平安を保つのは、官正であるわたしの務め。寝込んでいるという宮女の部屋へ、さっそく案内を頼めるか？」

「もちろんでございます！　どうぞこちらへ……！」

珖璉の優しげな声音に顔を上げた掌服長が、若い娘のように頰を赤らめる。自分の母親よりも年上だろう掌服長を赤面させる珖璉の美貌の威力に、鈴花は改めて感心した。

人気《ひとけ》のない廊下を通って掌服長に案内された先は、掌服の棟でも一番端の部屋だった。

「一番症状の重い者はこちらに隔離しております。原因がわからぬ以上、他の宮女達から引き離す以外に何の対策もなく……」

案内の道すがら掌服長が珖璉に話したところによると、最初に熱病の患者が発生したのは、十三花茶会が終わった翌日だったそうだ。

掌服長は最初、宮女達が疲労で体調を崩したと考えたらしい。十三花茶会のために妃嬪や侍女達の衣装を何着も新調しなければならなかった掌服がどれほど忙しかったのかは、直接その仕事に関わっていなかった下級宮女の鈴花でも知っている。

だが、熱を出す者が次々に現れ、医局の医師が診ても原因がわからないとなった辺りで、これはふつうの病ではないと掌服長は感じていたらしい。

「これでも後宮には長く務めております。ふつうの風邪ならば、最初にかかった者と同室の者が次にかかり、次は一緒に作業した者……と広がっていくはずです。ですが、今回は、世話をしておらぬ者や発熱した者とまったく関わりがない者も、熱病に侵されているのです」

　掌服長の訴えに、珖璉が端麗な面輪をしかめる。

「発病した者に共通点などはないのか？　部屋が同じではなくとも、食堂でよく一緒に食事をとっていたなど……」

「それが、仲の良い者もおれば、どう考えても関わりのない者もおりまして……。ただ、割合で申せば、発熱しているのは下級宮女に多いようです」

　掌服長が二人の後に付き従う鈴花にちらりと視線を向けたところで、暴れる宮女を隔離しているという部屋の前についた。

「本当にお入りになるのですか？　もし珖璉様の身に何かございましたら……！」

　掌服長が今さらながらに珖璉の身を案じる。背が高く引き締まった身体つきをしているものの、荒事には向いていなさそうな優美な雰囲気を漂わせる珖璉が、実は剣の腕に秀でているなんて、実際に見た者でも、簡単には信じられないに違いない。

「宮女ひとりに後《おく》れを取ったりはせぬ。案内ご苦労であった。下がるとよい」

　珖璉の言葉に、掌服長がためらう様子を見せる。が、珖璉に、

「万が一、おぬしの身に何かあっては困る。掌服長が宮女達を統括してくれてこそ、日々の膨大な業務もつつがなく回っているのだ。間もなくまた茶会が開かれる。頼りにしておるぞ」

　と微笑まれると、

「なんともったいないお言葉……っ！　珖璉様のためでしたら、どのようなご用命でも承ります！」

興奮のあまり、今にも鼻から血を噴き出しそうになりながら下がっていった。

「掌服長から宮女達へ不正確な噂が広まっては困るからな」

低く呟いた珖璉が、扉に手をかける。

「官正の珖璉だ。入るぞ」

ひと声かけた珖璉が返事も待たずに扉を開ける。さほど広くない部屋の奥に横たわる若い宮女を見た途端、鈴花は思わず息を呑んだ。

「どうした？」

珖璉が鈴花を振り返るが、とっさに答えられない。

驚いた理由は寝台に横たわる宮女が、掌服にいた頃、鈴花をひどくいじめていた宮女のひとりだっただけではなく――。

「珖璉様！　む、蟲が……っ！　見たこともない蟲が、取り憑いています……っ！」

「何⁉」

珖璉の眉がきつく寄る。鈴花達の声に反応したように、それまで目を閉じていた宮女がぴくりと身じろぎした。

「鈴花、間違いないか？　わたしの目には蟲は見えぬのだが……」

「えぇっ⁉　そんな、珖璉様には見えないなんて……っ⁉　胸のところに薄墨色の蟲がとまっていませんか⁉」

蟲ならば、術師である珖璉にも見えるはずだ。鈴花がすっとんきょうな声を上げるのと、突然、前ぶれもなく宮女が跳ね起きたのが同時だった。

「う……っ！　あぁぁ……っ！」

不明瞭な叫びを上げながら寝台を下りた宮女が、病人とは思えない速さで迫ってくる。

「鈴花っ！」

驚きと恐怖で身を強張らせた鈴花を庇《かば》って、さっと前へ出た珖璉が宮女の腕を取り、足を払う。

「ぐぅ……っ！」

床に倒れ、呻《うめ》き声を上げた宮女の胸元へ、片膝をついた珖璉が手を伸ばし。

「《滅っ！》」

銀色の《気》が宮女の身体に叩《たた》き込まれるのを、鈴花の見気の瞳が捉える。

一瞬で、燃え尽きた紙のように薄墨色の蟲が塵《ちり》となって消えてゆく。

「どうだ？」

「き、消えました……っ！　塵みたいにばらばらになって、跡形もなく……っ」

異界から来た存在である蟲は、術師が召喚を解かずとも、致命傷を負ったり、術師が命を失ったりすると、この世界に存在できなくなると珖璉から聞いている。

「確かに、うっすらと手応えはあった……。が、わたしには蟲の姿は見えなかった。なぜだ？　なぜお前には見えて、わたしには見えぬ……？」

珖璉が形良い眉を寄せていぶかしげに呟く。

「あ、あの……。気絶しただけ、なんですよね……？　大丈夫でしょうか……？」

おずおずと問いかけながら、鈴花は目を閉じて仰向けに倒れたまま、ぴくりとも動かない宮女に歩み寄る。

自分をいじめた相手だということに思うところがないわけではないが、病人となれば別だ。大丈夫だろうかと心配する気持ちのほうが強い。

「蟲が原因で熱が出ていたのなら、滅したゆえ、すぐによくなるだろう。だが……。このように急に凶暴化する蟲など、わたしは聞いた覚えがない。しかも、術師にも姿が見えぬとは……」

低い声で呟く珖璉の面輪はかなり険しい。

「いったい、どういうことなんでしょうか……？」

もともと術師ではない鈴花は、ほんの限られた蟲しか知らない。宮女に取り憑いていた蟲が何かなど、まったく想像もつかない。

珖璉に問いかけたところで、鈴花は扉の向こうの廊下が騒がしいのに気がついた。珖璉も気づいたらしく、立ち上がって扉へ歩み寄る。鈴花もあわてて後に続いた。

珖璉が扉を開けた途端、「きゃ――っ！」と宮女達の華やかな悲鳴が廊下に響き渡る。

「本当に珖璉様がいらっしゃってるわ！」

「嬉しい……っ！　今日もなんて麗しくていらっしゃるのかしら……っ！」

「お美しいお姿を見ていると、心が洗われるようだわ……っ！」

掌服長に案内されている姿に気づいた者が広めでもしたのだろうか。ひと目珖璉の姿を見ようと、二十人近い宮女達が詰めかけていた。

ほとんどの宮女達が珖璉をうっとりと見つめているが、中には鈴花を忌々しそうに睨《にら》みつけている者も何人かいる。

「やだ、見てよ。まだあの役立たずが珖璉様のおそばに控えているわ」

「いったいどんな卑怯《ひきょう》な手を使って取り入ったのかしら。まったく忌々しい」

憎しみと侮蔑に満ちた囁《ささや》きが鈴花の耳に届く。

ちらりとそちらを見れば、鈴花をいじめていた同僚の下級宮女達だ。

鈴花が珖璉の侍女としてふさわしくないのは、鈴花自身が一番わかっている。見気の瞳がなければ、珖璉は鈴花をそばに置いていないだろう。

ずきりと疼《うず》く胸の痛みに、思わずうつむいて唇を噛みしめた瞬間。

「ひゃっ⁉」

不意に強く腕を引かれる。ふわりと爽やかな香の薫りが揺蕩ったと思った瞬間、鈴花は珖璉に強く抱きしめられていた。

「何やら、わたしの侍女に対するよからぬ言葉が耳に入ったが」

珖璉が冷ややかに宮女達を睥睨《へいげい》した途端、唇を縫われたように宮女達が口をつぐむ。

鈴花を抱きしめる珖璉の腕に力がこもった。

「わたしは、わたしの大切な侍女を傷つける者を、そう簡単に許してやる気はないぞ？　鈴花を傷つけることは、わたしに仇《あだ》なすも同じと知れ」

珖璉の言葉が不可視の刃のように宮女達を斬り伏せる。ひやりと立ちのぼる圧に、宮女達が身を震わせたその時。

「う……っ、うう……っ！」

鈴花の耳がかすかな呻き声を捉える。

「こ、珖璉様っ！　お放しくださいっ！」

身をよじって珖璉の腕の中から逃れた鈴花が見たものは。

「む、蟲が……っ⁉」

いつの間にどこから飛んできたのだろう。宮女達の身体にとまる薄墨色の蟲だった。

「珖璉様っ！　さっきの蟲と同じものがたくさん……っ！」

鈴花が言い終えるより早く、宮女達がいっせいに呻き声を上げてこちらへ押し寄せてくる。鈴花達に向けられた焦点の合わない目は、明らかに正気ではない。

「こ、珖璉様……っ！」

一番端のこの部屋は左手がすぐ壁だ。板戸で閉められた窓はあるものの、人が通れるような大きさではない。

このまま宮女達が殺到したら圧《お》し潰されてしまうかもしれないと恐怖した瞬間。

珖璉がさっと窓を開ける。春の爽やかな風が吹き込むと同時に、もう片方の腕で強く抱きしめられた。

「息を止めておけ」

己の胸に鈴花をかたく抱いた珖璉が、短く命じたかと思うと。

「《眠蟲《みんちゅう》》」

珖璉が手のひらほどの大きさの蛾《が》に似た蟲を何匹も召喚する。珖璉の淡い銀の《気》を纏った眠蟲が宮女達へと飛んでゆき、はためく羽の動きに合わせ鱗粉《りんぷん》が風に乗って舞い踊った。

鱗粉を吸い込んだ宮女達の目が急にとろんと惚《ほう》ける。かと思うと、ぐらりと身体がかしぎ、ばたばたと倒れ始めた。眠蟲の鱗粉で強制的に眠らされたらしい。重なるように倒れ伏しても、宮女達は眠ったままだ。

珖璉の腕の中で息を止めていた鈴花は、宮女達が全員眠りに落ちたのを見て、ほっと息を吐き出した。

「鈴花。お前の目には宮女達に取り憑いた蟲が見えるのか？」

油断なく宮女達を見据えたまま発された珖璉の問いに、こくこくと頷《うなず》く。薄墨色の蟲はまだ宮女達の身体に憑いている。

「は、はいっ！　薄墨色で、四対の羽が――」

「おやおや。これはいったいどういう事態でしょうか？」

「珖璉様っ！　ご無事でいらっしゃいますか⁉」

説明し終わるより早く、聞き慣れない涼やかな声と、あわてふためく禎宇の声が廊下の向こうから届く。

鈴花が弾かれたように視線を向けた先に立っていたのは、あざやかな翡翠《ひすい》色の《気》を纏った若く優美な青年だった。年の頃は珖璉と同じ二十歳くらいだろうか。

「何者だ？」

明らかに高位の者だとわかる仕立てのよい衣を纏う青年を、珖璉が厳しい声で誰何《すいか》する。青年が優雅な仕草で一礼した。

「これはこれは、ご挨拶が遅れました。わたしはこのたび後宮付きの術師として、洞淵《けいえん》様の命により遣わされた蚕家所属の宮廷術師、蛟暎睲《こうえいせい》と申します。王城で従者殿と行きあったため、急ぎこちらに参ったのですが……。そちらは、官正の珖璉様でお間違いないでしょうか?」

洞淵とは、代々、筆頭宮廷術師を担う蚕家の現当主の青年だ。珖璉とは同年代で友人らしく、鈴花も何度か会ったことがある。

言葉こそ問いかけのかたちをとっているが、暎睲と名乗った青年は、珖璉が官正だと確信しているようだ。

「ああ、わたしが官正の珖璉だ。さっそくだが暎睲。おぬしは、宮女達に取り憑いている蟲が見えるか?」

「蟲でございますか……?」

おうむ返しに呟きながら、暎睲が鈴花達との間に横たわる二十人以上の宮女達に視線を落とす。が、すぐにゆるりとかぶりを振った。

「いえ、わたしには眠蟲しか見えませんが……。本当に眠蟲以外に蟲がいるとおっしゃるのですか?」

「わたしにも見えぬ。が……。見気の瞳を持つ鈴花が、宮女達に蟲が取り憑いていると申しておる」

珖璉の言葉に、暎睲の視線が鈴花に移る。そこでようやく、鈴花はまだ珖璉に抱きしめられたままだと気がついた。身じろぎして珖璉の腕から逃れるより早く。

「ああ、やはり! このお嬢さんが洞淵様がおっしゃっていた見気の瞳の持ち主ですか！　術師にとってはこの上なく有用だという……っ！」

　暎曜が感極まった声を上げる。

「洞淵様から何度もお話はうかがっておりましたが、まさか、こんなに愛らしいお嬢さんだったとは思いもよりませんでした。素晴らしい能力の持ち主だと聞いているよ。どうぞよろしく、鈴花」

「えっ、あ、あの……っ⁉」

　まさか、身分の高い青年に親しげに話しかけられるとは思いもよらず、とっさに言葉が出てこない。戸惑った声を上げると、鈴花の身体に回された珖璉の腕に力がこもった。

「暎曜とやら。すまぬが、今はのんきに挨拶を交わしている場合ではない」

　暎曜に険しいまなざしを向けた珖璉が不機嫌そうな声で告げる。

「宮女達をこのままにはしておけぬ。おぬしも宮廷術師ならば、蟲を祓《はら》うくらいたやすかろう？」

「もちろんでございます。《気》を流し込み、宮女達についているという蟲を滅すればよいのですね？」

「あのっ、私にもお手伝いできることは……っ⁉」

　禎宇や暎曜もいるのだ。いい加減、放してほしいと思いながら、鈴花は珖璉を見上げて尋ねる。

「お前は、先に禎宇とわたしの部屋へ戻っておれ」

だが、珖璉から返ってきたのは、予想外の指示だった。

「で、ですが、蟲が祓えたかどうか、見たほうがよくありませんか……っ？」

見気の瞳を持っていても、蟲ひとつ祓えない鈴花は要らぬということだろうか。不安になりながら訴えると、鈴花の声音に気づいたらしい珖璉が、ようやく腕をほどくと優しく頭を撫《な》でてくれた。

「誤解するな。お前には別の役目を頼みたいのだ。理由はわからぬが、宮女達に取り憑いた蟲が見えるのはお前だけだ。先に部屋へ戻って、どんな蟲なのか、絵に描いてくれぬか？　蟲の姿がわかれば、わたしや暎睲も心当たりがあるやもしれぬ」

「なるほど……っ！　承知いたしました！　確かにそうですねっ！」

少しでも珖璉の役に立てることがあると思うだけで嬉しくなる。

「鈴花、こちらへ来られるかい？」

禎宇達のほうへ行くには、倒れている宮女達の間を通っていかねばならない。

間違っても宮女達を踏まないように、最初のほうは珖璉の手を借りながらそろりそろりと足を踏み出す。禎宇が宮女達を抱き上げ、端のほうへ寄せてくれるが、なにぶん人数が多い。あと一歩というところで、つまずいてしまう。

「ひゃっ⁉」

よろめいた鈴花にさっと手を貸してくれたのは、暎曜だった。

「危なかったね。大丈夫かい？」

優美な見た目とは裏腹に、意外と力強い腕がぐいと鈴花を抱き寄せる。ふわりと珖璉の爽やかな香とは違う上品な香の薫りが揺蕩った。

「す、すみません……っ！」

詫《わ》びながら顔を上げた鈴花は、思いがけなく近くに暎曜の美貌があって驚く。淡い翡翠色の《気》を纏う面輪は、他の宮女達が見れば黄色い声を上げずにはいられないほど整っていた。

「おい、禎宇。鈴花から目を離すな」

珖璉の険しい声が飛ぶと同時に、禎宇の大きな手が肩にかかり、暎曜から引き離される。

「すまない。手を貸せばよかったね。さあ、行こうか」

穏やかな声音で鈴花に告げた禎宇が、次いで暎曜に視線を向け、

「では、暎曜様。この場はお二人にお任せいたします」

と丁寧に一礼する。禎宇にならい、あわてて鈴花も頭を下げた。

「さあ、鈴花。行こう」

「鈴花、また後でね」

「へっ？　は、はい！」

禎宇に促されるまま歩き出したところで暎曜ににこやかに告げられ、鈴花はあわてて再度一礼した。


珖璉が暎曜を伴って私室へ帰ってきたのは、鈴花が、禎宇が用意してくれた紙に蟲の絵を描き終えた頃だった。

「お帰りなさいませ！」

あわてて立ち上がり、一礼して主を迎える。

「掌服のみなさんは大丈夫でしたか……？」

蟲を祓ったことで正気に戻れたのだろうか。

不安も露わに珖璉を見上げると、歩み寄った珖璉に優しく頭を撫でられた。

「お前に心ない言葉を投げつけた者達だというのに気遣うとは……。お前は人が好《よ》すぎて心配になる」

「えっ⁉　いえ、そんなことは……っ」

子どもみたいによしよしと撫でられて、嬉しいと同時に恥ずかしくなる。と、暎曜の声が割って入った。

「鈴花が描いたという絵をさっそく見てみたいですね」

「あの、絵なんてほとんど描いたことがないので、ちゃんと描けているか心配なんですけれど……」

そそくさと珖璉から離れ卓に戻った鈴花は、描いたばかりの絵をおずおずと珖璉に差し出す。受け取った珖璉の端麗な面輪が、紙に視線を落とした途端、しかめられた。

「す、すみませんっ、へたくそで……っ！」

「いや、そうではない。描き慣れていないわりには、よく描けていると思うぞ」

あわてたように告げた珖璉が、暎睲に紙を差し出す。

「暎睲。おぬしはこのような蟲に心当たりはあるか？」

珖璉の物言いは言外に見覚えがないことを伝えていた。「拝見しましょう」と自信ありげに受け取った暎睲の面輪が、珖璉同様、すぐさましかめられる。

「……残念ながら、わたしですら、この蟲は見たことがありませんね……」

珖璉に紙を返しながら告げる暎睲の声はひどく悔しげだ。

「鈴花。この絵と実際の蟲に異なるところはあるか？　大きさはどの程度だ？」

「大きさは、三寸くらいです。胴体は細くて、四対の羽を持っていて、尾のほうはひょろひょろと長くて……。脚は三対で飛蝗《ばった》みたいに曲がっていて、宮女達の身体にしがみついていました」

　さっき見た光景を思い出しつつ、懸命に説明する。

「……そして、取り憑かれた者が熱を出し、暴れ出す蟲か……。やはり、すぐに思いつく蟲はおらぬな……」

　呟く珖璉の声は苦い。険しい顔で口を開いたのは暎睲だ。

「わたしは洞淵様の高弟のひとりとして、並みの術師以上の知識を持っていると自負しております。そのわたしですら、まったく見たことがないとは……。確かに、蟲招術で召喚する蟲が、すべての蟲というわけではございません。あくまでも、人間の役に立つものを召喚し、使役しているだけです。まだ術師の知らぬ新種の蟲ということでしょうか……？」

「だが、その蟲がなぜ急に後宮で発生したのか、官正として調べぬわけにはいかぬ。取り憑かれれば、熱が出るばかりか凶暴化するとは、そんな蟲がこれ以上広がれば、後宮中が混乱に陥りかねん。一刻も早く対処する必要がある。この絵を洞淵に見せれば、何かわかるかもしれんが……」

　珖璉の言葉に、暎睲がはっとした表情になる。

「申し訳ございません。わたしとしたことが思いがけない事態に失念しておりました。洞淵様より、珖璉様宛ての文を預かっております」

　暎睲が懐から一通の書状を取り出す。

筆頭宮廷術師を担っている蚕家当主の洞淵は、『昇龍の儀』の翌日から、王都から二日の距離のところにある蚕家の本邸で謹慎している。弟子である茱栴と博青が大罪を犯したため、監督不行き届きの責任を取らされたかたちだ。

洞淵の進退を心配する鈴花に珖璉が教えてくれたところによると、弟子の二人が大罪を犯したにもかかわらず、謹慎のみで済んだのは破格に軽い処分だという。

理由のひとつは、洞淵が龍華国《りゅうかこく》の建国当初から続く名家・蚕家の当主であり、筆頭宮廷術師の地位についているためであるらしい。まだ独身で跡継ぎのいない洞淵が当主を退いては、蚕家が断絶する可能性もある。皇帝としても、それは避けたい事態らしい。

また、洞淵が弟子達の企みには一切関与しておらず、むしろ家宝の『蟲封じの剣』を珖璉に貸与し、十三花茶会のために蟲を封じた巻物を用意するなど、対処を講じていたことも、罰が軽くなった要因だという。ちなみに、蟲封じの剣は、洞淵がすぐに謹慎処分となったため、珖璉が借りたままになっている。

「洞淵からの文か」

書状を手にした珖璉の表情は、どことなく嬉しそうだ。きっと内心では友人である洞淵のことを心配していたに違いない。

「わたしは内容を存じませんが、もしお返事を書かれるのでしたら、洞淵様にお渡しいたしましょう」

暎暒の言葉をきっかけに二人が卓についたため、鈴花は禎宇とともに茶の支度をする。

茶器をのせた盆を手に卓へ戻ったところで、鈴花は珖璉が渋面をしていることに気がついた。

「どうかなさったんですか……？」

もしかして、洞淵の身に何かあったのだろうか。心配になって珖璉と暎暒の前に茶器を置いて尋ねると、珖璉が自分の隣の椅子を引いた。

「洞淵からの文だが……。いや、読んだほうが早いかもしれんな」

隣に座るよう示され、「失礼いたします」と腰かけた鈴花は、盆を置いた代わりに差し出された手紙を受け取る。

「私が拝見してもよいのですか？」

「ああ。むしろ前半はお前宛てと言ってもいいほどだ」

「はぁ……？」

洞淵が鈴花などにいったい何の用だろう。

疑問に思いながら手紙に目を落とした鈴花は、最初に自分の名前が書かれているのを見て目が点になった。

『も～っ！　謹慎なんて暇だよ――っ！　鈴花と遊びた～いっ！　鈴花、謹慎が解けたら後宮に顔を出すから、見気の瞳で遊ぼうねっ！』

と、達筆な手跡との落差が激しすぎる文面は、いかにも洞淵らしい。謹慎していてもいつもの洞淵とまったく変わらぬ様子に、思わず笑みがこぼれる。

それにしても、見気の瞳で遊ぶとは、洞淵はいったい鈴花で何をする気なのだろう。

「手紙の前半は無視してよい。お前を洞淵のいいようにさせる気など、欠片《かけら》もないからな。重要なのは後半だ」

隣から珖璉の不機嫌極まりない声が聞こえてきて、鈴花はあわてて読み進める。

後半に書かれていた内容は――。

「呪具、ですか……？」

こぼした声が無意識に震える。

「てん……、えっと……」

「『纏斂墨壺《てんれんぼくこ》』ですよ」

鈴花が茶の支度をしている間に、暎睲も目を通したのだろう。すかさず暎睲が教えてくれる。

「纏斂墨壺……」

噛みしめるように、ゆっくりと呪具の名を呟く。

洞淵からの手紙の内容は、蚕家からとある呪具が盗まれていることが発覚したというものだった。

　呪具とは、蟲招術の粋を集めて作られた特別な道具の総称だ。珖璉が洞淵から貸与されている『蟲封じの剣』のように、術師でなくとも力を振るえる品から、禁呪使いが禁呪を封じ込めた危険な代物まで、多種多様なものがあるらしい。

　牡丹妃の懐妊がわかった時、後宮中で見つかった呪いの言葉が書かれたものとは格が違う。下手に世に解き放てば混乱を巻き起こす恐ろしいものだ。

　ことの発端は、珖璉から十三花茶会の報告を受けた洞淵が、いかに宮女の命を贄として練り上げた禁呪といえど、茱梅ひとりの力では、あれほどの禁呪を思うままに操るのは難しいのではないかと考えたのがきっかけだったそうだ。

　蚕家に謹慎となった洞淵が宝物庫を調べさせたところ、纏斂墨壺という名の百年ほど前に蚕家に押収されて封印されていた呪具が、行方知れずになっているのが判明したのだという。洞淵は、茱梅が纏斂黒壺を無断で持ち出し、殺した宮女を贄にして禁呪を練り上げたのではないかと睨んでいるらしい。

　だが、茱梅の死後、呪具らしきものは見つかっておらず、纏斂墨壺はまだ後宮内にある可能性が高いという。さらに厄介なことに、茱梅は一緒に保管されていた書きつけまで持ち出したため、纏斂墨壺がどんな呪具なのか、現時点では、名前以外まったくわからないらしい。

「それで、私にお鉢が回ってきたんですね……っ！」

洞淵の手紙には、『呪具なら、きっと何らかの《気》を放っているハズ！　鈴花の見気の瞳なら、見ただけでわかるだろうから、捜索よろしく！』と書かれていた。洞淵自身は、謹慎中に過去の文献を調べて、くわしい情報がわかり次第、また文をくれるとのことだ。

「私、頑張って探しますっ！」

拳を握りしめ、気合を込めて告げる。見気の瞳が珖璉の役に立つというのなら、励まない理由がない。だが、珖璉の表情は晴れない。

「お前のその気持ちは嬉しいが……、お前ひとりで後宮を回れば、帰ってこられなくなるだろう？」

「あ……っ」

諭すような声音に、しょぼんと肩を落とす。鈴花はとんでもない方向音痴だ。一度この部屋を出れば、ひとりで戻ってこられる気がしない。

「わたしは牡丹妃様の茶会の準備があるゆえ、ずっとお前についているわけにはいかぬし……」

「では、わたしが鈴花とともに探しましょう」

にこやかに微笑み、すかさず口を挟んだのは暎瞿だ。途端、珖璉の形良い眉がきつく寄る。

「不要だ。おぬしも今日後宮にきたばかりで不慣れだろう？　何より、おぬしにはまずしてもらわねばならぬ仕事がある。鈴花には禎宇をつかせるゆえ、心配いらぬ」

珖璉が壁際に控えている禎宇を振り返ると、主の意を汲《く》んだ禎宇がすぐさま「お任せください」と力強く頷く。

「後宮内にある呪具を探すのは、宮廷術師の役目かと存じますが？」

暎睲が告げるも、珖璉の頑《かたく》なな表情は崩れない。ひとつ吐息をついて暎睲が話題を変えた。

「ですが、呪具が遺《のこ》された後宮で、原因不明の病が起きているということは……。熱病の原因は、纏斂墨壺ということでしょうか？」

「可能性はあるが、決めつけるのは早計だ」

整った面輪をしかめてこぼした暎睲に、珖璉が苦い表情のまま、かぶりを振る。

「纏斂墨壺がどんな呪具なのか、まったく情報がない状態なのだ。下手に視野をせばめては、大切なことを見落とす可能性もある」

「私、何としても呪具を見つけてみせます！　呪具がどこかにあるかもしれないなんて、きっと妃嬪の皆様もご不安に思われますよね？」

「ああ。術師だけが扱える道具なのか、『蟲封じの剣』のように、常人であっても手にした者が力を振るえる道具なのか……。後者だとすれば、厄介極まりないからな。だが、呪具の詳細がわからぬ現状で、変な噂が流れて混乱が起こっては困る。わたしが許可を出すまで、口外は厳禁だ」

「は、はいっ！」

珖璉の厳しい声に、鈴花はこくこくと頷いた。

◆　◇　◆

「くそ……っ！　あいつらのせいで……っ！」

蚕家の本邸からやや離れた敷地《しきち》内に設けられた地下牢。明かりといえば、木の格子の向こうで牢番《ろうばん》が灯《とも》した獣脂の蠟燭《ろうそく》ひとつきりの暗く澱《よど》んだ闇の中で、手枷《てかせ》をつけられた博青は低く怨嗟《えんさ》の声を洩《も》らした。

脳裏に浮かぶのは、大罪を犯してまで得ようとした芙蓉妃・迦佑《かゆう》の姿ではなく、珖璉と鈴花の二人だ。

あの二人さえいなければ、博青はいまごろ王都を遠く離れた町で、迦佑と二人、新しい生活を始めていただろうに。そのために、禁呪に手を出した茱栴に協力までしたというのに、珖璉と鈴花のせいで、すべてが水泡に帰《き》したのだ。

迦佑と引き離されたのも、こうして手枷をつけられ大罪人として薄汚い地下牢に囚《とら》われているのも、すべて。

「このまま……。このままおとなしく終わると思うなよ……っ！」

博青は胸に湧き上がる怒りのままに恨みを紡ぎ続ける。

禁呪に手を出し、妃嬪を皆殺しにしようとした茱栴に比べたら、博青の罪など、取るに足らぬではないか。ただ、通じた女人が妃嬪であったというだけ。しかも、皇帝の寵妃《ちょうひ》ではなく、打ち捨てられた妃だというのに。

それなのに、なぜ禁呪使いが捕らえられる牢などに入れられ、死罪を待たねばならないのか。

「そうだ……。わたしは悪くはない。悪いのはあいつらだ……っ！」

洞淵の高弟であった自分が、禁呪使いと同じ扱いをされているなど、耐えられない。術師に対抗できるのは同じ術師だけだ。ふつうの牢では術師を捕らえ続けておくことができぬため、博青は謹慎する洞淵とともに、罪状が正式に下されるまでの間、わざわざ王都から離れた蚕家本邸まで連行された。

博青の両手を戒める手枷には、解呪の力を持つ蚕家のご神木の桑の葉を食べた蚕が出す『護《まも》り絹《ぎぬ》』の古布が巻きつけられている。解呪の力を宿す護り絹にふれれば、力量の低い術師が喚んだ蟲など、簡単に解呪されてしまうためだ。

だが、すでにぼろと化しつつある護り絹は手枷から外れかけているうえに、本来なら、呪文を唱えられぬよう護り絹で施される猿ぐつわもされていない。きっとこれは、皆、洞淵の命には逆らえぬものの、内心では博青に同情しているからに違いない。

なんせ、数日前には同じ蚕家の術師だったのだ。博青を死刑にするなど忍びないに決まっている。

何にせよ、この幸運を使わぬ理由はない。

「待っていろよ……っ！　決してこのままにしておくものか……っ！　目にもの見せてやる……っ！」

くふっ、くふふふ、と博青は喉の奥で潰れた嗤《わら》い声を洩らす。

博青をこんな目に遭わせた二人を――のうのうと生き長らえさせてなどやるものか。

第二章　宦吏蟲が消えた武官

「うわぁ……」

男女比率が激しく異なる後宮内で、これほど大勢の男性の姿を見る機会なんて、滅多にないだろう。

暎暒が赴任した翌日、後宮内の大きな講堂で、鈴花は思わず声をこぼした。

講堂の中には、各部門から集められた宦官達が並んでいる。人数は二、三百人はいるだろうか。宦官の人数が一番多いのは、やはり後宮の警備を担う部門だが、どこでも大なり小なり力仕事はあるため、宮女しかいない部門はないといっていい。

その宦官達がなぜ一同に集められているのかといえば、《宦吏蟲《かんりちゅう》》の確認のためだ。

宦吏蟲とは、宦官全員が必ず体内に入れなければならない蟲だ。

後宮は皇帝ただひとりのための絢爛豪華《けんらんごうか》な花園。

後宮に入る男性は、皇帝以外は全員宦官とならなければならない。宦吏蟲を入れると男性機能を失うが、退職する際や、里帰りで後宮を長く離れる際には抜いてもらえる。

宦吏蟲を抜けばふつうの男性と変わらなくなるが、まれに男性機能が戻らない場合もある。ちなみに、宦吏蟲を扱えるのは、蚕家の宮廷術師の中でも実力のある一部の術師だけだ。

術師が死ねば、通常、召喚された蟲は異界へと還《かえ》ってしまう。

そのため、茉梅が宦吏蟲を入れた宦官は、実は宦官ではなくなってしまっている。しかし、宦吏蟲が消えても本人が感知できるわけではないそうなので、自分が男性機能を取り戻していると気づいている宦官はほぼいないだろうが。

だが、もし気づいた宦官が出てくれば、後宮の風紀が大いに乱れる事態になりかねないため、できる限り早く宦吏蟲を入れる必要がある。また、処刑されることが決定事項となっている博青が喚んだ宦吏蟲も、ずっと入れておくわけにはいかない。

というわけで、宦官達が集められ、蟲が消えている者には暎睲が新たに召喚した宦吏蟲の卵を飲ませ、博青が召喚した宦吏蟲が入っている者には、今日は蟲下しの薬を飲ませ、体内の蟲がいなくなったところで、後日、宦吏蟲の卵を飲ませる手はずになっている。昨日、珖璉が暎睲に告げていた仕事とは、このことだ。

茉梅と博青、どちらの宦吏蟲が入っているかは、帳面に記して管理されているが、二人が罪人だとわかった今、帳面の記載がどこまで正確か疑問が残る。

鈴花が呼ばれた理由は、見気の瞳で宦官達を見れば、体内に蟲がいるかどうか、また博青の《気》の色かどうかを判別できるためだ。

「鈴花が特別な目を持っていることを多くの宦官に知らしめるような真似《まね》は……。しかも、暎暒とともにだなどと。わたしは反対だ」

と、珖璉は大勢の宦官達の前に鈴花が立つことにひどく難色を示したが、見気の瞳以外に確認方法がないのと、鈴花が手伝わせてほしいと熱心に頼み込んだため、最終的には了承してくれた。

宦官ばかりの中で、ひとり侍女のお仕着せを着ている鈴花は目立つのか、先ほどからじろじろと宦官達に見られている気がする。好奇の視線に居心地の悪さを感じるが、今は萎縮している場合ではない。

「右です。次の方も右。次の方は左です」

一列に並んだ宦官をひと目見て、鈴花は左右を告げる。帳面を手にした宦官が頷き、補助の宦官が鈴花の言葉とおりに左右に宦官達を振り分けていく。

右に行った宦官は宦吏蟲が消えているので水と一緒に蟲の卵を飲まされ、左に行った宦官は蟲下しの薬を飲むことになっている。

「素晴らしい！　まさか、体内に入った蟲まで見ることができるとは……っ！　見気の瞳の有用性は計り知れないね」

ひとつ目の列が途切れたところで、感嘆の声を上げたのは暎暒だ。必要な数の宦吏蟲の卵はすでに召喚しているが、不慮の事態が起こった時の備えと、鈴花の見気の瞳の能力をこの目で確かめたいということで同席している。

「いえ……。暎曜様こそ、百匹以上の蟲を召喚されるなんて……。すごいです！」

とんでもない、とかぶりを振って、感嘆のまなざしで暎曜を見上げる。

召喚できる蟲の数は、術師の力量によって差が激しいと珖璉から聞いている。朝から百匹以上の蟲を召喚して平然としている暎曜は、さすが宮廷術師と感嘆するほかない。

「洞淵様がきみにご執心なのも納得だね。わたしも、ぜひともきみのことをもっと知りたいな」

暎曜が見惚れずにはいられないような麗しい笑みを浮かべる。もし、この場に集まっているのが宦官ではなく宮女達だったら、珖璉が現れた時のように、黄色い歓声が響き渡っていただろう。

「暎曜様。まだ宦官は多く残っております。仕分けを再開してよろしいですか？」

鈴花が答えるより早く暎曜との間に割って入ったのは、大柄な禎宇だ。言葉こそ疑問の形をとっているが、口調は有無を言わさない強さに満ちている。

本来なら、茶会の準備にいそしむ珖璉の補佐をせねばならないというのに、当の珖璉の命によって鈴花についてきてくれているので、申し訳ないことこの上ない。鈴花ひとりでは講堂にさえ辿《たど》り着《つ》けない方向音痴のせいだろう。

暎曜が『鈴花を迎えに来ましょう』と申し出てくれたが、『おぬしは宦吏蟲や蟲下しの薬の準備で忙しいだろう？』と珖璉は断ってしまった。

「では、続けますね」

鈴花はふたたび、宦官達を見て右か左が告げていく。今のところ、帳面と合致しない宦官はいないらしく、ほっとする。このまま何事もなく終わるかと思っていると。

「右です」

「っ⁉　帳面と異なっています！」

鈴花の声に、帳面を確認していた宦官が息を呑んで声を上げる。

「え……っ⁉」

鈴花は驚いて目の前に立つ宦官の腹部を見る。鈴花の目には、やはり何色の《気》も見えない。ということは、宦吏蟲は宿っていないということだ。

「あ……」

武官らしい大柄でたくましい身体つきの宦官の顔を見上げ、鈴花は初めて顔見知りの宦官だと気がついた。

鈴花が宮女殺しの犯人に襲われ、珖璉の私室に警護がつくようになった時に、担当してくれた武官のひとりだ。名前は確か――。

「銕延《てつえん》殿。こちらで事情を聞かせてもらいましょう」

鈴花が記憶をさぐっている間に、すっと鈴花と銕延の間に割って入った禎宇が、鋭く銕延を見据える。鈴花は禎宇の視線を追うようにふたたび銕延を見やった。

部屋の警護についてくれていたので顔は知っているものの、親しく言葉を交わしたことはない。

年は二十代後半くらいだろうか。鍛えられた身体つきは、大柄な禎宇と遜色がないほどたくましい。実直で精悍《せいかん》な顔は、奥歯を嚙みしめているのか硬く引き締まっていた。

「承知しました。……が、話すことは何もありません」

ひと言告げたきり、鍈延の口が引き結ばれる。鍈延の返事に、ふだんは穏やかな禎宇の眉がきつく寄った。

「何もない？　そう言われて引き下がるわけがないでしょう？　きっちりと取り調べさせてもらいます。……彼に宦吏蟲の卵を飲ませて牢へ」

「禎宇さんっ⁉」

牢、という不穏な単語に、思わず禎宇を仰ぎ見る。鈴花を見下ろした禎宇が困ったように眉を下げた。

「鍈延殿は警備隊の中でも腕利きの小隊長。並みの武官では歯が立たないからね。取り調べが終わるまでの臨時的な措置だよ」

「逃げるつもりなどありません。ですが、禎宇殿がおれが牢にいたほうが安心するというのなら従いましょう」

宦官が怯《おび》えながら差し出した宦吏蟲の卵入りの水をひと息に飲み干した鍈延が、くるりと踵《きびす》を返《かえ》す。

いったいなぜ、銕延の官吏蟲は帳面に記録されたものと食い違っているのか。わけがわからぬまま、鈴花は銕延の姿勢のよい後ろ姿を見送った。

◇　◇　◇

結局、鈴花が確認した宦官達の中で、食い違いがあったのは、銕延ひとりだけだった。

「銕延が、だと？　あやつは警備隊の隊長からの信頼も篤《あつ》く、その実直さはわたしもこの目で確かめている。その銕延がなぜ……」

昼食の席で鈴花と禎宇から報告を受けた珖璉は、いぶかしげに端麗な面輪をしかめた。

「わかった。銕延の取り調べはわたしが行おう。警備隊の中によからぬ思惑を抱いている者がいるとなると、後宮の安全にも関わる。が……。今日は先に行かねばならぬ場所があるゆえ、銕延を取り調べるのは明日以降だな」

昼食を食べ終えた珖璉が席を立つ。同行することになっている鈴花もあわてて立ち上がり、部屋を出る珖璉を追った。

午後からは、昨日、後宮に来たばかりの暎暒の挨拶のために、上級妃四人の宮を回ることになっている。

龍華国の後宮では、妃嬪には花の名前が冠される。梅、菊、蘭《らん》、牡丹の名で呼ばれるのが四妃とも言われる上級妃達であり、蓮《はす》、躑躅《つつじ》、桂花《けいか》、水仙、芍薬《しゃくやく》、茉莉花《まつりか》、菖蒲《しょうぶ》、芙蓉、梔子《くちなし》の名を冠する九嬪《きゅうひん》が中級妃だ。現皇帝は今は中級妃までしか置いていないため、下級妃はいない。

後宮付きの術師となれば妃嬪とやりとりすることも少なくないため、暎暒の上級妃への挨拶は必須と言えた。

が、珖璉が同行するのは暎暒ひとりで挨拶回りをさせるのが不安だからではない。なかなか拝謁の機会がない上級妃の宮を訪れるのに、新しい宮廷術師の赴任はちょうどよい口実になるためだ。というより、見気の瞳を持つ鈴花が上級妃の宮を見るために、主人である珖璉にも足を運んでもらうと言うほうが正しい。

纏斂墨壺がどんな呪具かまったくわからず、さらに牡丹妃の懐妊により、後宮内の空気が不穏な今、珖璉としては上級妃の宮の様子は真っ先に確認しておきたい事柄らしい。

「よいな、鈴花。お前はひと言も口をきく必要はない。妃嬪様との受け答えはすべてわたしがするゆえ、お前は何か《気》を感じるものがあれば、すぐにわたしに教えよ」

「は、はいっ！」

鈴花が訪れたことがあるのは、牡丹宮だけだ。その時は、緊張のあまり挨拶を噛みまくってしまい、さんざんだった。幸い、牡丹妃は寛大な御方で笑って鈴花を許してくれたが、他の妃嬪はそうはいかないだろう。

緊張のあまりぎこちなく頷くと、不意に廊下の一歩先を歩く珖璉が振り返り、あやすように頭を撫でられた。大きな手のひらは緊張をほどくかのように優しい。

「そんなに緊張せずともよい。わたしがついている。何より、今回の訪問の主役は暎睲だ。お前に話しかける妃嬪様は、牡丹妃様を除けばいらっしゃるまい」

鈴花に向けられた銀の光に包まれた笑顔は、思わず見惚れてしまうほど柔らかい。

「は、はいっ。ありがとうございます……っ」

珖璉の気遣いに感謝しながら、鈴花は熱くなった頰を隠すように頭を下げる。見気の瞳で薄ぼんやりとしか見えなくてもこの威力なのだ。他の宮女だったら、感激のあまり気絶しているかもしれない。

ふたたび前を向いて歩き始めてすぐ、珖璉が廊下の先からやってきた人物を見とめて足を止めた。凜と姿勢のよい後ろ姿がほんのわずかに強張った気がして、鈴花はいったい誰が来たのだろうと珖璉の陰からそっと前を覗《のぞ》く。次の瞬間、にこやかに鈴花に微笑みかけてきたのは、翡翠色の《気》を纏う暎睲だった。

「珖璉様、鈴花。一緒に参りましょう」

「蘭宮の前で落ち合う約束だっただろう？」

にこやかな暎睲とは対照的に、珖璉の声音は氷のように冷たい。が、暎睲は気にした様子もなく笑顔で頷く。

「ええ。そうですが、なにぶん昨日後宮に参ったばかりで不慣れなものですから。万が一、迷ってしまい、お約束の時間に遅れてはいけないと思いまして」

そのまま歩を進め、珖璉の横を通り過ぎて鈴花と並ぼうとした暎睲の肩を、珖璉が摑む。

「後ろに付き従わずともよい。わたしの隣を歩くのを許す。おぬしは門下省《もんかしょう》長官を務める蛟家ご当主の令息。さすがに他の宮廷術師と同列に扱うわけにはいくまい」

「ひぇ……っ！」

鈴花は反射的に驚愕《きょうがく》の声を洩らす。

鈴花はくわしくは知らないが、確か門下省というのは、臣下が皇帝に上奏する文書の審議や、皇帝の詔書《しょうしょ》を審議する機関だったはずだ。官庁の中でも強い権力を持つと珖璉に教えてもらった気がする。気品あふれる暎睲の様子から、身分が高いとは思っていたが、まさか、それほどの高官の息子だったとは。

いや、それをいうなら……。

鈴花は、険しい顔で暎睲を睨みつける珖璉の横顔をそっと見上げる。

珖璉の本当の名は『龍璉《りゅうれん》』だ。皇帝の甥《おい》であるばかりか、現状では唯一の皇位継承者でもある。暎睲以上の身分だ。

　だが、やんごとない事情により『珖璉』と名乗って官正に身をやつしているため、口が裂けても珖璉の本当の身分は口にできない。珖璉の本当の身分を考えるだけで、鈴花は、珖璉に仕えている今が夢ではないかと思ってしまう。

「お気遣いは無用でございます。蛟家とはいえ、わたしは次男坊。家を継ぐこともできず、宮廷術師として身を立てるしかない身でございますゆえ」

　淡々と告げる暎睲の声音は、恐縮しているようでありながら、同時に術師として上り詰めるのだという強い自負を感じさせる。

　と、暎睲が身を強張らせる鈴花に柔らかく微笑みかけた。

「だから、そんなに緊張しないでもらえるとありがたいのだけれどね。ここではわたしは宮廷術師のひとりにすぎない。きみも間もなく洞淵様に宮廷術師として任ぜられるのだろう？」

「い、いえっ、私は……っ！」

　暎睲の言葉に、とんでもない！　とかぶりを振る。

「私が宮廷術師になるなんて、ありえませんっ！　そのっ、私は蟲招術をまったく使えませんので……っ！」

　珖璉に教えてもらったというのに、未《いま》だに《光蟲《こうちゅう》》一匹召喚できない自分を情けなく思いながら、千切れんばかりに首を横に振る。鈴花の言葉に暎睲が目を丸くした。

「蟲招術が使えない？　見気の瞳を持っているのに？」

「す、すみません……っ！」

虚をつかれたような暎暒の声に、身を縮めて詫びる。このまま蟲を召喚できないままだと、早晩珖璉にも呆れられてしまうに違いない。そう考えるだけで涙がにじみそうになる。と、珖璉の声が割って入った。

「鈴花は後宮へ来るまで、自分が見気の瞳を持っていることすら知らなかったのだ。正式な師について学んだ経験もない。蟲招術を使えなくとも不思議はあるまい」

「なるほど。それでしたら、宮廷術師であるわたしが鈴花に──」

「不要だ。鈴花の師はすでにわたしが務めている。おぬしに教えを請うことなどない」

暎暒が最後まで言い終わらぬうちに、珖璉が刃を振るうように鋭く告げる。

「ですが、官正の珖璉様はお忙しいことでしょう。後進の育成も宮廷術師の重要な役目。ましてや、女人の術師は貴重です。しかも、鈴花は稀有《けう》な見気の瞳の持ち主。わたしが丁寧に指導いたし──」

「同じことを二度も言わせるな。鈴花は蚕家所属の術師ではなく、わたしの侍女だ。ならば、主人のわたしが指導して当然だろう。何より、鈴花は右も左もわからぬまっさらな初心者。下手に師が二人になっても混乱するだけだ」

きっぱりと告げた珖璉が、真正面から暎暒と睨《にら》み合《あ》う。

暎暒が言う通り、珖璉は忙しいのだから鈴花の指導など他の誰かに任せてくれてもいいだろうに、珖璉の責任感の強さに感動してしまう。それに、暎暒の身分が鈴花の想像以上に高いとわかった今、暎暒に迷惑をかけるのも恐ろしい。

「この話はここまでだ。余計なやりとりをしていては、蘭宮へ行くのが遅れる」

断ち切るように告げた珖璉が、前を向いて歩き出す。暎暒が珖璉の隣を歩き、鈴花は後ろ姿だけでも麗しい二人の後をあわてて追った。

◆　◆　◆

珖璉が鈴花と暎暒を伴って上級妃である四妃の宮の中で最初に向かったのは蘭宮だった。十三花茶会まで、蘭妃《らんひ》付きと言っていい状況だった茱梅は蘭宮で起居していた。もし纏斂墨壺があるのなら、蘭宮に遺されている可能性が一番高い。

暎暒を隣に、鈴花を後ろに控えさせた珖璉は、一段高くしつらえられた段の上の椅子に座す蘭妃に拱手の礼をし、恭しく訪問の口上を述べる。次いで、暎暒が挨拶を述べた。気難しい蘭妃に目をつけられては厄介なことにしかならぬため、鈴花にはひと言も話すなと事前に強く言い含めてある。

珖璉の予想通り、蘭宮の主である蘭妃・翠蘭《すいらん》は大貴族の娘とあって、蛟家の次男である暎暒の顔を見知っていた。

「まあっ、新しく後宮に宮廷術師が来たと耳にしていましたけれど、暎暒殿でしたのね。宮廷術師としての活躍は常々聞いておりますわ。暎暒殿が後宮付きになられたなんて、これで安心ですわね」

華やかながら険の強い顔立ちの蘭妃が、暎暒に親しげに話しかける。今日の蘭妃はずいぶんと機嫌がよいらしい。

「お久しぶりでございます。蘭妃様にお目見えするのは、妃嬪になられてから初めてでございますが、ますますあでやかになられて、まばゆい限りでございます」

恭しく告げた暎暒に、蘭妃がころころと笑い声を立てる。

「当然ですわ。今や陛下のご寵愛《ちょうあい》はわたくしのもの。後宮で一番あでやかな花はわたくしですもの」

「これほどお美しい蘭妃様に、陛下が魅せられるのは当然でございましょう」

暎暒がすかさず追随する。暎暒が蘭妃の機嫌を取るのを隣で聞きながら、珖璉は蘭妃の上機嫌の理由に確信を抱いていた。

皇帝の寵愛を最も集めているのは蘭妃ではなく牡丹妃だが、牡丹妃は懐妊がわかってからまだひと月も経っていない。身体が落ち着くまでの今が大切な時期のため、皇帝も夜のお渡りをやめている。その分、蘭妃や他の妃嬪の元へ通っているのだろう。

蘭妃の言葉からは、牡丹妃への対抗心と、次こそは自分が懐妊してみせるという強い意気込みが感じられた。何にせよ、十三花茶会の前の蘭妃の荒れようを知っている珖璉にとっては、蘭妃がおとなしくしてくれるのなら、それに越したことはない。

「ところで、今日、宮を訪れたのは、暎睲殿の挨拶のためだけではないと聞きましたわ」

ひとしきり暎睲や珖璉と歓談した蘭妃が水を向ける。珖璉は表情を引き締めて頷いた。

「左様でございます。茱梅の持ち物を――」

茱梅の名を出した途端、蘭妃の面輪がきつく歪《ゆが》む。

「大罪人の名を出すなど汚らわしい！　あれがわたくしの宮にいたということはこの上ない汚点ですわ！」

茱梅を頑なに蘭宮に留めおいたのは蘭妃だというのに、手のひらを返したような物言いに、珖璉は内心で呆《あき》れ果《は》てる。そういえば蘭妃は、盗まれた侍女の簪《かんざし》を珖璉が返しに来た時も、盗人《ぬすつと》の手がふれた簪を侍女が飾るなど許せぬと、珖璉に簪を持ち帰らせた。

禁呪を用いて己を含めた妃嬪の命を狙った茱梅は、決して許せぬ存在なのだろう。

内心を押し隠し、珖璉はうわべだけは神妙な表情を作って頭を下げる。

「失礼いたしました。蘭妃様のご迷惑にならぬよう、早々に荷物を引き取らせていただければと思いまして」

「引き取るも何も、とうに宮の外へ打ち捨てていますわ」

嫌悪感も露わに告げた蘭妃に、珖璉は困ったように眉を寄せてみせる。

「それはそれは、参るのが遅くなり申し訳ございません。ただ……。筆頭宮廷術師の洞淵殿が蟲招術に関する冊子などを貸していただいたようなのです。回収してくるよう頼まれたのですが……。荷物を確認させていただいてもよろしいでしょうか？」

「好きになさいな。洞淵殿には、しっかり弟子の手綱を握っておくよう、わたくしが望んでいたと重々伝えてちょうだい」

さすがの蘭妃でも、筆頭宮廷術師である洞淵の名を持ち出されては無下にできないらしい。珖璉達は蘭妃の許可を得たのをきっかけに退室する。

「こちらでございます」

廊下へ出るなり、年かさの侍女が案内を買って出る。周りでは若い侍女達が目を輝かせて珖璉と暎睲に見惚れていた。

侍女や宮女に媚《こび》を含んだ秋波を送られるのはいつものことだが、今日は暎睲もいるせいか、蘭宮に来るまでの間もふだん以上に見られた気がする。

暎睲は見目だけなら優雅極まる貴公子だ。女ばかりの後宮では目立つことこの上ない。己自身を棚上げしてよいのならば、宮女達や侍女達の心を乱す美貌の青年など、後宮の平穏を守らねばならぬ官正の立場からすれば忌避したい存在でしかないが、他に後宮付きの宮廷術師になれる腕前を持つ者がいない以上、仕方がない。

どうせなら、珖璉の代わりに宮女達の憧れを一身に集めてくれれば、珖璉の心労もわずかなりとも減るのだが。

「蘭妃様は打ち捨てたと言っていたが、茱梅が起居していた部屋にはもう何も残っておらぬのか?」

珖璉は蘭宮の裏手に案内しようとする侍女に話しかける。珖璉に話しかけられた途端、三十歳はとうに過ぎているだろう侍女の顔が、ぱっと朱に染まった。

「は、はいっ! 左様でございます! 茱梅様……いえ、茱梅が使用していた部屋の調度品などは、蘭妃様のご命令ですべて運び出しましてございます」

「すべて? 念のため、確認させてもらえると助かるのだが」

「こ、珖璉様のお望みでしたらいくらでもっ! あのっ、本当に何もないのですけれども……っ。こちらでございます!」

いそいそと侍女が踵を返し、宮の中の一室へ珖璉達を案内する。蘭妃の自室にも近いだろうその部屋は、侍女が告げた通り、すべての調度品が運び出され、がらんとしていた。

「鈴花」

「は、はいっ!」

呼ぶなり、緊張した面持ちで珖璉の後についてきていた鈴花が、戸口を譲った珖璉に代わって部屋の中を覗《のぞ》き込む。真剣な面持ちでぐるりと室内を見回し、

「特に色がついて見えるものはありません」

ふるふると首を横に振る。

壁や床などに隠されている可能性もあるかと考えていたが、違ったらしい。だが、もともと本命は茉梅の荷物のほうだ。

侍女に連れられ、蘭宮の裏手へ行く。庇《ひさし》の下に、調度品やら小物やらが雑然と積まれていた。

「珖璉様。あちらに捨てる物を積んでおります」

ぼうっと珖璉の顔を見上げながら侍女が告げた途端、背後で「えぇぇっ⁉」と鈴花のすっとんきょうな声が上がる。

「どうした？」

振り返ると、鈴花がつぶらな瞳をいつも以上に真ん丸に見開いていた。

「あっ、いえ……っ」

珖璉と目があった鈴花が、口を開くなと命じられていたことを思い出したのか、あわてた様子で両手で口を押さえる。小動物のような仕草が愛らしくて、珖璉は思わず口元をほころばせた。

「大丈夫だ。もう口を開いてもよい。何か、気にかかることでもあったのか？」

無意識に口調が甘くなるのを自覚しつつ問うと、鈴花が恐縮したように視線を揺らした。

「違うんです、その……っ。どの調度品も立派なものなのに捨ててしまうなんて、あまりにびっくりしてしまいまして……っ！」

慎《つつ》ましい鈴花らしい言葉に、口元に笑みが浮かぶのを感じる。思えば、鈴花の部屋には寝台と長櫃《ながびつ》くらいしかない。年頃の娘なのだ。華やかな調度品に憧れても当然だ。

鈴花が遠慮して言わないのをいいことに、そこまで気が回っていなかった己を恥じる。いや、私室に戻ったら、禎宇に命じて鈴花好みの調度品を揃《そろ》えさせようと心に決める。

鈴花に好みを聞きながら、二人で選ぶのも楽しそうだ。

鈴花の性格だ。禎宇に任せたら、「そんなっ！　寝台と長櫃だけで十分ですっ！」と断る可能性もある。

「気になる調度品はあるか？　蘭宮では廃棄されるものなのだ。お前の好きなものを選んでよいぞ。お前が選ばずとも、どうせ他の者が使うことになるだろうからな」

茱梅が使っていた調度品はなかなか質がよい。これを蘭妃の望みどおり廃棄するのは無駄の極みだ。蘭妃にすれば自分の宮から消えればよいだろうから、蘭妃の目の届かない場所で活用させてもらおう。

「よかった……。捨てられるわけじゃないんですね。こんな立派なものを捨てるなんて、もったいなさすぎですもんねっ！」

鈴花が心底ほっとしたように笑みを見せる。

「それで、お前が欲しいものはあるのか？」

水を向けると、鈴花がおずおずと珖璉を見上げた。

「その……。調度品ではなくて、茉梅様が使っていた小物などを、いくつかいただいてもよいでしょうか……？」

「もちろん、かまわん」

話しているうちに荷物の前についたため、案内役の侍女とは別れて三人で仕分けを始める。侍女は名残惜しそうだったが、纏斂墨壺の話を他の者に聞かれたくない。

探すにあたり最も頼りになるのは鈴花の見気の瞳だが、蟲招術の知識がある珖璉や暎睲が見ることで怪しい場所を絞り込めるかもしれない。棚の奥などに隠し戸を作っている可能性もある。纏斂墨壺がどんなものかわからぬ以上、しらみつぶしに探していくほかない。

さまざまな可能性を考えながら、手分けして茉梅の荷物を確認していく。

特に茉梅が使っていた文房具は念入りに見ていく。纏斂墨壺という名前なのだ。一見、ふつうの墨壺にしか見えない可能性は十分にある。

「どうだ、鈴花。何か《気》を感じるものはあるか？」

ひとつひとつの品を真剣に見ていく鈴花に尋ねると、文房具を見ていた鈴花が、困り果てたようにへにゃりと眉を下げてかぶりを振った。

「いいえ。《気》の色がついて見えるものは何も……」

「茉栴の持ち物の中にないとなると、いったいどこに……。暎暒、そちらはどうだ？」

茉栴の書き物などを確認していた暎暒に声をかける。

「いいえ、こちらにも纏斂墨壺について書かれたものは見当たりません。茉栴はなかなか慎重な性格でしたからね。自分が読んだあと、燃やして処分したやもしれません」

「茉栴が蚕家から持ち出した書きつけだけでも見つかれば、呪具がどんなものなのか、もう少し絞れるのだがな……。洞淵の調べを待つしかないのか……」

思わず吐息がこぼれ出る。

「す、すみません……っ！」

鈴花が身を縮めて詫びるが、鈴花に非はまったくない。珖璉が慰めようとすると、それより早く暎暒が鈴花を振り向いた。

「ところで鈴花。持って帰るのはそんなこまごました物でよいのかい？　運べないというのなら、宦官を呼んでこよう」

鈴花の手には簪や耳飾りなど、いくつかの装身具がのせられている。珖璉の目から見ても、暎曜の言う通り些末《さまつ》な物ばかりだ。

「それとも、好みのものがなかったのかな？　何か欲しいものがあるのなら、他人のお古などではなく、わたしがきみに贈ろう」

暎曜が甘やかな笑みを浮かべて鈴花の顔を覗き込む。

「出会えた挨拶代わりと思って、気にせず受け取ってもらえると嬉しいな」

「おぬしが贈る必要はない。鈴花に必要なものや欲しいものがあれば、わたしが贈る」

鈴花が答えるより早く、申し出をはねつける。暎曜を見る視線が嫌でも鋭くなるのを感じる。

暎曜が何を企てているかなど、珖璉には手に取るようにわかる。

門下省長官を輩出している名家・蛟家の次男という肩書に加え、術師として優れた腕前に見目麗しい容貌だ。暎曜の噂は珖璉も何度も耳にしたことがある。

凡庸な兄に比べて才気煥発《かんぱつ》な暎曜は、次男のため蛟家を継げない代わりに、宮廷術師としての出世を目指しているのだという。蛟家にはまれに、女人にふれられぬ体質の男子が生まれるが、暎曜も兄もその体質は受け継がなかったようだ。もし、兄がその体質を受け継いでいれば暎曜が跡継ぎとなっただろうが、暎曜の父親である蛟長官も、今のところ、順当に長男に跡を継がせるつもりらしい。

才がありながらくすぶるしかない立場に置かれる苛立《いらだ》ちや不満は、珖璉も身に沁《し》みて知っている。

珧璉の本当の身分は皇帝の甥、『龍璉』だ。本来ならば、後宮ではなく王城で皇帝の補佐を務めているだろう龍璉が珧璉と名を偽って官正に身をやつしているのは、未だ皇帝に子のいない現状では、唯一の皇位継承者である己の存在が政争の火種になりかねないためだ。意に沿わぬ輩に勝手に担ぎ上げられて、皇帝の不興を買って処刑されてはたまらない。

そのため、十歳を過ぎたあたりから『龍璉は皇族男子が持つ《龍》の気に身体が耐えられず、屋敷《やしき》の奥深くで療養中』ということになっている。唯一、人前に姿を現すのは、建国を祝う年に一度の祭り、昇龍の儀の時だけだ。

暎睲が身を立てたいのなら、勝手にすればよい。だが、出世のために鈴花を利用するのは断じて許せない。

見気の瞳の有用性は、術師にとっては垂涎《すいぜん》ものだ。ふつうの術師は《気》を感じとることはできても、見ることはできない。

だが、見気の瞳があれば、ひと目見るだけで常人か術師か見分けられるだけでなく、今回のように、蟲招術に関する呪具を探すこともできる。さらには、術師ごとに《気》の色が異なるため、誰が召喚した蟲なのか、見分けることすらできるのだ。

筆頭宮廷術師の洞淵が鈴花に執心しているのも、希少な見気の瞳の能力を試したいからに他ならない。

――暎曜が、鈴花に親しげに振る舞い、関心を得ようとするのも。

とはいえ、もともと鈴花の見気の瞳の能力だけを欲して下級宮女から侍女に召し上げた珖璉が、暎曜を責める資格などないことくらい、自分自身が誰よりも知っている。

だが、鈴花の本当の魅力に恋した今、鈴花の能力だけを欲して寄ってくる輩は、珖璉にとって警戒すべき存在だ。

何しろ、人の好い鈴花ときたら、暎曜の思惑になどまったく気づいていないのだから。

今も暎曜の言葉に、とんでもないとばかりにかぶりを振っている。

「い、いえっ！　私なんかに装身具なんて……っ！　お気持ちだけで十分です！　そ、それに……」

鈴花が手の上の装身具を見つめる。

「私がこれをいただきたい理由は、自分の身を飾るためじゃないんです。茱梅さんのご家族に、形見としてお渡しできないかと思って……。あのっ、暎曜様は茱梅さんと同じ蚕家所属の術師でいらっしゃいますよね⁉　茱梅さんのご家族についてご存じですか⁉」

勢い込んで問うた鈴花の言葉に、暎曜の動きが止まる。目を瞠《みは》った面輪から察するに、鈴花の言葉がよほど予想外だったのだろう。

珖璉もまさか鈴花がそんな理由で装身具を欲しがっているとは、思いもよらなかった。

「あ……。それとも、洞淵様にうかがったほうがいいでしょうか……？」

固まった暎睲の表情から、自分の要求がかなわぬと悟ったのだろう。鈴花がおずおずと言を継ぐ。

「いえ……。洞淵様はお忙しいですからね。わたしでかまいませんよ」

我に返ったように暎睲がかぶりを振る。

「ですが……。以前、茱梅は身寄りがないと聞いた記憶があります。残念ながら、形見を渡せるような相手はいないでしょう」

「そう、なんですか……」

鈴花の細い肩がしょぼんと落ちる。しおれた花のようにうつむく哀《かな》しげな面輪を見た途端、珖璉は思わず手を伸ばして鈴花の髪を撫でていた。

「お前の優しさを無為にするのは心苦しいが……。茱梅に身内がいないという話は、後宮付きになった際にわたしも聞いた覚えがある。だが……」

きょとんと珖璉を見上げた鈴花に、柔らかに微笑みかける。

「ならば、これらの装身具をお前が使うというのはどうだ？　大罪を犯して死してなお、気遣ってくれるお前が使えば、冥府の茱梅も喜ぶに違いない」

死んだ者がその後どうなるかなど、珖璉は知らない。だが、鈴花の憂い顔を晴らしたい一心で優しく告げる。

「わ、私がですか……っ⁉」

珖璉の提案がよほど思いがけなかったのか、鈴花がこぼれんばかりに目を瞠る。

「ああ。愛らしいお前によく似合う」

鈴花の手の上の簪をひとつ手に取り、そっと髪に挿してやる。蝶《ちょう》をかたどった銀の簪は鈴花の年齢からすると控えめな意匠だが、愛らしい面輪をさらに引き立てる。

微笑んで告げると、鈴花の面輪が熟れたすもものように一瞬で真っ赤になった。

「なななにをおっしゃるんですかっ⁉　私に簪なんて、そんな……っ！」

ぶんぶんとかぶりを振りかけ……。簪が落ちては大変だと思ったのか、鈴花がぷるぷると小刻みに震える。小動物のような仕草が愛らしくて、思わず口の端に笑みが浮かぶ。

「うん？　よく似合っているぞ。それとも、他の簪のほうが好みか？」

別の簪を手に取ろうとすると、鈴花が阻止するようにぎゅっと手を握りしめた。

「ち、違いますっ！　そうではありません！　侍女にすぎないわたしが簪だなんて、贅《ぜい》沢《たく》すぎますすっ！」

「何を言う？　蘭妃様の侍女達もつけているだろう？」

首をかしげると、鈴花が困り果てたようにあうあうと声を洩らす。

「それに、落としたらどうしようかと思うと、お掃除に身が入りませんし……っ！」

「鈴花は奥ゆかしいんだね。妃嬪の皆様には及ばずとも、侍女も後宮を彩る花の一輪。身を飾るのは、むしろ務めのひとつではないかい？」

暎睲がからかうように告げながら鈴花の髪に手を伸ばそうとする。

「何をする？」

「困っているようでしたので、簪を取ってあげようかと」

とっさに暎睲の手を掴んで押しとどめると、まったく悪びれない様子で返してきた。

「あの、珖璉様。取っていただいてよろしいですか……？」

鈴花が困り顔で珖璉を見上げる。困っている顔も愛らしいが、鈴花が望まぬことをするつもりはない。暎睲の手を放した珖璉が簪を取ってやると、鈴花がほっとしたように表情をゆるめた。珖璉は鈴花につられて思わずゆるみそうになった顔を引き締める。

「しかし……。茱梅の荷物の中にないとなると、厄介極まりないな……。いったいどこにあるのやら……」

「荷物の中には、《気》の色がついたものはひとつもありませんでした」

荷物を振り返り、じっくり見回した鈴花が、きっぱりと告げる。

「他に茱梅が呪具を隠しそうな場所か……」

蘭宮で見つかることを期待していただけに、落胆も大きい。蘭宮にないならば、広い後宮で形も大きさもわからぬ呪具を探さねばならない。考えるだけで気が遠くなる話だ。

「茶会の場も確認したほうがよさそうだな。しかし、残念だが今は寄っている時間はない。四妃様の宮を回った後に行ってみよう」

茉梅は茶会の場で妃嬪達を皆殺しにしようと企んでいた。ならば、そこにある可能性は、低くない。

厄介なのは、誰かが価値のあるものだと思って密《ひそ》かに懐に入れていた場合だ。そうなると、手に入れた者を見つけるのは困難を極める。

「一刻も早く纏斂墨壺の情報を探すよう、洄淵を急《せ》かさねばならんな……」

紙に墨が染み込むように、心の中に嫌な予感が広がっていくのを感じながら、珖璉は誰にともなく呟いた。

◇　◇　◇

四妃のうちの菊妃《きくひ》への挨拶を済ませた珖璉と暎睲に連れられ、鈴花は梅宮へと向かっていた。道すがら、何か怪しい物はないかときょろきょろと周りを見回しながら歩くが、《気》の色がついて見える物は何もない。鈴花の前を並んで歩く珖璉の銀色の《気》と、暎睲の翡翠色の《気》が見えるばかりだ。

珖璉がひとりで歩くだけでも、宮女や宦官の視線を集めて仕方がないというのに、今は暎暒までいるせいで、尋常ではない注目度になっている。すれ違う宮女や宦官が皆、足を止めてぽうっと見惚れてしまうほどだ。きっと、後に付き従う鈴花の存在など、視界にも入っていないだろう。

梅宮に着き、珖璉が侍女に訪問を告げると、待ちかねていたようにすぐさま梅妃《ばいひ》の元へ通された。

蘭妃や菊妃と同じく、一段高く設《しつら》えられた段の上の椅子に座した梅妃を見て、鈴花は内心で驚く。

二十歳を超えている蘭妃や菊妃、牡丹妃達から、鈴花は、梅妃もまたそのくらいの年齢だと思っていた。

だが、薄紅色の華やかな衣を纏って豪奢《ごうしゃ》な椅子に座る梅妃は、どうみても十七歳の鈴花と同じ年頃だ。いや、もしかしたら年下かもしれない。

華奢《きゃしゃ》な身体つきに愛らしい顔立ちの梅妃はまるで綺麗《きれい》に着飾ったお人形のようで、妃嬪というより、大貴族のご令嬢といった雰囲気だ。幼い子どものような無邪気な笑顔がそう感じさせるのかもしれない。

「珖璉様がわたくしを訪ねてくださるなんて、嬉しいですわっ！」

応接用の部屋に珖璉が入るなり、梅妃が手を打ち合わせて華やかな声を上げる。

桃色に頬を染め、うっとりと珖璉を見つめるさまは、同性の鈴花が見ても愛らしい。

宮女だけでなく妃嬪まで虜《とりこ》にしているなんて、珖璉の美貌の威力に驚いてしまう。

だが、梅妃の熱烈な歓迎を受けても、珖璉の美貌はこゆるぎもしなかった。

「梅妃様におかれましては、ご機嫌麗しいようで何よりでございます。本日は、新たに後宮付きの宮廷術師に任ぜられることになりました暎睲をお引き合わせするべく参りました」

恭しく告げた珖璉に続いて、暎睲が挨拶を述べる。

だが、梅妃はちらりと暎睲を見やって「そうですの。励んでくださいな」と返しただけで、後はずっと珖璉を見つめたままだ。

「珖璉様。わたくし、珖璉様には深く感謝しておりますのよ。十三花茶会で化け物に襲われそうになり、どれほど恐ろしかったことか……！　誰もが怯え震える中、颯爽《さっそう》と立ち向かい化け物を倒してくださった珖璉様には、いくら感謝しても足りませんわ！」

熱っぽく語る梅妃のまなざしは、声音以上の熱を宿してうっとりと珖璉を見つめている。梅妃にとって、珖璉は絶体絶命の危機を救ってくれた英雄に他ならないのだろう。

「過分なお褒めの言葉を賜り、身に余る光栄でございます。ですが、わたしが妃嬪様方の身をお守りできたのは、筆頭宮廷術師の洞淵殿にご助力いただいたゆえ。わたしだけの力ではございません」

恐縮した様子でかぶりを振る珖璉に、梅妃が「そんなことはありませんわ！」と声を上げる。

「洞淵様はあの場に姿すら現さなかったのですもの！　であれば、功はすべて珖璉様のものですわ！」

と、梅妃がよいことを思いついたとばかりに、両手を打ち合わせる。

「そうですわ！　珖璉様の働きを讃《たた》えて、わたくしから贈り物をいたしましょう！　何がよいかしら？　珖璉様は素晴らしい美貌をお持ちですのに、儀式の時でもない限り、いつも控えめな装いですもの。わたくしが珖璉様にふさわしい衣を仕立てて……」

「梅妃様のお気持ちだけで十分でございます。わたしは後宮の秩序を守る官正。そのわたしが華美な服装で着飾るわけにはまいりませぬ」

やんわりと、しかし固い意志をにじませて珖璉が梅妃の提案を退ける。「まぁっ！」

と梅妃が子どものように不満げな声を上げた。

「珖璉様の麗しいお姿を見て、不満や妬みを抱く者など、いるはずがございませんのに。むしろ喜ぶ者ばかりですわ。では、衣がお嫌でしたら佩玉《はいぎょく》などはどうかしら？　わたくしが贈ったとわかるよう、梅の花を飾りにあしらって……。そうねっ、それがいいわ！　珖璉様、受け取ってくださるでしょう？」

「いえ、梅妃様。ありがたいことでございますが――」

「わたくしが聞きたいのは、そんな返事ではありませんわっ！」

癇癪《かんしゃく》を起したように、やにわに立ち上がった梅妃が、段を下りて玳瑇に歩み寄ろうとする。

「いけません！　梅妃様！」

梅妃を止めんと、そばに控えていた侍女頭らしき年かさの侍女があわてた声を上げる。と、別の侍女が不意に扉を引き開けた。

「梅妃様。桂花妃《けいかひ》様のおなりでございます」

「萌茗《ほうめい》！　椅子から立ち上がるとは何事ですか！」

おとないを告げる侍女の声が終わるより早く、鋭い叱責の声が飛ぶ。萌茗とは、梅妃の名だ。

堂々とした足取りで入ってきた桂花妃が室内を睥睨する。ふわふわとした雰囲気の梅妃とは対照的な威圧感に満ちた視線に、鈴花は垂れていた頭をさらに低く下げて身を縮めた。

「萌茗、椅子に戻りなさい！　妃嬪ともあろう者が、軽々しく立ち上がるものではありません！　あなたは四妃のひとりなのですよ！　上級妃の自覚を持ちなさいと常日頃から言っているでしょう⁉」

梅妃を叱責しながら歩を進めた桂花妃が、段の上に急いで用意された椅子に優雅に座し、動こうとしない梅妃に険しい視線を向ける。

「萌茗！」

「かしこまりました、叔母上……」

厳しい声で名を呼ばれた梅妃が、叱られた子犬のようにしょぼんとした足取りで椅子に戻る。

「何ですか、その姿勢は！　あなたは後宮で咲き誇る花なのですよ⁉　背筋を伸ばしてしゃんとなさい！」

即座に桂花妃の叱責が飛び、鈴花はなんだか梅妃が気の毒になった。

梅妃と桂花妃については、後宮の主要な妃嬪について珖璉に教えてもらった際に、簡単に聞いている。桂花妃と梅妃は叔母と姪《めい》の関係になるそうだ。

桂花妃は現皇帝・龍漸《りゅうせん》が第四皇子だった頃からの妃で、もともと梅妃の地位についていたが、姪の萌茗が後宮入りする際に自身は中級妃に下がり、代わりに萌茗を梅妃に据えたのだという。

三十二歳の桂花妃は、後宮の妃嬪達の中で最も古株であり、さらには皇子時代からの妃でもあるため、皇帝ですら無下にはできない存在らしい。

年齢こそ三十歳を超えているものの、桂花妃は美貌も、人に命じることになれた堂々とした立ち居ふるまいも、さすが元上級妃と言うべき貫禄《かんろく》だ。若い梅妃と並んで座ると、どちらが梅宮の主人なのかわからなくなる。

叔母と姪だけあって顔立ちに共通点こそあるものの、纏う雰囲気に差がありすぎて、似ているとはまったく思えない。

「桂花妃様のお邪魔をするわけにはまいりませぬ。ご挨拶も済みましたゆえ、わたしどもはこれで失礼いたしましょう」

恭しく珖璉が辞去の意を述べる。あわてたように声を上げたのは梅妃だ。

「まあっ、もう帰られてしまいますの⁉ 滅多に来てくださらないのですもの。もっとゆっくりしていただきたいわ。そうですわ！ 珖璉様は犬がお好きでしょう？ いらした時はいつも雪牙《せつが》を可愛がってくださいますもの！ もうすぐ雪牙が散歩から帰ってくるはずですから……っ！」

梅妃が言い終わらぬうちに、ふたたび扉が開けられる。

「わんっ！」

と大きな鳴き声と同時に、白くて大きなものがすぐ脇を通り抜けた途端、鈴花は妃嬪の前であることも忘れて悲鳴を上げていた。

きっとこの犬が梅妃が言った雪牙なのだろう。子どもの背丈ほどはありそうな雪牙が片膝をつく珖璉の足に前足をかけ、わふわふと顔を近づける。ぶんぶんと千切れんばかりにしっぽを振っているところを見るに、珖璉を襲おうというわけではなく、じゃれついているだけのようだが、鈴花はそれどころではない。

身体が震えて仕方がない。口を開いたら、また悲鳴が飛び出しそうだ。少しでも雪牙から離れたいのに、不用意に動けば興味を引いて噛みつかれるのではないかと怖くて、身体がまったくいうことをきかない。

「雪牙。わたしに懐いてくれるのは嬉しいが、まずはご主人様にただいまと言わねばならんだろう？」

よしよし、と珖璉に頭を撫でてもらった雪牙が、わんっ！　とひと声高く鳴くと、たたたっ、と梅妃の元へ駆け寄る。それを見ることもなく、さっと振り返った珖璉が鈴花の顔を覗き込んだ。

「鈴花、どうした？」

鈴花の悲鳴が耳に届いてしまっていたのだろう。鈴花を見やる珖璉のまなざしは心配にあふれている。

何でもありません、少し驚いただけなんです、と言わねばと頭ではわかっているのに、かちかちと歯が鳴るだけで言葉を紡ぐことができない。じわりと涙がにじんで珖璉の美貌がぼやける。

珖璉が小さく吐息した音が聞こえ、呆れられたのだと思わず固く目を閉じた瞬間。

不意に、力強い腕に横抱きに抱き上げられる。ふわりと揺蕩った爽やかな香の薫りに驚いて目を見開いた視界に飛び込んできたのは、銀の光に包まれた端麗な面輪だった。

「申し訳ございません。わたしの侍女が急に体調を崩したようです。これ以上、粗相をいたしては、お詫《わ》びの申し上げようもございません。これにて失礼させていただきます」

鈴花を抱き上げたまま恭しく一礼した珖璉が、「え、ええ」と呆気《あっけ》にとられた桂花妃の声を了承と受け取ったのか、さっと踵を返す。扉をくぐってすぐ、

「梅妃様、桂花妃様。失礼いたします。何かお困りごとがございましたら、遠慮なくお声がけくださいませ」

と恭しく告げた暎睲が後を追ってくる足音が聞こえた。だが、珖璉は振り返りもせず足早に廊下を進んでいく。

梅宮を出たところで、鈴花はようやく我に返った。

「こ、こここ珖璉様っ！　申し訳ございませんでした……っ！　あ、あのっ、下ろしてくださいっ！」

足をばたつかせて下りようとするが、珖璉の腕はゆるまない。

「紙のように白い顔で何を言う？　……犬が、苦手なのか？」

遠慮がちに発せられた犬という単語に、無意識に身体が震える。

「す、すみません……っ！　昔、嚙まれたことがあって以来、大の苦手で……。まさか、あんなに大きい犬が急に現れるなんて思わなくて……っ！」

鈴花が犬に足を噛まれたのは、まだ五歳の頃だ。傍目《はため》から見ればさほど大きな犬ではなかっただろうが、子どもの鈴花にとっては、怪物かと思うほど大きくて、怖くて……。大好きな姉の菖花《しょうか》が棒を手に駆けつけてくれなかったら、いったいどうなっていたことか。

それ以来、犬が大の苦手だ。後宮に来て以来、犬の姿を見ることなどなかったので、安心していたのだが、まさか、あんなに大きな犬を飼っている妃嬪がいたなんて。

「も、申し訳ございません……っ！　きっと梅妃様はご不快に思われましたよね!?　私のせいで珖璉様にご迷惑をおかけしたら……っ！」

犬への恐怖とは異なる別の恐ろしさに身体が震える。退出する寸前にちらりと見えた梅妃の表情を思い出す。鋭く鈴花を睨みつけるまなざしには、強い怒りが宿っていた。

「大丈夫だ。お前が気に病むことは何もない」

なだめるように告げた珖璉の腕に力がこもり、香の薫りがさらに強くなる。

「あ、あのっ、もう大丈夫ですっ！　さっきはびっくりして腰が抜けてしまいましたけれど、今はもう……っ！」

わたわたと告げると、ようやく珖璉が地面に下ろしてくれた。

「大丈夫かい？　急に雪牙が飛び込んでくるなんて、災難だったね。まだ顔色がよくない。わたしが手をつなごうか？」

琥璉の隣を歩いていた暎曜にも心配そうに手を差し出され、あわててふるふるとかぶりを振る。

「だ、大丈夫です！　本当に、もう……っ」

「なぜお前が鈴花の手を引く必要がある？　手をつなぐならばわたしだろう？」

「いえっ！　手を引いていただく必要なんてありませんからっ！　それより、次は牡丹妃様のところへうかがうのでしょう？　私は大丈夫ですから、参りましょう！」

琥璉と手をつないで歩いたりしたら、宮女達からどんな目で見られることか。ただでさえ、鈴花などが琥璉の侍女を務めていることに不満を持つ宮女達が大勢いるというのに。突き刺すような視線を想像するだけで、胃が痛くなる。

「だが、まだ顔色が悪いのは確かだ。このまま行っては、牡丹妃様にご心配をかけてしまうだろう。ここからならば十三花茶会の会場も近い。先にそちらを見ておこう」

琥璉が茂みの角を曲がる。方向音痴の鈴花にはどこをどう進んだのかわからないが、あっという間に開けた広場についた。

明るい陽射《ひざ》しが降りそそぎ、卓や椅子、華麗な装飾品などがすべて片づけられた広場は、闇の中、禁呪が暴れ回っていた十三花茶会の会場だったと言われても、にわかには信じられない。

「ここが、十三花茶会の会場……ですか？」

呆然《ぼうぜん》と呟くと、すぐ隣から珖璉の声が降ってきた。

「ああ、そうだ。使える資材はすべて牡丹妃様主催の茶会のために移動させているからな。がらんとしたものだろう？　どうだ？　お前の目には何か見えるか？」

鈴花はゆっくりと広場を見回す。爽やかな春風が通り過ぎる広場は、禁呪の気配はおろか、薄墨色の《気》さえ欠片も見えない。

「いえ……。呪具らしきものの《気》は、何も見えません。今日、移動する間、いろいろ見ましたけれど……。十三花茶会の前にはあちこちで見かけていた薄墨色の《気》さえ、まったく見えませんでした」

牡丹妃の懐妊がわかった直後は、懐妊を妬み、流産を願う言葉が描かれた木片などがおびただしいほど見つかったものだが、茶会が終わって以来、薄墨色の《気》を見かけなくなった。

鈴花の言葉に、珖璉が「ふむ……」と考え深げな声を洩らす。

「牡丹妃様へのお渡りが途絶え、陛下が他の妃嬪の宮へ通われるようになったことで、嫉妬がやわらいだのならよいのだが……。何かのきっかけで、ふたたび嫉妬が再燃する可能性もある。鈴花、もし薄墨色の《気》を見かけた際は、すぐに禎宇や朔に伝えよ」

「は、はいっ！」

珖璉の言葉に大きく頷く。牡丹妃の身に何かよくないことが起きるなんて、絶対に許せることではない。

「しかし……。十三花茶会の会場にもないとは、いったいどこに……？」

珖璉が端麗な面輪をきつくしかめる。鈴花は、答える言葉を持たなかった。


「鈴花！　来てくれるなんて嬉しいわ！　さあ、かしこまっていないで顔を上げてちょうだい」

牡丹妃の前に通されるなり、段の上から華やかな声が降ってきた。おずおずと顔を上げた鈴花は、牡丹妃の華やかな笑顔に目がくらむ心地がする。

今日は四妃全員に拝謁したが、やはり牡丹妃が一番お綺麗だ。顔かたちの問題ではない。気品にあふれた様子も、自信に満ちた華やかな笑顔も、すべてが美しさにつながっている気がする。

「牡丹妃様、少しお痩せになられたのではございませんか？　やはりつわりがおつらいのでは……？」

珖璉が形良い眉を心配そうに寄せる。牡丹妃が笑顔のままゆったりとかぶりを振った。

「確かに吐き気で食が進まないこともあるけれども……。つわりは母になる者なら誰でも通る道でしょう？　それほど心配しなくても大丈夫よ」

「ですが、牡丹妃様は茶会の準備もおありです。食が細くなってらっしゃるのに、ご無理をなさるようなことは、絶対におやめください」

真摯に訴えかける珖璉の言葉から、牡丹妃の身体を心から気遣っているのがわかる。他の妃嬪に対しては決して礼儀正しい様子を崩さない珖璉がこれほど親身になるなんて、牡丹妃が皇帝の御子を懐妊しているという理由だけではない気がする。

きっと、牡丹妃の人柄が、ふだんは冷徹な珖璉の心をも動かしているに違いない。鈴花だって、牡丹妃には妃嬪の中の誰よりも幸せになっていただきたい。

「あら、珖璉ったら心配性ね。大丈夫よ。元気な御子を産むためにも、無理なんて決してしないわ。もちろん、茶会の準備をおろそかにするつもりもないけれど」

牡丹妃が愛《いと》しげに己の腹部を撫でる。懐妊がわかってからまだ一か月も経っていない牡丹妃のお腹《なか》はかすかなふくらみすらない。だが、鈴花の目には、そこに確かに宿る小さな銀の光が見える。

牡丹妃の慈愛に満ちた柔らかな表情は光り輝くばかりに神々しく、初めて拝謁した時よりもさらに美しさが増したように感じられる。

「珖璉。陛下のご下命を受けて、あなたも茶会の準備に携わってくれるのでしょう？あなたが助けてくれるというのなら、百人力だわ。頼りにしているわね」

「牡丹妃様にそのように言っていただけるとは、幸甚に存じます。この珖璉、陛下のご命令を果たすべく、全力を尽くす所存でございます」

珖璉が力強く応じる。真摯な声音は頼もしいことこの上ない。

牡丹妃はまだ纏斂墨壺のことを知らないが、安心して茶会を開くためにも、また、珖璉が心置きなく牡丹妃の茶会に尽力するためにも、早く呪具を見つけなければ。

鈴花が心の中で気合を入れていると、牡丹妃がにこやかな笑顔で暎睲を見やった。

「後宮付きの宮廷術師として新しく来てくれたのは、蛟家の暎睲殿なのね。蛟長官は息災でいらっしゃるかしら？」

「ええ。無事に昇龍の儀も終わり、ほっとしておりますよ」

ちらりと思わせぶりに珖璉に視線を向けた後、暎睲が見惚れるような笑みを浮かべて壇上の牡丹妃を見上げる。

「牡丹妃様におかれてはしばらくお会いできぬうちに、ますますお美しくなられ、輝くばかりにございます。皇帝陛下のご寵愛が深いのも納得いたしました。このたびは、ご懐妊誠におめでとうございます。牡丹妃様が健やかな御子に恵まれますよう、身を粉にして尽力いたします」

「それは頼もしいこと。十三花茶会から日が浅く、まだ後宮内も落ち着いていないもの。暎睲殿の働きで、一日も早く後宮が平穏を取り戻すことを願いますわ」

「お任せください。必ずや牡丹妃様のご期待に応えてみせます」

暎暒が自信を覗かせ、力強く首肯する。

「けれど……」

牡丹妃が麗しい面輪に悪戯《いたずら》っぽい笑みを浮かべる。

「暎暒殿のように見目麗しい男性が後宮に入ったら、侍女や宮女達が心穏やかではいられないでしょうね。別の意味で後宮が騒がしくなりそうだこと」

「ご心配は無用でございます」

微笑んでゆるりとかぶりを振った暎暒が、なぜか鈴花を見やる。

「後宮に麗しい花は多々咲き乱れておりますが、わたしはもう、手に入れたい一輪を見つけましたので」

「まぁっ！」

「何を呆《ほう》けたことを言う⁉　後宮は皇帝陛下ただおひとりのための花園！　我等《われら》の役目はその安寧を守ること。花を愛《め》でている暇などあるまい！」

暎暒の言葉に、目を瞠った牡丹妃の声と珖璉の叱責が同時に飛ぶ。だが、暎暒は睨みつける珖璉の視線を悠然と受け止め、挑発するように唇を吊《つ》り上《あ》げた。

「おやおや。ご自身を棚に上げて何をおっしゃるのやら。少なくとも、珖璉様に叱責される筋合いはないかと存じますが。……それとも、わたしに花を奪われそうだと危惧されてらっしゃるのですか？」

「何だと⁉」

牡丹妃の御前だというのも忘れたかのように、珖璉の声に険が宿る。暎睲を睨みつけるまなざしは刃のように鋭い。

「あらあらこれは……。何やら楽しいことになっているようね」

睨み合う珖璉と暎睲を見やった牡丹妃が、興味深げな声を出す。と、牡丹妃の視線が鈴花に移った。

「当の鈴花は何やら不満げな様子だけれど……。どうしたの？　言ってごらんなさい」

「えっ⁉」

まさか、牡丹妃から声をかけられるとは思っていなかった鈴花はすっとんきょうな声を上げる。思っていたことがそんなに顔に出ていたのだろうかと、ぺたぺたと両手で自分の頰にふれると、牡丹妃が楽しそうな笑い声を上げた。

「いいのよ。思ったことがあるのなら言ってごらんなさい」

今や牡丹妃だけでなく、珖璉と暎睲も振り返って鈴花を見ている。美形が三人もそろうと圧がすごい。牡丹妃のご下問に答えぬわけにはいかず、鈴花は唇を湿らせるとおずおずと口を開いた。

「その、暎睲様は珖璉様のことを『ご自身を棚に上げて』とおっしゃっていましたが、珖璉様ほど真摯に職務に励まれてらっしゃる方はいらっしゃらないと思いますっ！　お花を眺めてのんびりなさることなんて、滅多にありませんっ！」

　きっと暎睲はまだ後宮に来たばかりで、珖璉の精勤ぶりを知らないのだ。きっぱり告げると珖璉と暎睲がそろって目を見開いた。そこへ牡丹妃の吹き出す声が降ってくる。

「ふふふっ、鈴花ったら本当に面白い子ねぇ！　やっぱり、わたくしの侍女にできないかしら……？」

「牡丹妃様っ⁉」

　珖璉が珍しくあわてた声を上げる。楽しくてたまらないと言わんばかりに、牡丹妃が鈴が転がるような笑い声を立てた。

「冗談よ、安心なさい。でも、鈴花のおかげで、よい気分転換になったのは確かだわ。また顔を見せにいらっしゃいね、鈴花」

「あ、ありがたき幸せに存じます……っ！」

　いったい鈴花の何が牡丹妃に気に入られたのだろうか。わけがわからぬまま、鈴花は恐縮しきりで頭を垂れた。

◇　◆　◇

　侍女を下がらせた自室で、疲れ果てた梅妃・萌茗は背もたれに身体を預けて長椅子に座り込んだ。

耳の奥では、先ほどまで叔母である桂花妃・珂笙《かしょう》にくどくどと言われていた説教がまだ渦巻いている。

『まったく！　あなたはいつまで経っても子ども気分で……っ！　叔母として情けないわ！　もっと上級妃である自覚を持ちなさい！』

萌茗にとってはとうに聞き飽きた説教だというのに、珂笙は飽きもせず同じことばかり繰り返す。いや、牡丹妃の懐妊がわかってからは、さらに口うるさくなった。

『あなたは、いずれは龍華国の国母となる身なのです！　何のためにわたくしが中級妃に退いてまで、あなたを梅妃の地位につけたと思っているのです!?　牡丹妃などに負けてなるものですか……っ！』

以前から皇帝の寵愛を牡丹妃ひとりが占めていることに強い不満を抱いていた珂笙だが、牡丹妃が懐妊してからはもう、顔を見るたびに叱咤《しった》されている。

『牡丹妃が夜のお勤めを果たせぬ今が好機なのです！　陛下のお心を摑めるよう、もっとしっかり励みなさいっ！　牡丹妃が無事に子を産めるとは限りません。あなたが懐妊さえすれば……っ！』

現皇帝が皇子であった時からの妃でありながら、一度も子どもに恵まれなかった叔母が、姪の萌茗に期待をかけていることは知っている。

　だが、期待をかけられたからといって、なぜ萌茗がそれに応えねばならないのか。萌茗は両親や叔母がぜひにと望んだから、後宮へ輿入《こしい》れしただけだ。そこには、萌茗の意思など欠片たりとも入っていない。

　父親のような年の皇帝に、恋心など抱きようがないのに。萌茗の心に棲《す》んでいるのは。

「珖璉様……」

　憧れの人の名を、唇だけでそっと紡ぐ。

　月の光を縒《よ》ったかのような神々しいほどの美貌。耳に心地よい声は涼やかで、引き締まった体軀《たいく》は凛と姿勢よく……。

　珖璉のことを想うだけで、胸の奥に炎が灯る。

　後宮に来て唯一喜ばしかったのは、珖璉に出逢《であ》えたことだ。だというのに。

「何なの、あの小娘は……っ！」

　まるで宝物のように大切そうに抱き上げられていたみすぼらしい娘。珖璉があんな風に慈愛に満ちたまなざしを萌茗に向けてくれたことなんて、一度もないというのに。

　しかも、それだけでなく。

「わたくしの大切な雪牙に礼を失したふるまいを……っ！」

「わんっ」

　自分の名を呼ばれたと思ったのか、部屋の片隅の寝床でおもちゃで遊んでいた雪牙が立ち上がり、おもちゃを口にくわえて萌茗に駆け寄ってくる。

おもちゃをくわえたまま、ぶんぶんとしっぽを振る雪牙の頭を、背もたれから身を起こした萌茗は優しく撫でた。

「お前はいいわね、雪牙。わたくしと違って、後宮のどこにでも好きに行けるのだもの。お前のように自由に出歩けるのなら、わたくしも珖璉様のところへ行ってみたいわ」

雪牙は後宮に輿入れする前から実家で飼っていた犬だ。梅宮の侍女達は、すべて珂笙の息がかかっている。萌茗が梅妃としてふさわしくあるよう、常に目を光らせているのだ。萌茗が心を許せる相手は、たった一匹、雪牙だけだ。

「くぅん」

と萌茗を案じるように鼻を鳴らした雪牙が、くわえていたものをことりと長椅子に置き、萌茗の手に甘えるように頭をこすりつける。白く柔らかな毛が、ささくれだった萌茗の心を癒やしてくれる。

「いい子ね、雪牙」

よしよしと愛犬を撫でた萌茗は雪牙が長椅子に置いたものを見て「あら？」と声を洩らす。

「これは初めて見るわね。雪牙ったら、いったいどこで拾ってきたの？」

一匹で後宮のあちこちを散歩してくる雪牙は、よくどこからか他愛のない品物を拾ってくる。部屋の隅には雪牙が拾ってきた棒切れや穴の空いた小さな竹籠など雑多な物が転がっていた。侍女達は顔をしかめるが、片づけて雪牙に吠《ほ》えられるのが怖いのか、放置したままだ。

今回、雪牙が拾ってきたのは、直径が小指の長さほどもある真っ黒い玉だった。だが、つるりとした表面には糸が通された穴も何も見当たらない。雪牙が拾ってきたということは、加工前に誰かが打ち捨てたものなのだろう。

なぜか心惹《ひ》かれるものを感じ、萌茗はそっと黒玉を手に取ってみる。しっとりと冷たく肌にすいつくような重さの黒玉は、やけに手になじむ気がした。

「本当に、忌々しいこと……」

我知らず、呟きが口からこぼれ出る。

自分は皇帝の子を授かれなかったのに、それを萌茗に強いる叔母も、叔母の言いなりになって萌茗を監視する侍女達も。何より──。

珖璉に慈愛のまなざしを向けられるみすぼらしい小娘なんて。

「消えてしまえばいいのに……。ねぇ、雪牙」

「わんっ」

無意識に黒玉を握りしめ、萌茗は無邪気に願いを呟いた。

第三章　身分違いの相手に恋することさえ罪ならば

体内に宿っているはずの宦吏蟲が消えていた武官・銕延について、内密の話があるため、人目を避けて至急、宮を訪れてほしいと、中級妃である躑躅《つつじ》妃《ひ》から文が届いたのは、銕延が牢に捕らえられた翌朝のことだった。

「あのっ、私も一緒に連れて行っていただけませんか⁉」

了承の旨を綴《つづ》った返事を躑躅妃の宮に届けるよう、禎宇を使いに出した珖璉に、鈴花は頭を下げて頼み込む。

「かまわんが……。どうしたのだ？」

「昨日、銕延さんが牢に入ることになった原因は、私が指摘したせいなので……。気になって仕方がなくて……」

　しゅん、と肩を落として告げると、珖璉に優しく頭を撫でられた。

「お前はちゃんと務めを果たしただけだ。責任を感じる必要はない。……が、そこで相手を気遣う優しさは、お前の美点のひとつだな」

「えっ⁉　いえ……っ」

　思いがけなく褒められ、鈴花はふるふるとかぶりを振る。

「昨日もそうだ。罪人として命を落とした茉梅の形見を縁者に渡してやろうとは……。わたしは、思いつきすらしなかった」

鈴花を見やる珖璉のまなざしは、包み込むように優しい。

「こ、珖璉様にお褒めいただけるようなことではありません！　そ、それに……。昨日、持って帰ってきてしまいましたが、本当によかったんでしょうか……？　高価そうな品ばかりでしたのに……」

昨日、茉梅の荷物から持って帰ってきた簪などは、鈴花の部屋の長櫃に大切にしまってある。が、銀の簪なんて、本当に鈴花などが持っていていいものだろうか。

鈴花が問うと、意外なことを言われたとばかりに珖璉が目を瞬《しばたた》いた。

「何を言う？　お前は官正であるわたしの侍女なのだ。銀の簪くらいつけて当然の立場だぞ？　というか、せっかく持って帰ってきたというのに、つけていないのか？　お前に似合う簪だったというのに」

「ええぇっ!?　そんなわけないですよっ！　私なんかに簪なんて……っ！」

とんでもない、とかぶりを振ると、不意に珖璉が悪戯っぽく微笑んだ。

「お前は簪などつけずとも、十分に愛らしいのは確かだが」

頭を撫でていた手が頬にすべり落ちたかと思うと、椅子から身を乗り出した珖璉が、立ったままの鈴花にくちづける。

「っ⁉　こ、珖璉様っ⁉」

いくら禎宇が出ていって二人きりとはいえ、これは不意打ちすぎる。一瞬で頬が熱を持ち、心臓がぱくぱくと高鳴る。

だが、抗議の声を上げても珖璉は甘やかに笑うばかりだ。下から覗き込むように見上げられ、腰が砕けそうになる。

「つ、躑躅妃様の宮へうかがうのでしょう⁉　お待たせしては申し訳ありませんし、参りましょう！」

ふらつきそうになる足を踏ん張って珖璉を促すと、仕方なさそうに吐息した珖璉が立ち上がった。

「今日は銕延のところにも行かねばならんからな。躑躅妃様がどんな話をなさりたいのかはわからんが……。何より、中級妃様の至急の呼び出しを無視するわけにはいかぬ。躑躅妃様はわたしひとりだけとは書かれていなかったからな。来たいと言うのなら、お前も来ればよい」

「ありがとうございます！」

礼を言い、鈴花は珖璉の後について部屋を出た。

鈴花と珖璉が躑躅宮を訪れると、待ちかまえていた侍女頭にすぐさま奥へと連れて行かれた。てっきり他の妃嬪のように玄関近くにある応接室に通されると思っていた鈴花は、宮の奥へと案内されてびっくりする。

「こちらでございます」

侍女頭が鈴花と珖璉を通したのは、宮の奥まったところにある小部屋だった。自らは中に入らず、鈴花達を通した侍女頭が扉を閉める。

小さな円形の卓といくつかの椅子だけがある部屋の中にたったひとり座していたのは。

「お待たせいたしまして申し訳ございません。躑躅妃様のお召しに従い、参りました」

恭しく頭を垂れた珖璉の言葉に、鈴花は紅色の華やかな衣を纏った女人が躑躅妃だと悟る。珖璉に続いて、鈴花もあわてて頭を下げた。

「早々の訪問、感謝しますわ。……ところで、そちらの侍女は？」

疑心に満ちた険しい声に、鈴花は頭を下げたまま身を強張らせる。代わって口を開いたのは珖璉だ。

「わたしの侍女の鈴花でございます。ご安心ください。この部屋で話した内容が外に洩れることは、決してございませんゆえ」

躑躅妃の懸念を読んだかのように珖璉が断言する。珖璉は奥まった小部屋に案内された時点で、躑躅妃の話が他者に聞かせられぬ内容だと察したらしい。顔を伏せたままの鈴花は、己に躑躅妃の視線が突き刺さるのを感じる。ややあって。

「この子は十三花茶会の時に飛び込んできた侍女ね。わかりました、珖璉様がそこまで信を置いているのなら、わたくしも信じましょう。さあ、時間が惜しいわ。席についていて」

躑躅妃の声に、鈴花はおずおずと顔を上げる。躑躅妃は二十二、三歳ほどの目鼻立ちがはっきりした美女だった。右の口元にある小さな黒子《ほくろ》が蠱惑《こわく》的だ。華やかな容貌はなんとなく牡丹妃に通じるものを感じさせる。

珖璉が椅子につき、鈴花は斜め後ろに立って控える。珖璉が座った途端、躑躅妃がずいと卓に身を乗り出した。

「銕延が牢に捕らわれたと聞きましたわ！　本当ですの⁉」

珖璉を見つめるまなざしは真剣そのものだ。

「事実です。ですが……」

珖璉がかすかに眉を寄せていぶかしげに躑躅妃を見やる。

「銕延は昨日、牢に入れられたばかり。なぜ、躑躅妃が一介の武官をお気になされるのですか？」

「銕延は、もともとわたくしの実家に仕えていましたの。わたくしが後宮入りした時に、武官として宦官に……。ねぇっ⁉　いったい銕延はどうなりますの⁉」

身を乗り出したまま問う躑躅妃は心から銕延を心配している様子だ。だが、対する珖璉は表情を変えずに淡々と問いかける。

「躑躅妃様は、銕延が牢に捕らえられた理由について、ご存じですか？」

珖璉の問いに、躑躅妃が眉を寄せてかぶりを振る。

「いえ、何やら帳面と齟齬《そご》があったとしか……。ですが、何かの間違いですわ！　生真面目すぎるほど真面目な銕延が、罪を犯すなどありえませんっ！」

「──銕延に入っているはずの宦吏蟲が、消えていたのです」

「っ⁉」

珖璉の言葉に、躑躅妃が鋭く息を呑む。と、見る間に美しい面輪から血の気が引いていった。

「……銕延は、どうなりますの？」

蒼白《そうはく》な顔でこぼされた声はかすれ、震えている。だが、珖璉はあくまで冷淡だった。

「今の時点では何とも申し上げられません。ですが──」

珖璉が真っ直ぐに躑躅妃を見やる。

「宦正として、後宮の秩序を乱す者は捨て置けません。宦吏蟲の帳面と相違があったのは、銕延だけ。銕延が何を企んでいたのか、本人を尋問せねばわかりませんが……。昨日の時点では銕延はひどく頑なだったと聞いております。このまま黙秘を続けるなら、強硬な手段をとることも考えねばならぬでしょう。……拷問も、ありえるやもしれません」

「っ⁉」

躑躅妃の面輪は蒼白だ。鈴花は躑躅妃が気を失ってしまうのではないかと心配になる。

しかし、鈴花の不安とは裏腹に、躑躅妃は己を鼓舞するように固く唇を噛みしめると視線を上げて珖璉を見据える。黒い瞳には強い覚悟がにじんでいた。

「では、銕延が無罪だとわかれば、彼を牢から出してくれるのですね？」

「躑躅妃様は、何をご存じでいらっしゃるのですか？」

温度を感じさせぬ声で珖璉が問う。彫刻かと見まごうほど顔立ちが整っているだけに、険しい面持ちをしていると、そばにいる鈴花まで気圧《けお》されそうになる。喉がひりつくような緊張感が小部屋を満たした。

根負けしたように視線を伏せた躑躅妃が、紅をぬった唇から吐息にまぎれそうな声をこぼす。

「……銕延の宦吏蟲を抜かせたのは、わたくしなのです」

予想だにしなかった躑躅妃の告白に、鈴花は大きく息を呑む。自分の呼気が思った以上に室内に響き、鈴花はおろおろと視線をさまよわせた。だが、珖璉は微動だにしない。

「理由をうかがっても？」

躑躅妃を見据えたまま、珖璉が問いを重ねる。観念したように、躑躅妃が豪奢な衣に包まれた肩を落とした。

「一度だけ……。たった一度でよいから、銕延と結ばれたかったからですわ」

まるで不可視の火薬が爆発したように、衝撃が部屋の空気を震わせる。

反射的によろめいた鈴花の身体が、珖璉が座る椅子の背もたれにふれる。一瞬、気遣わしげに鈴花を振り返った珖璉が、すぐに躑躅妃に視線を戻した。

「それは、銕延との子を陛下との御子だと謀《たばか》ろうと――？」

珖璉の声が刃のように鋭く、低くなる。

聞いているだけの鈴花ですら、思わず身体が震えるほどの厳しい声。鞭打《むちう》たれたように身体を震わせた躑躅妃が、激しくかぶりを振った。

「そんな畏れ多いことなど考えていませんわ！　わたくしは、ただ……っ」

首が折れるかと思うほど、躑躅妃ががっくりと下を向く。髪に飾られた躑躅の花の意匠が施された簪が、しゃらりと音を立てた。

「実家の屋敷にいた頃から……。ずっとずっと昔から、銕延に恋い焦がれているのです。ですが、貴族の娘とお付きの武官がどうして結ばれることがありましょう？　中級妃として後宮入りが決まった時に、銕延と結ばれることは諦めるつもりでした。けれど、銕延はわたくしを追うように宦官となって後宮へ来てくれて……」

ほんの一瞬、躑躅妃の声が華やぐ。あふれんばかりの幸せを閉じ込めた声。

「ですが、実家の目がなくなったからといって、中級妃と武官で何か起こるわけがありません。そんな時に、ある噂を聞いたのですわ」

「……昔、後宮で上り詰めることを欲するあまり、宮廷術師に宦吏蟲を抜かせ、宦官との子どもを皇帝との御子だと偽ろうとした妃嬪がいたそうですね。偽りが明らかとなり、妃嬪も宦官も、極刑に処せられたそうですが」

珖璉が躑躅妃の言葉を引き取る。躑躅妃がうつむいたまま激しくかぶりを振った。

「そんな大それたことなど企んでおりません！　わたくしはただ、たった一度、銕延と結ばれることができれば、それだけでよかったのです！」

顔を上げた躑躅妃の目には、真珠のような涙があふれんばかりになっていた。

「たった一度だけ愛しい人と結ばれることができれば、その想《おも》い出《で》を胸に後宮で朽ちていってかまわないと……。そう、願っていただけなのに……っ！」

躑躅妃の目からあふれた涙がひとすじ、つぅっと頬を伝う。

「ですが、銕延は……」

躑躅妃が力なくかぶりを振る。

「わたくしは大金と引き換えに、博青に銕延の宦吏蟲を抜かせました。けれど、そのことを知った銕延は、わたくしに罪を犯させまいと茱栴に頼んでふたたび宦吏蟲を入れてしまって……」

その茱梅が死んでしまったため、銕延は宦吏蟲が消えた状態になり、帳面と異なる事態になったということらしい。茱梅が亡くなった今、躑躅妃の話が真実かどうか証明はできない。

だが鈴花は、躑躅妃がわざわざ珖璉を呼んで作り話を聞かせるとは思えなかった。もし嘘《うそ》をつくなら、躑躅妃にも銕延にも罪が及ばない内容にするはずだ。

「お願いですっ、珖璉様！　銕延は何も悪くないのです！　罪を犯したのはわたくしだけ……っ！　わたくしはどんな罰でも受けます！　ですから、どうか銕延は……っ！」

躑躅妃が額が卓につきそうなほど頭を下げて懇願する。

妃嬪の立場にいる者とは思えぬ必死の懇願に、鈴花は嫌でも躑躅妃の想いを感じとる。銕延を助けるためなら、躑躅妃は己の身をなげうってもかまわぬに違いない。

鈴花は斜め前に立つ珖璉をじっと見やる。珖璉は表情ひとつ変えずに黙したままだ。

「珖璉様、お願いです……っ！」

身を震わせながら、躑躅妃が頭を下げ続ける。必死な様子に、鈴花の胸まで締めつけられる心地がする。思わず鈴花まで懇願しようとする前に。

「躑躅妃様のお話は承知しました。――ですが」

顔を上げた躑躅妃の目に喜色が浮かぶより早く、珖璉が言を継ぐ。

「まだ、錬延本人に話を聞けておりません。何より、未遂とはいえ、躑躅妃様と錬延が皇帝陛下を裏切ろうとしたのは確か。錬延がどうなるのか……。それは、本人に確認を取ってからです」

「錬延は……っ！　錬延は何も悪くないのですっ！　彼はわたくしのわがままに振り回されただけ！　ですからどうか……、彼だけは……っ！」

必死に訴えかけながら、躑躅妃が珖璉の手を取ろうとする。白い繊手を珖璉はやんわりと押しとどめた。

「躑躅妃様のお気持ちは理解いたしました。ですが、今の時点では確かなことは何も言えませぬ。この話を知っているのは、わたくしだけでよろしいですね？」

「博青はもちろん知っておりますわ。大罪を犯すからにはそれなりの対価を、と大金を支払いましたもの。あとは、わたくしの侍女頭の他には、知っている者はひとりもおりません」

博青が大金を要求したのは、きっと芙蓉妃と後宮から逃げるためだったに違いない。

「なるほど」

頷いた珖璉が席を立つ。

「では、この後すぐに錬延にも会いましょう。躑躅妃様には、状況がわかり次第、わたし自身が報告に参ります。ですが、楽観はなさらぬように」

珖璉の言葉に、躑躅妃がきっぱりと頷く。

「わかりましたわ。錸延が助かるのでしたら、わたくしは中級妃の座を追われ、牢へ入ることになってもかまいません」

きっぱりと告げる躑躅妃の面輪には、強い覚悟が見える。躑躅妃の想いの深さに、鈴花は胸をつかれる心地がする。

人目を避けるためだろう。躑躅妃との会談が終わり、躑躅宮の裏口から外へ出た途端、鈴花は思わず前を歩く珖璉に呼びかけていた。

「珖璉様っ！　あの……っ！」

だが、それ以上、言葉が続かない。驚愕や不安が胸の中で激しく渦巻いて、何と言えばいいのかわからない。

それほど、先ほど躑躅妃から聞いた話は衝撃的だった。

鈴花は今まで、妃嬪達は皆、皇帝と結ばれるのを望んでいるのだと思っていた。博青と通じた芙蓉妃は特殊な例外なのだと。

だから、躑躅妃のように皇帝と結ばれるどころか、他の男性に恋をしている妃嬪がいるなんて……。想像すら、していなかった。

胸を締めつけられるような躑躅妃の訴えが耳の奥に甦《よみがえ》る。

たった一度だけ、恋しい人との逢瀬《おうせ》を望んだ躑躅妃。それさえ叶《かな》えば、後宮で朽ちて

いくだけでかまわないなんて、
躑躅妃はどれほどの想いと覚悟をもって、博青に依頼をしたのだろう。

中級妃のひとりとして、数多《あまた》の侍女達にかしずかれる立場なのに……。ただ、恋しい人と身分が違うだけで、その手を取ることさえできないなんて。

「どうした？」

立ち止まり、心配そうに鈴花を振り返った珖璉の面輪をじっと見上げる。

鈴花も同じだ。一介の侍女である鈴花は、皇帝の甥である珖璉とは、本来なら口をきくことはおろか、銀の光を纏う姿を見ることさえ叶わない。今、こうして手の届く位置にいられることこそが奇跡なのだ。

「躑躅妃様の話に、衝撃を受けてしまったか？」

端麗な面輪を困ったようにしかめた珖璉が、あやすように鈴花の頭を撫でてくれる。

「身分が高ければ高いほど、想う者と結ばれることは難しくなる。家の都合やその時の政情が複雑に絡まりあってくるのでな……」

形良い眉をきつく寄せて話す珖璉の低い声は、まるで自分自身に言い聞かせているようで。嫌でも鈴花の胸が轟《とどろ》く。

「つ、躑躅妃様と銕延さんはどうなるんですか……っ⁉」

胸に湧き上がりかけた恐ろしい未来から意識を逸《そ》らすように、かすれた声で珖璉に問いかける。震え出しそうな両手をぎゅっと胸の前で握りしめると、もう一度珖璉に頭を撫でられた。

「銕延にも話を聞かねば、判断できんが……。それほど心配せずともよい。今はまだ、わたししか事情を知らぬゆえ、二人にすぐに罰が下されることはない。ひとつ、考えもあるのでな。乗りかかった舟だ。鈴花、お前も来るのだろう？」

「は、はいっ！　私も銕延さんのところへ連れて行ってくださいっ！」

珖璉の言葉に、鈴花は大きく頷いた。

鈴花と珖璉が後宮内の牢に行くと、途中、珖璉が宦官を使いにやって呼ばせた影弔と朔がすでに着いていた。

三十代半ばの苦み走った容貌の影弔も、鈴花と同じ年頃で吊《つ》り目がちの朔も、珖璉に仕える隠密《おんみつ》だ。だが十三花茶会が終わって以降、二人とも牡丹妃に万が一のことが起こらぬよう、牡丹宮の警護についていることが多い。その二人を牢へ呼ぶなんて、珖璉は何をしようとしているのだろう。

鈴花が疑問に思っている間にも、珖璉達は牢を進んでいく。鈴花は遅れないようあわてて後を追った。

牢はもともとさほど大きい建物ではない。珖璉によると、使われることは稀《まれ》で、今捕らえられているのは銕延ひとりだけとのことだ。

直近で使われた例といえば——。

鈴花自身は死体を見ていないが、鈴花を襲った宮女殺しの犯人が牢で殺されたことを思い出し、無意識に身体が震える。と、鈴花の心を読んだかのように、一歩前を行く珖璉が鈴花の手を握ってくれた。あたたかく大きな手に、恐怖がほどけていく心地がする。

銕延との話を聞かれぬよう人払いしているため、鈴花達の他には誰もない。

向かい合わせにひとつずつ設けられた牢の片方の前で、鈴花の手を放した珖璉が足を止める。足音に気づいていたのだろう、牢内では木の床に両膝をついて正座した銕延が、珖璉達を待ち構えていた。固く唇が引き結ばれた精悍な顔は、黙秘を貫く意志をあらわしているかのようだ。

「ここへ来る前に、躑躅妃様に会ってきた」

珖璉が開口一番に告げた言葉に、銕延の頑なな表情が瞬時に崩れる。かまわず珖璉が言を継いだ。

「躑躅妃様がおっしゃるには、おぬしの宦吏蟲を抜くよう博青に命じたのは自分だと。自分が勝手にしたことで、銕延に罪はない。咎《とが》を負うなら自分がと——」

「違いますっ！　躑躅妃様がおっしゃっていることは事実ではありませんっ！」

身を乗り出した銕延が、珖璉の言葉を遮る。

「博青殿に宦吏蟲を抜くよう要求したのはおれです！　躑躅妃様には一切関わりがありませんっ！　おれが躑躅妃様に一方的に懸想して、どうにかならぬかと、愚かにも宦吏蟲を抜かせたのです！　ですが、躑躅妃様には指一本ふれておりませんっ！　すべて、躑躅妃様のあずかり知らぬところで俺が勝手にしたことで……っ！　ですから、罪を負わせるなら、どうぞおれだけに……っ！」

大きな身体を折り畳むように銕延が額を床板にこすりつける。

銕延が躑躅妃を庇っているのは、鈴花ですらわかった。きっと、真実は躑躅妃が語ったほうなのだろう。だが、躑躅妃は銕延を、銕延は躑躅妃を互いに庇っている。

指一本ふれることも叶わず、それでも想いあう躑躅妃と銕延に、鈴花の胸が軋むように痛くなる。

「珖璉様っ！　お二人を助けることはできないのですかっ⁉　宦吏蟲を抜いたのは確かによくないことですけれど、でも……っ！」

居ても立ってもいられず、鈴花は珖璉に訴えかける。

躑躅妃も銕延も、ただ互いを想っているだけだ。手がふれることすらしていない。

「お願いですっ！　珖璉様なら、お二人を助けてあげられるのでしょう……っ⁉」

「おいっ⁉　鈴花！」

後ろに控える朔が非難の声を上げる。だが、請わずにはいられない。

自分でも、とんでもないことを言っているのだとわかっている。後宮の不正を正すことが役目である官正の珖璉に、目をつむってほしいだなんて。

「身分違いの想いを抱くだけでも罪なのですかっ⁉　だったら……っ！」

涙があふれそうになり、唇を嚙みしめる。

身分違いの相手に恋をしたことが罪ならば、鈴花は躑躅妃達以上の大罪人だ。鈴花が恋した相手は、たったひとりの皇位継承者なのだから。

「鈴花……」

こちらを振り向いた珖璉の困り果てた面輪を見た途端、刃で刺されたように鈴花の胸がずくりと痛む。

珖璉にこんな顔をさせたくなんてないのに。「こんな愚かな願いを言う侍女など、そばに置いておけぬ」と言われたらどうしよう。そう考えるだけで全身が震え、膝からくずおれそうになる。

と、不意に珖璉に頭を撫でられた。

「心配はいらぬ。考えがあると言っただろう？」

優しい声で告げた珖璉が、次いで後ろに控える影弔を振り返る。

「どうだ？　使えそうか？」

「さすがにこの状態じゃ判断できませんよ」

主の問いかけに影弔が苦笑いして肩をすくめる。珖璉が平伏《ひれふ》したままの鋏延を見下ろした。

「鋏延。おぬしに放免の機会をやろう」

鋏延が弾かれたように顔を上げる。端麗な面輪に薄く笑みを浮かべ、珖璉が昂然《こうぜん》と告げた。

「ここにいる影弔と手合わせをしてみよ。見事、影弔を倒してみせれば、躑躅妃もおぬしも、罪に問わぬと約束してやろう」

不審者が近づけばすぐにわかるよう、牢の周りは木々が切られ、開けた草地になっている。今そこでは木剣を手にした鋏延と影弔が、一間《いっけん》ほどの距離を開けて相対していた。

二人の中ほどに審判役を務める珖璉が立ち、鈴花と朔は珖璉のさらに後ろに並んで控えている。

鋏延は木剣の具合を確かめるように柄を握りしめている。勝利すれば無罪を勝ち取れるとあって、精悍な顔に浮かぶ表情は鬼気迫るほど真剣だ。対して影弔は、右手に握った木剣をだらりと下げたままで、まったく気負った様子がない。

「いつでもかかってきていいんだぜ?」

飄々《ひょうひょう》と告げた影弔に、銕延が射貫《いぬ》かんばかりに鋭いまなざしを向ける。

「では、参る」

剣を握りしめ、生真面目に応じた銕延が不意に動く。

「はあぁっ!」

裂帛《れっぱく》の気合とともに振り下ろされた銕延の木剣を、影弔がぎりぎりの距離で避ける。

避けた影弔を返す刀で銕延が追う。

「おっと」

手元を狙った一撃を影弔が剣で受ける。かぁんっ! と木剣が打ち合わさる高い音が鳴り響いた。

息つく暇もなく銕延の木剣が影弔を襲う。

いくら本物よりは軽い木剣とはいえ、これほど速く繰り出せるものなのだろうか。当たるだけで骨まで砕いてしまいそうな重い一撃を、銕延が矢継ぎ早に繰り出す。

影弔は最小限の動きで避けていくが、さすがにすべてをかわすことはできぬらしい。受け流すごとに高く硬い音が響く。

銕延の攻勢に影弔が防戦一方に追い込まれる。

がっ! とぶつかる木剣には、いったいどれほどの力が込められているのだろう。守りに徹しているとはいえ、剣を跳ね飛ばされることもなく銕延の猛攻をいなす影弔の技量に、剣など握ったこともない鈴花はただただ感心するほかない。

怒涛《どとう》のような攻撃がわずかにゆるんだ隙をつき、影弔が仕切り直しを狙ってか、距離を置こうとする。だが、やすやすと許す銕延ではない。

逃さぬとばかりに大きく足を踏み出し、剣を振りかぶった瞬間。

舞うような動きで影弔が位置取りを変える。誰もいない空間を銕延の木剣が薙《な》ぎ。

「勝負あり！　そこまでだ」

ぴたり、と銕延の首元で寸止めされた影弔の剣先に、珖璉が声を上げる。

「く……っ！」

一瞬、何が起こったのか摑めなかったらしい銕延が、己の敗北を悟って心底悔しそうに歯噛《はが》みする。そばで見ている鈴花も、何が起こったのかまったくわからなかった。隣に立つ朔は、ちゃんと影弔の動きを追えていたらしく、「さすが影弔さんです！」とはずんだ声で賞賛している。

だが、銕延が負けてしまったということは。

影弔が剣を引いた途端、銕延が膝から地面にくずおれる。握りしめた拳は己の不甲斐《ふがい》なさを嘆くようにぶるぶると震えていた。

「早まるなよ。銕延」

木剣を握ったままの銕延にひと声かけた珖璉が、影弔に視線を向ける。主の意を汲んだ影弔が頷いた。

「ここまで気骨があって腕も立つ武官は、なかなかいないかと。躑躅妃様への想いも本物のようですし、護衛には適任じゃないですかね？」

いぶかしげに顔を上げた銕延を見下ろし、珖璉がゆっくりと問いかける。

「銕延、おぬし……。牡丹妃様の護衛を務める気はないか？」

「牡丹妃様の、護衛を……？」

銕延が虚をつかれたようにおうむ返しに呟く。珖璉が重々しく頷いた。

「そうだ。懐妊された牡丹妃様は、多くの妃嬪達から疎まれていらっしゃる。今後、牡丹妃様に対し、よからぬことを企む輩が出てこないとも限らぬ。皇帝陛下に未だ御子がいらっしゃらぬ今、牡丹妃様にはなんとしても健やかな御子をお産みいただきたいのだ。おぬしのように腕の立つ者が護衛についてくれれば、ありがたい」

理解が追いつかぬと言いたげに端麗な面輪をぼんやり見上げる銕延に、珖璉がかすかに笑みを浮かべる。

「おぬしにとっても悪い話ではあるまい。もし、牡丹妃様が無事に御子をお産みになれば……。牡丹妃様より陛下に進言して、おぬしをそれなりの地位に出世させることも可能やもしれん。おぬしの働き如何《いかん》では、いずれ、中級妃を下賜される地位にまで上れるやもしれんな」

「っ⁉」

鋏延の身体が雷に撃たれたように震える。

「ま、誠でございますか……っ⁉」

問う声は驚愕にかすれていた。身を乗り出した鋏延を押しとどめるかのように、珖璉がゆったりと頷く。

「すぐに、というわけにはいかぬだろうがな。何より、牡丹妃様が無事にご出産なさらねば、出世の話も立ち消えだ。だが、後宮の警備隊の一武官でいるより、上級妃付きの護衛でいたほうが、今後、出世できる機会は多かろう。……どうだ？　受けるか？」

「もちろんでございます！　この鋏延、この身に代えましても牡丹妃様をお守りいたします！」

間髪容《い》れず食いつくように応じた鋏延が深々と頭を垂れる。珖璉が満足そうに頷いた。

「うむ、期待しておる。さっそく牡丹妃様に引きあわせたいところだが……。一日牢に捕らえられていた格好では連れて行けぬ。まずは身綺麗《みぎれい》にするとよい。その後、わたしから牡丹妃様へご紹介申し上げよう」

かしこりました、と応じた鋏延が立ち上がり、影弔に木剣を渡す。

「剣筋が一本気すぎるのが難だが、いい腕をしてるな。牡丹妃様の警護で一緒になることもあるだろう。期待してるぜ」

「たやすくおれから一本取っておいて、何を言う。だが……。また手合わせを頼む」

影弔と笑みを交わしあった銕延が、深々と一礼して背を向ける。大柄な後ろ姿が見えなくなってから。

「で、珖璉様。いったいどんな心境の変化なんです？」

影弔がからかうように珖璉に問いかける。

「牡丹妃様によこしまな想いを抱いたりしない、腕の立つ護衛は確かに欲しかったですが、珖璉様にしてはやけに甘い処置じゃあ、ありませんか？」

「確かに、少し前のわたしならば、躑躅妃様と銕延の二人を処罰していたであろうな」

影弔の言葉に頷いた珖璉が、不意に鈴花を振り返って甘やかに微笑む。

「だが……。想いが叶わぬ苦しさを、わたしも知ってしまったからな」

珖璉の微笑みに、ぱくんと鼓動が跳ねる。そんな鈴花には気づかぬ様子で、珖璉が言を継ぐ。

「影弔、朔。わたしは躑躅宮へ行くゆえ、鈴花を部屋まで連れて行ってやってくれ。よいか、万が一暎暒と会ったとしても、決して近づけるでないぞ」

「かしこまりました！　お任せください！」

「へいへい。嬢ちゃんに悪い虫なんざ近寄らせませんよ」

気負った様子で請け負った朔と、飄々と応じた影弔に満足そうに頷き、珖璉が身を翻す。躑躅妃と銕延が処罰を免れたことに心から安堵《あんど》して、鈴花は深々と頭を下げて珖璉を見送った。

「あ……」

影弔と朔に珖璉の私室まで連れて行ってもらう途中、鈴花は向かいからやってくる一団に思わず声を洩らした。

楽しげにおしゃべりしながらこちらへ向かってくるのは掌服の下級宮女達だ。見知った顔の宮女達も多くいる。朝の洗濯物を干し終え、いったん掌服の棟へ帰るのだろう。

「絡まれて騒ぎになっても厄介だ。嬢ちゃん、こっちへ来ておきな」

珖璉の元を離れて一時期、掌服に戻っていた頃、宮女達にひどくいじめられていたことを知っている影弔が、鈴花の腕を引っ張り木陰へ連れて行く。素直に影弔に従いながらも、鈴花は宮女達の一団から、目が離せずにいた。

二日前、見知らぬ蟲に取り憑かれた宮女達に襲われそうになり、珖璉と暎睲が蟲を滅したが、気を失った宮女達がどうなったのか、ちゃんと教えてもらっていない。見る限り、宮女達はいつもと変わらぬように思えるが、大丈夫だったのだろうか。

と、鈴花は通り過ぎていった一団の後方に、ひとり遅れている宮女の姿を見つけた。熱でもあるのだろうか。ふらつきがちな足取りで歩く宮女の肩に止まっているのは——。

「あの蟲……っ！」

「おいっ⁉」

朔が止めるより早く、木陰から身を乗り出す。鈴花の声に振り返った宮女が目を瞠った。

「鈴花……っ⁉」

宮女の声に応じるように、肩に止まっている薄墨色の蟲が羽を震わせた。かと思うと。

「う……っ！　あぁ……っ！」

宮女が苦しげに身悶《みもだ》えする。

「大丈夫で——」

「嬢ちゃん！　下がってろっ！」

ぐいと肩を掴んだ影弔が鈴花の前に身を躍らせるのと、宮女が突然、襲いかかってきたのが同時だった。

鈴花に伸ばされた手をぱしっと影弔が掴んだかと思うと、後ろにひねり上げる。その時には、影弔の右腕が宮女の首に回されていた。締め上げられた宮女がすぐに気を失ってがくりと影弔にもたれかかる。

「だ、大丈夫ですかっ⁉」

地面に横たえられた宮女にあわてて駆け寄り、膝をついて覗き込む。幸い、前を行く宮女達はこちらの騒動に気づいていない。

「俺は何ともねぇが、こいつは……？」

「薄墨色の蟲が肩についているんですっ！　前に襲ってきた宮女達と同じで……っ！」

鈴花の言葉に影弔と朔が気を失った宮女を見下ろすが、術師ではない二人に蟲は見えない。

「珖璉様は《気》を送り込んで蟲を滅してらっしゃったんですが……」

だが、鈴花はいったいどうすれば《気》を送り込めるのか、さっぱりわからない。追い払えないかとびくびくと蟲に手を伸ばしてみるが、蟲は飛び立つどころか警戒するように四対の羽をはためかせる。三対の足はしっかりと宮女の肩を摑んでいて、離れそうにない。無理やり摑んで引き離しても大丈夫なのだろうか。

「い、いったいどうすれば……っ⁉」

今ここで蟲が見えるのは鈴花だけだ。自分がなんとかしなければならないのに。

情けなさに涙がにじみそうになり、唇を嚙みしめた鈴花の耳に。

「どうしたんだい、鈴花？　何か困ったことでも？」

涼やかな声が届く。振り返った鈴花の目が捉えたのは、足早にこちらへ向かってくる翡翠色の《気》を纏う暎曜の姿だった。

「暎曜様っ！　助けてくださいっ！　この宮女の左肩に薄墨色の蟲が取り憑いているんです！」

鈴花のすぐ隣に屈《かが》み込んだ暎曜を振り向いて訴える。朔と宮女を抱える影弔が、警戒するように身構えたため、鈴花はあわてて暎曜が新たに後宮へ赴任した宮廷術師なのだと説明した。

「なるほど。美形の宮廷術師が来たと宮女達が騒いでいたが……。こりゃあ納得だな」

影弔が何やら得心したように呟くが、鈴花はそれどころではない。

「暎曜様、お助けくださいっ！　私、どうやって祓えばいいのかわからなくて……！」

優美な面輪を縋るように見上げると、なだめるように頭を撫でられた。鈴花だけでなく、影弔と朔までもが驚きに息を呑む。が、暎曜は悠然としたものだ。

「心配ないよ。わたしが来たからね。蟲がついているのは宮女の左肩なのかい？」

「はいっ、そうです！」

宮女に視線を落とした暎曜が、優美な面輪をしかめる。

「やはりわたしには見えないが……。鈴花が言うのなら、真実なのだろうね」

宮女の左肩近くにふれた暎曜が「《滅せよ》」とひと言短く告げる。

鈴花の目には、一瞬、強く輝いた暎曜の《気》が宮女の腕を伝って蟲を打ちすえたのが見えた。はらはらと、塵のように蟲が消えていく。

「ありがとうございますっ！　暎睲様のおかげで蟲が消えました！」

暎睲を振り返り、はずむ声で礼を言う。と、暎睲が鈴花の手を取り、身を乗り出した。

「昨日、蟲招術が使えないと思い悩んでいたけれど……。もしかして、うまく《気》が扱えないのかい？」

「す、すみません……」

身を引き、暎睲の手から指先を引き抜こうとするが、強く摑まれていてかなわない。

「責めているのではないよ。蟲招術を習い始めたばかりなら、うまくいかないのも仕方がないことだからね。けれど、せっかく見気の瞳があるというのに、活《い》かせないのは損失だ。きみさえよければ、わたしが直々に……」

「あ、あの……っ⁉」

何をする気なのか、鈴花の手を暎睲が持ち上げる。さらに暎睲が身を寄せようとしたところで。

「暎睲様。申し訳ございませんが、珖璉様より、大切な侍女をくれぐれも見張っておけと厳命されておりますので」

影弔が暎睲の手を摑んだかと思うと、流れるようにするりと外す。同時にぐいと朔に両肩を引かれて、鈴花はたまらず後ろに尻もちをついた。

「おいっ！　ぼけっとするなっ！　蟲はもう消えたんだな⁉」

「は、はいっ！　消えました！」

朔の問いにこくこく頷くと、乱暴に腕を引いて立たされた。影甲も暎曜に手を貸してもらって宮女を背に負う。

「暎曜様、ご足労をおかけしますが、掌服の棟までご同行いただけますか。わたしがひとりで行くよりも、宮廷術師である暎曜様にご説明いただいたほうが、掌服長も納得いたしましょう」

「それなら、鈴花も一緒に行ったほうがいいのではないかい？　残念ながら、わたしではこの蟲は見えないからね」

影甲の言葉に暎曜が鈴花に手を伸ばそうとする。が、その手が届くより早く、朔が間に割って入った。

「申し訳ございません。鈴花は珖璉様に言いつけられた御用がありますので、これにて失礼させていただきます。おいっ、行くぞ！」

「は、はい！　暎曜様、本当にありがとうございました！」

腕を摑んだ朔に引っ張られるまま、暎曜に深々と頭を下げて歩き出す。

影甲達から離れた途端、朔のお小言が飛んできた。

「もっと気をつけろよ！　ぼけっとして隙だらけなんだよ、お前！」

「ご、ごめんなさいっ！」

ふだんから鈴花に当たりがきつい朔だが、今日はいつも以上に機嫌が悪いらしい。が、鈴花が頼りないのはその通りなので、素直に詫びる。

「まったく。ぼやっとしてるから悪い虫が寄ってくるんだよ」

「えぇっ⁉　朔も蟲が見えるの⁉」

驚いて問い返すと、「違う！」と即座に怒られた。

「なんで珖璉様はこんな間抜けを！　絶対、一時の気の迷いに決まってる……！」

何やらぶつぶつと鈴花にはよくわからないことを呟きつつ、それでもちゃんと案内してくれる朔に、鈴花はおとなしくついていくほかなかった。

◆　◆　◆

躑躅宮に足を運んだ珖璉が躑躅妃への面会を依頼すると、すぐさま先ほど通された小部屋に案内された。

「銕延はどうなりますのっ⁉」

珖璉が椅子に座るや否や身を乗り出して問うた躑躅妃を、「銕延を罪には問いませんゆえ、落ち着いてお聞きください」となだめる。銕延を牡丹妃の護衛として取り立てた旨を説明すると、躑躅妃が驚愕に目を瞠った。

「何とお礼を申し上げたらよいのでしょう……っ！」

感極まったように声を上げた躑躅妃が喜びに華やかな面輪を輝かせる。が、最初の波が過ぎると、躑躅妃の顔に浮かんだのは考え深げな表情だった。

「珖璉様には、どれほどお礼をしても足りませんわ。……いったい、何をお望みなのでしょう？」

躑躅妃の頭の回転の速さに、珖璉は己の見る目が確かであったと内心で安堵する。あえてしばしの間をおいてから、珖璉はゆっくりと口を開いた。

「……躑躅妃様は、後宮の現状をどう思われてらっしゃいますか？」

珖璉の問いかけに、躑躅妃が意図を探ろうするかのようにわずかに目を細める。形良く整えられた眉を寄せながら、躑躅妃が口を開いた。

「そうですわね……。御子がお産まれになられていない現状、四妃様や一部の中級妃達の水面下の争いは激化する一方ですわ。牡丹妃様のご懐妊はおめでたいことでございますが、まだご懐妊なさったばかり。蘭妃様の例もございますし……。妃嬪達の争いはまだしばらく続くものと考えていますわ」

己はその争いに加わりたくないと言わんばかりの口調で躑躅妃が告げる。想い人がいる躑躅妃にとっては、本心からの言葉だろう。だが、躑躅妃の華やかな美貌は、儚《はかな》げな美人よりも目鼻立ちのはっきりした美女を好む皇帝の嗜好《しこう》に、不幸にも合致している。

「珖璉様は、妃嬪達の動向をお知りになりたいとお考えですの？」

「……躑躅妃には、わたしの真意をお話しいたしましょう」

問いには答えず、珖璉は躑躅妃を見つめたまま、わずかに卓に身を乗り出す。

「わたしは、牡丹妃様こそが龍華国の皇后にふさわしいと考えているのです」

珖璉の意思表明に、躑躅妃が鋭く息を呑む。構わず珖璉は言を継いだ。

「官正として、すべての妃嬪に平等に接するべきだという考えもあるでしょう。ですが、龍華国の臣《しん》として最も国益に適《かな》うことを考えるなら、わたしは牡丹妃様以上に皇后にふさわしい御方はいらっしゃらないと断言します。牡丹妃様が無事に御子を……。たとえ皇子でなく姫君であれ、お産みになれば、牡丹妃様の権勢は後宮で並ぶ者のない勢いとなりましょう。そうなれば、立后の話すら見えてくるものと信じております」

「牡丹妃様が……」

珖璉の言葉を嚙みしめるように躑躅妃が呟く。次いで、ついと視線を上げて珖璉を見据えた。

「わたくしに真意を明らかにして、珖璉様は何をお望みですの？」

やはり話が早い、と珖璉は躑躅妃の聡明《そうめい》さを好ましく思う。

「具体的に躑躅妃様に何かをしてくださいとお頼みする気は、今のところございません。

ですが、現在、牡丹妃様に敵が多いのは確か。間もなく牡丹妃様主催の茶会も行われる予定です。躑躅妃様には、それとなく牡丹妃様のお味方をしていただければ、と」

上級妃達はそれぞれ、己の実家とつながりがある令嬢を中級妃に据えている。だが、牡丹妃が庇護《ひご》を与えていた中級妃の芙蓉妃は、宮廷術師の博青との間に子どもを身籠もって、後宮を放逐された。

もともと芙蓉妃は牡丹妃のために何の働きもしておらず、牡丹妃自身も芙蓉妃に何も期待していなかったが、空いた芙蓉妃の地位に、他の上級妃が自分の味方となる令嬢を据えようとする動きも出てきている。

中級妃がひとり増えたところで牡丹妃の地位がすぐに脅かされるとは限らないが、後宮は閉じられた世界。やはり内部の味方は多いほうがよいに決まっている。

上級妃の実家と深い関わりのない家柄の中級妃も幾人かいるが、躑躅妃はそのうちのひとりだ。牡丹妃も含め、上級妃の実家は王都に基盤を持つ大貴族ばかりだが、躑躅妃の実家は辺境を守護する武門の家柄。実家が王都にない躑躅妃ならば、他の上級妃も圧力をかけづらいだろう。

何より、聡明な躑躅妃が牡丹妃の味方となってくれれば、心強いことこの上ない。

それに、ここで躑躅妃と縁を結んでおけば、もしかすると――。

先走りかけた思考を押しとどめる。今、問題にするべきはもっと近い未来のことだ。

「珖璉様のお考えは承知しましたわ。わたくしも、牡丹妃様に皇后になっていただきたいと望んでおります。非力な身なれど、お味方をさせていただきます」

珖璉の意図を正しく汲んだ様子で、躑躅妃がきっぱりと頷く。珖璉は微笑んで打ち明けた。

「わたしは、銕延にこう告げたのですよ。『上級妃の護衛をして武勲を立てれば、中級妃を下賜される地位にまで上れるやもしれぬ』と」

「っ⁉」

躑躅妃が息を呑んで目を瞠る。

「ですが、妃嬪の数を減らすなど、後宮が後宮としての『役目』を果たさねば、実現は難しいでしょう」

世継ぎに恵まれていない今、皇帝が己から妃嬪を手放す事態など、ありえない。

だが、牡丹妃が世継ぎに恵まれれば、ゆくゆくは……。

「珖璉様は策に長《た》けた御方ですのね」

躑躅妃が感嘆交じりの苦笑をこぼす。

「そのように言われたら、励まないという選択肢はありませんわ。明日にでも、ご機嫌うかがいに牡丹妃様の元へ参りましょう」

「ありがたいことでございます」

恭しく一礼し、珖璉は躑躅宮を辞した。

躑躅宮を辞した珖璉は、警備隊の詰所へと向かった。銕延の準備が整い次第、牡丹宮へ連れて行くつもりだ。

庭師によって美しく整えられた茂みを過ぎたところで。

「まぁっ、珖璉様っ！　お会いできるなんて嬉しゅうございますわ！」

「わんっ！」

梅妃の華やいだ声と犬の鳴き声に、珖璉は振り向いて恭しく一礼した。白い大きな犬がはずむ鞠《まり》のように駆け寄ってきたかと思うと、珖璉の前にお座りし、ぶんぶんとしっぽを振る。

「これはこれは梅妃様。雪牙の散歩でございますか？」

「たまには一緒に行ってあげなくては、いつもひとりでは雪牙が可哀想《かわいそう》ですもの」

侍女を連れた梅妃がにこやかに微笑み、珖璉に歩み寄ってくる。

「雪牙がどんどん進むので何かと思いましたけれど……。珖璉様を見つけたからですわね。なんていい子なんでしょう！」

「わふっ！」

梅妃に頭を撫でられた雪牙が嬉しそうにしっぽを振る。小柄な梅妃が珖璉を見上げ、甘えるように小首をかしげた。

「珖璉様ったら、なかなか梅宮に来てくださらないのですもの。寂しいですわ。もっと雪牙に会いに来てやってくださいませ」

「申し訳ございません。身が空くことが少ないため、挨拶回りの機会でもなければ、上級妃様をお訪ねする機会はなかなか……」

珖璉は恐縮した様子で詫びる。実際、多忙なのは確かだが、たとえ暇であろうとも梅宮を訪れる気はまったくない。

梅妃が珖璉を非常に気に入っているらしいのは、珖璉も気づいている。だが、皇帝の寵愛が薄いとはいえ、上級妃に秋波を送られるなど、珖璉にとってはできる限り避けたい事態だ。皇帝の不興を買わぬために官正に身をやつしているというのに、自分が望んでもいないところで皇帝に目をつけられたくない。

しかも、梅妃の背後には桂花妃がいる。長年、皇帝に寄り添いながら、ついに子宝に恵まれなかった彼女が、姪の梅妃を使って自分には叶えられなかった野望を成し遂げようとしているのは明らかだ。最古参の妃嬪であり、中級妃となった今も隠然たる力を持つ桂花妃に睨まれる事態は御免こうむりたい。

何より、鈴花以外の女人に恋心を向けられたところで、何が嬉しいというのか。

珖璉の返事に、梅妃が子どものように頬をふくらませる。

「珖璉様がお忙しいのは、あの慮外者の侍女のせいなのでしょう？　わたくしの可愛い雪牙に無礼極まる態度をとったばかりか、珖璉様に手間をかけて……っ！　あんな下賤《げせん》の輩など、麗しの珖璉様の侍女にふさわしくありませんわ！　さっさと放逐して──」

「梅妃様」

抑えねばならぬとわかっているのに、低い声が勝手に口をついて出る。初めて聞く珖璉の怒気交じりの声に、梅妃がびくりと細い肩を震わせた。険しい顔を見られまいと、珖璉は深々と腰を折って表情を隠す。

「従者の不出来は主であるわたしの不始末。誠に申し訳ございません。わたしから重々言って聞かせますゆえ、どうかお許しください」

「そんなっ！　珖璉様が詫びられる必要なんて、まったくございませんわ！　悪いのは、あの侍女ですもの！」

真摯な声で謝罪すると、梅妃があわてた声を上げた。しかし、珖璉は腰を折ったまま顔を上げない。

つい先日まで下級宮女だった鈴花が礼儀作法に疎いのは、珖璉も承知している。だが、そんな理由で鈴花を侍女の任から解く気はない。いや、どんな理由があろうとも、もう一度鈴花をそばから離すなど、考えられない。

鈴花を掌服に戻してしまったがゆえに、どれほどひどい目に遭わせてしまったか……。

罪悪感は未だに珖璉の胸の奥で疼いている。

何より、純真な親愛の情をまなざしに宿し、天真爛漫《てんしんらんまん》な笑みを見せてくれる愛らしい鈴花をそばから離すなど、珖璉自身が耐えられない。

顔を上げようとしない珖璉に先に折れたのは梅妃だった。

「珖璉様は、本当に従者思いでいらっしゃるのね。お優しいところもなんと素敵なのでしょう。ねぇ、雪牙。あなたも珖璉様に可愛がっていただきたいわよね？」

「わんっ！」

ひと声鳴いた雪牙がしっぽを振って珖璉を見上げる。身を起こした珖璉はよしよしと雪牙の頭を撫でてやった。

犬を飼ったことはないが、もともと嫌いではない。真っ白で柔らかな毛並みは、撫でていると珖璉の心までほぐれていくような気がする。

「わんっ！」

千切れんばかりにぶんぶんとしっぽを振って喜ぶ雪牙が、ふと鈴花と重なり、無意識に口元に笑みが浮かぶ。

珖璉が頭を撫でるたび、恥ずかしそうに頬を染めながらも、それでも嬉しそうに口元をほころばせる鈴花は、もし雪牙のようにしっぽがあったら、ふりふりふりっと振っているに違いない。他愛のない想像を思い描くだけで胸の奥から愛しさが湧き上がり、今すぐ鈴花の顔を見たくなる。

ほぅっ、と洩れた感嘆の吐息に、珖璉は我に返って雪牙を撫でる手を止めた。梅妃だけでなく、供の侍女まで熱に浮かされたような顔で珖璉を見つめている。自分としたことが、素直に感情を外に出しすぎてしまったらしい。

今まで官正として隙を見せぬようにしてきたというのに、鈴花と出逢ってから、どうにも脇が甘くなっている気がする。

「雪牙と会えて、わたしも癒やされました。ありがとうございます。では、向かわねばならぬ先がございますので、これにて失礼いたします」

丁寧に一礼し、珖璉はこれ以上梅妃に引き止められぬうちにと、足早に立ち去った。

第四章　桂花妃からの命令

暎曜が師の洞淵から届いた手紙を持って珖璉の私室を訪れたのは、鈴花が禎宇と一緒に朝食の食器を片づけ終えてすぐだった。

洞淵の文に素早く目を通した珖璉が、頭痛がすると言わんばかりに額を押さえる。

「どうなさったんですか⁉」

そばに立って控えていた鈴花が心配で思わず問いかけると、

「いや、たとえ謹慎していても、洞淵はやはり洞淵だと思ってな……」

と感心とも呆れともつかぬ珖璉の返事が返ってきた。

読み終えた珖璉が、「お前も読め」と隣の椅子を引き、鈴花に手紙を渡してくれる。

珖璉の厚意に甘え、鈴花は隣に腰かけると手紙を読んだ。真っ先に目に飛び込んだのは、

『鈴花にだけ見える蟲がいるなんて気になりすぎるよ！　ワタシだってどんな様子なのかこの目で確認したいっ！　珖璉と暎曜だけ居合わせたなんてズルすぎる――っ！』

という嘆きだ。なんとなく、鈴花は珖璉が言いたい意味がわかった気がする。

が、読み進めるにつれ、どんどん顔が強張ってしまう。

三日前、洞淵に送った手紙には、鈴花が描いた宮女達に取り憑いていた蟲の絵も同封

した。だが、蚕家当主である洞淵の知識をもってしても、覚えのない蟲だという。

また、洞淵が蚕家の書庫を調べたところ、纏斂墨壺についての記述がある古書を見つけたそうだ。そこには、具体的な大きさや形は書かれていなかったが、どんな呪具なのかという記載があったらしい。

それによると、纏斂墨壺は禁呪を練るための《気》を集める道具だそうだ。

纏斂墨壺が集めるのは、怒りや哀しみ、嫉妬といった負の感情の《気》。

術師が扱えば、集まった《気》を制御できるそうだが、術師の制御を離れると、勝手にどんどん負の《気》を吸い込み、集めた《気》を糧に病気のもととなる蟲を発生させるとんでもない代物らしい。

手紙の内容を暎睲や禎宇にも説明した珖璉が、吐息交じりの苦い声で告げる。

「取り憑かれた者が熱を出し、凶暴化する蟲か……。鈴花だけに見える蟲は、洞淵が見つけた古書の内容が真実ならば、纏斂墨壺が生み出した蟲と考えるのが、最も妥当なのだろうな」

すかさず口を開いたのは暎睲だ。

「では、鈴花にしか見えない理由も、ふつうの蟲ではなく特殊な蟲ゆえ、ということでしょうか？」

「おそらくそうであろう。ひとまず鈴花しか見えぬ蟲は《墨蟲《ぼくちゅう》》と呼ぶことにする。

いつまでも名前がないままでは不便だからな」

「墨蟲、ですか……。で、でも、墨蟲が纏斂墨壺から湧いた蟲ということは、呪具さえ見つけられたら、蟲の発生を抑えられるということですよね⁉」

原因が判明したのなら、あとはそれを見つけて、これ以上湧かないようにすればいい。すでに湧いてしまった蟲がどうなるのかはわからないが、混乱は小さくなるだろう。

鈴花の言葉に、だが珖璉から返ってきたのは苦い溜息《ためいき》だった。

「その肝心の纏斂墨壺の行方が杳《よう》として知れぬのが、大問題なのだ」

「わ、私っ、後宮中をあちこち歩き回って探しますから……っ！　墨蟲が集まっているところを見つけられたら、そこにある可能性が高いということですよね⁉　あとは、薄墨色の《気》が集まっている場所とか……っ！」

勢い込んで告げた途端、珖璉の形良い眉がきつく寄る。何か失言をしてしまったのではないかと、鈴花は不安に身体を強張らせる。鈴花にかまわず珖璉が低い声を紡いだ。

「……鈴花。昨日、十三花茶会の会場だった広場へ行った際、以前は後宮のあちらこちらで見えていた薄墨色の《気》が、最近はまったく見えなくなったと言っていたな？」

「は、はい……」

珖璉の意図がわからぬまま頷くと、先に気づいたらしい暎暒が鋭く息を呑んだ。

「薄墨色の《気》を見かけないということは……。すでに、纏斂墨壺が吸い込んだ後だと、お考えなのですね？」

「その通りだ。十三花茶会の前は、後宮中で薄墨色の《気》が見えたらしいからな」

後宮に赴任したばかりの暎暒に、珖璉が以前の状況を説明する。控えていた禎宇も精悍な顔をしかめて補足した。

「わたしは鈴花とあちらこちらを回りましたが、おびただしい数の呪いの言葉を刻んだ木片や、呪詛《じゅそ》を書いた紙などが見つかりました。わたし自身は《気》を見ることはできませんが……。牡丹妃様がご懐妊中である現在、嫉妬が強まりこそすれ、弱まることは決してありますまい。鈴花が薄墨色の《気》が見えないと言っているのでしたら、これは異常事態であると考えます」

「茉栴が蚕家から盗み出す呪具に纏斂墨壺を選んだ理由が、容易に推測できるな。後宮ほど、人の嫉妬が集まりやすい場所もあるまい」

険しい表情で告げた珖璉に、暎暒も深刻な顔で応じる。

「纏斂墨壺にとって後宮が最適な場所であるならば、今まで以上に捜索に力を入れねばなりませんね。さらに墨蟲が発生する事態となれば、後宮中が大混乱に陥るでしょう」

三日前、掌服で見た錯乱する宮女達の姿が脳裏に甦り、鈴花は無意識に身体を震わせる。

と、暎暒が言う通り、万が一そんな事態が発生したら、茶会どころではないだろう。

と、不意に暎暒が鈴花を振り向き、にこりと笑う。

「鈴花が後宮を巡って探すというのでしたら、ぜひともわたしも同行しましょう」

「ならん！」

鈴花が答えるより早く、厳しい声を上げたのは珖璉だ。珖璉の声の鋭さに、鈴花はびくりと肩を震わせる。だが、暎睲は悠然と珖璉を振り返って首をかしげた。

「なぜでございましょう？　洞淵様の文によれば、纏斂墨壺を制御できるのは術師のみ。鈴花ひとりでは、もし見つけることができても、戸惑うばかりでございましょう」

暎睲の指摘につきりと胸が痛み、鈴花は唇を噛みしめる。暎睲の言う通りだ。墨蟲さえ祓えぬ自分が、纏斂墨壺を何とかできるわけがない。

泥水を飲んだように苦い顔で押し黙る珖璉に、暎睲が言を継ぐ。

「珖璉様は牡丹妃様のお茶会の準備でお忙しいかと存じます。現在の後宮で蟲招術を使えるのはわたしと珖璉様の二人だけ。となれば、わたしが鈴花につくのが最適でございましょう。珖璉様も、鈴花を危険に晒《さら》すような事態は本意ではないかと思いますが？」

暎睲の言葉に、珖璉が痛いところを突かれたように珍しく言葉に詰まる。だが、すぐに鋭く暎睲を睨みつけた。

「仕方があるまい。火急の件ゆえ、鈴花とともに後宮を回ることを許そう。だが、鈴花は後宮に不案内だ。おぬしと鈴花の二人だけで行動することは固く禁じる。必ず、禎宇か朔、影弔とともに回れ。禎宇、何があろうと鈴花から目を離すなよ」

「もちろんでございます。朔と影弔にも重々伝えておきましょう」

主の命に、打てば響くように禎宇が応じる。

珖璉にも禎宇にも、鈴花の方向音痴のせいで、嫌というほど迷惑をかけてしまっている。二人が、鈴花と後宮に来たばかりの暎曜だけでの探索を禁じるのも当然だ。

しゅん、と肩を落とす鈴花の耳に、珖璉の悩ましげな声が届く。

「だが、見気の瞳だけに頼っては、鈴花の負担が大きかろう。他にも打てる手があるとよいのだが……」

珖璉の言葉に、室内に重い沈黙が落ちる。蘭宮の茱栴の部屋にも、十三花茶会の会場にもなかった今、茱栴がどこに纏斂墨壺を隠したのか、手がかりはまったくない状態だ。

「あ、あの……。呪具を見つける手がかりになるかどうか、まったく自信はないんですけれど……」

「どうした、鈴花？　申してみよ」

意を決しておずおずと声を上げると、思っていた以上に優しく珖璉に促された。その声音に背中を押されたように、鈴花は考えていたことを口にする。

「宮女や宦官達に、『熱っぽい症状がある者は、すぐに申し出るように』とおふれを出すのはどうでしょうか……？　下級宮女だと、風邪をひいたくらいではなかなか言い出せないと思うんです。でも、早めに墨蟲を祓うことができたら、きっと暴れ出す宮女は減らせますよね……？」

「なるほど。まだ蟲の影響が少ないうちに祓うことができれば、混乱も起きにくかろう」

「下級宮女の考え方に目をつけるとは、鈴花らしいね」

「あ、ありがとうございます……っ！」

　琥璉と禎宇に認めてもらい、声が潤みそうになるほど嬉しくなる。

「禎宇。纏斂墨壺については秘めたまま、悪性の風邪が流行っているゆえ、症状がある者は早めに医局に申し出よとふれを出せ。申し出た者の多い部門の棟をわたしと鈴花で回れば、効率よく祓うことができるだろう」

「かしこまりました」

禎宇が恭しく頷いたところで、珖璉の私室の扉が気忙《きぜわ》しく叩かれる。

「珖璉様。急ぎお耳に入れたいことがございます！」

聞こえてきたのは、焦った朔の声だ。

「入れ。いったい何があった？」

鋭く問うた珖璉に、開けた扉の隙間からするりと入ってきた朔が、戸口で片膝をつき、緊張した面持ちで告げる。

「桂花妃様が今朝から悪寒がすると訴え、医局の医師を呼んだという話を聞きました」

「何っ⁉」

息を呑んだのは、珖璉だけではない。室内にいる全員だ。

「今まで墨蟲に取り憑かれたのは宮女だけだったというのに、よりによって桂花妃様とは……！　朔、よく知らせてくれた。すぐに桂花宮へ行く。鈴花と暎暒も来い！」

さっと立ち上がった珖璉に続き、鈴花もあわてて椅子から立ち上がる。脳裏に浮かぶのは、姪の梅妃を叱責していた桂花妃の威圧的な様子だ。桂花妃にとっては、鈴花など路傍の石に等しい存在だろう。正直なところ、桂花妃に会うのは怖いが、鈴花しか墨蟲を確認できない以上、珖璉と一緒に行くしかない。

不安に胸を轟かせながら、鈴花は珖璉と暎暒の後について桂花宮へ向かう。

「鈴花。桂花妃様の不興を買えば、さすがのわたしも庇《かば》い立《だ》ては難しい。お前はわたしが話しかけるまで、決して口を開くな。万が一、桂花妃様に墨蟲が取り憑いていたら、自分の身体の該当部分にふれて、そっと教えよ」

「は、はいっ！」

鈴花の不安を読んだかのように、廊下を足早に進む珖璉が振り返りもせず告げる。

「暎暒、桂花妃様に墨蟲が取り憑いていた場合、祓うのはおぬしに任せる。わたしはあくまで官正の身。十三花茶会では仕方なく術を使ったが、わたしが蟲招術を使えることをあまり広めたくはない。何より、茱栴と博青のせいで地に落ちた宮廷術師の信頼を少しでも回復させたい。桂花妃様の覚えがめでたくなることは、野心家のおぬしの意に沿うだろう？」

「珖璉様がわたしにまでお気遣いくださるとは。かしこまりました。謹んでお受けいたしましょう」

　さすが、身分が高い貴公子と言うべきか。突然、桂花妃に会うことになったというのに、落ち着いた声で応じた暎睲が、「ところで」と言を継ぐ。

「珖璉様は、鈴花の礼儀作法が不安なご様子。鈴花が妃嬪の皆様に失礼を働いて叱責されるようなことがあれば、わたしも心が痛みます。ですので……。わたしが鈴花に礼儀作法を教えましょうか？」

「不要だ。わたしの侍女のことでおぬしに手間をかけさせる気はない。何より、おぬしは現在たったひとりの宮廷術師。そんな暇などなかろう」

　すげない珖璉の返事に、暎睲はおやおや、とからかうように唇を吊り上げる。

「わたしよりずっと忙しそうな官正様が何をおっしゃいます。鈴花も、珖璉様にお手間をかけるのは心苦しいだろう？」

「えっ⁉　そ、それはもちろんおっしゃる通りです……っ！」

　急に話を振られて、あわてて頷く。珖璉が日々どれほど忙しいのかは、侍女として仕える鈴花もよく知っている。そんな珖璉に手間をかけさせるなんて、とんでもない。

「案ずるな、鈴花。お前の礼儀作法の師としてふさわしい人物は、すでに考えておる。躑躅妃様に仕込んでもらうのはどうだ？　礼儀作法を習うなら、やはり女人同士のほうがよかろう」

「つ、躑躅妃様にまでご迷惑をおかけするなんて……っ！」

予想だにしていなかった名前が出てきて面食らう。確かに、銕延の件で珖璉に恩がある躑躅妃ならば、協力してくれるに違いない。が、せっかくの有利な立場を鈴花のために使うなんて、もったいなさすぎる。

「そ、そもそも、纏斂墨壺を見つけるまでは、礼儀作法を習う暇なんてございませんでしょう⁉」

「だが、これからもわたしの侍女として仕えるならば、しっかりした礼儀作法を身に着けることは必須だ」

「っ⁉」

驚きに息を呑んだ途端、思いきりつんのめった。

「ひゃっ⁉」

「鈴花っ⁉」

前へ倒れかけた身体を、振り向いた珖璉に抱きとめられる。

「どうした⁉　大丈夫か⁉」

「は、はい……っ！　あの……っ」

『これから』ということは、珖璉はまだしばらくは鈴花を侍女としてそばに置いてくれるつもりだということだろうか。

珖璉に聞いてみたい。だが、「そこまで先のことなど考えていない」と言われたらどうしよう。

そう思うだけで、聞こうと思っていた言葉が淡雪のように喉の奥で消えてしまう。

だが、鈴花が礼儀作法を覚えることで、少しでも珖璉の足手纏《あしでまと》いにならずに済むなら、励まぬ理由がない。

「わ、私、纏斂墨壺探しも礼儀作法の勉強も、どちらも一生懸命頑張りますっ！」

珖璉に手を貸されてしゃんと立ち、端麗な面輪を見上げ、気合を込めて答える。

「ああ、しっかり励んでくれ」

優しく微笑んだ珖璉に頭を撫でられるだけで、ふわふわと心が舞い上がってしまう。

珖璉に続いてにこやかに口を開いたのは暎暒だ。

「鈴花。何かわからないことがあれば、わたしに相談してくれればいいからね。きみの助けになれるのは、わたしにとって喜びだよ」

「暎暒。何度言えばわかる？　鈴花はわたしの侍女。おぬしに手間をかけさせるつもりはない」

すげなく告げた珖璉が歩を進める。しばらく進んだところで、木立の向こうに桂花宮が見えてきた。

桂花宮の名のとおり、回りに植えられている青々と茂った木々は桂花の木のようだが、四月の今は香り高い花の影はまったくない。

主である桂花妃が調子を崩しているということで、宮の空気はざわめいていた。

おとないを告げた珖璉達に、宮女が一度お伺いに下がったかと思うと、すぐに奥まったところにある桂花妃の私室の前へと通される。

「これはこれは珖璉様。おいでいただき、誠にありがたく存じます」

年は五十歳を超えているだろうか。医師とおぼしき白い服を纏った白髪交じりの宦官が、廊下に出てきて恭しく頭を下げる。

「念のため、宮廷術師の暎暉も連れて参った。桂花妃様のご様子は？」

暎暉にも一礼した医師が、珖璉の問いに困惑気味に眉を寄せる。

「さほど高くはございませんが、今朝から熱を出してらっしゃいます。桂花妃様や侍女頭に確認いたしましたが、昨夜までは特に不調はなかったとのことです。先ほど薬湯を煎じましたが、このところ後宮内で流行っている謎の病と同じかどうか、今の状態では判断するのが難しく……」

最後のほうはぼそぼそと低い声で医師が告げる。早々に病名の診断を下して、後で間違っていたと判明する事態を恐れているのだろう。

「桂花妃様の症状は熱だけか？」

「左様でございます。喉の腫れもございませんゆえ、宮女達に流行っている病と酷似しておりますが……」

医師の語尾が力なく途切れていく。無理もない。侍女達に囲まれて暮らす桂花妃が身分の低い宮女達と接する機会などない。出入りがあるとすれば妃嬪の宮の掃除などを行う掌寝の宮女達だが、基本的に妃嬪が不在の時に掃除をするため、顔を合わせる機会は滅多にないのだと、鈴花は以前、姉の菖花からの手紙で読んだ記憶がある。宮によっては、妃嬪の私室は掌寝の宮女に任せず、侍女達で整えることもあるらしい。

具合が悪い者の近くにいたわけではないのに熱を出すというのは、掌服の時と同じ状況だ。

「なるほど。もし宮女と同じ病だとすれば、原因は蟲だ。その可能性も考え、暎睲を連れて参った」

珖璉の言葉に医師があからさまにほっとした顔をする。蟲が原因の病なら宮廷術師の範疇《はんちゅう》だ。責任から逃れられるのを喜んでいるのだろう。

「では、桂花妃様にお目通りを願おう」

ちらりと振り返った珖璉に、鈴花は緊張で顔を強張らせながらこくりと頷く。桂花妃の発熱の原因が墨蟲なら、鈴花の出番だ。

扉を叩いた珖璉が暎曜を連れてきた旨を告げて目通りを願うと、待つほどもなく扉が開けられた。

豪奢な調度品で整えられた部屋の奥に、天蓋つきの寝台が置かれている。だが今は紗《しゃ》が下ろされていて、そこにいるだろう桂花妃の姿は見えない。

寝台の手前で片膝をつき拱手《きょうしゅ》の礼をとった珖璉と暎曜にならい、鈴花もあわててひざまずく。珖璉が恭しく口を開いた。

「奥まった私室にまでおうかがいし、恐縮でございます。桂花妃様のお加減がよろしくないと耳にし、馳《は》せ参《さん》じました。お姿をお見せいただくことは可能でしょうか？」

「わたくしの姿を見てどうするつもり？　忌々しい桂花妃が弱っていると、牡丹妃にご注進するために来たのかしら？」

紗の向こうから桂花妃の刺々《とげとげ》しい言葉が聞こえてくる。弱味を見せまいとしているのか、熱があるという話なのに、声に弱々しさはまったく感じられない。

「滅相もございません。桂花妃様に何かあってはと思い、参っただけでございます」

「白々しい。宮廷術師の暎曜殿まで連れてきて、どういうつもりなのかしら？」

真摯な珖璉の声音にも、桂花妃はにべもない。代わって口を開いたのは暎曜だった。

「桂花妃様、申し上げてよろしいでしょうか？　実は、現在後宮内で蟲が原因と思われる病が広まっているのです。それゆえ、わたしが参った次第でして……」

「蟲が原因の病ですって⁉ 宮廷術師はいったい何をしているの⁉ まさか後宮付きの二人ともが罪人だったなど……。穢《けが》らわしいっ！」

すかさず飛んだ叱責に、暎暒が申し訳ないと言わんばかりに面輪を歪める。

「桂花妃様のおっしゃる通りでございます。蚕家所属の術師のひとりとして、茉栴と博青が犯した罪は申し開きもできぬ大罪だと承知しております。ただ……。お姿をお見せいただけなくてもよいのです。桂花妃様のご無事を確認するために、ひとつだけお教えいただきたいことがございます」

「……何を、聞きたいというの？」

質問にひとつ答えるだけならよいと思ったのだろう。桂花妃がいぶかしげに問う。

「護り絹の夜着をお召しになってらっしゃるかどうか、お教えいただきたいのでございます」

護り絹とは、蚕家の本邸に生えている破邪の力を持つ御神木の桑の葉を食べた蚕からとった絹だ。同じ重さの金よりも高価だと言われているが、護り絹を着ていれば、よほど強い蟲でない限り、無効化されるのだという。きっと、墨蟲が取り憑こうとしても、弾いてしまうことだろう。

口をつぐんだ桂花妃の戸惑いを読んだかのように暎暒が言を継ぐ。

「桂花妃様が護り絹をお召しになってらっしゃればよいのです。護り絹ならば生半可な蟲など寄せつけません。ですが、護り絹をお召しになられていないのでしたら……」

思わせぶりに語尾を濁した暎睲の言葉に返ってきたのは沈黙だった。ややあって。

「大罪人が奉じた衣を身に着けるなど、受け入れられるはずがないでしょう？　……蟲が取り憑いているかどうか、わたくしの姿を見ればわかるというのですね？」

紗の向こうから、桂花妃の疑わしげな声が聞こえてくる。

「もちろんでございます。もし何らかの蟲が憑《つ》いておりましたら、わたしが即座に祓ってみせましょう」

打てば響くように暎睲が応じた。

紗の向こうで桂花妃が動いた気配がする。侍女に指示を出したのだろう。衣《きぬ》ずれの音とともに紗が開かれる。

「面を上げることをお許しください」

恭しい暎睲の声に鈴花達が顔を上げた途端、桂花妃から苦しげな呻き声が洩れた。

「桂花妃様っ⁉」

侍女達の悲鳴に、鈴花もたまらず顔を上げる。途端、目に飛び込んだのは。

「暎睲様っ！　左肩ですっ！」

掛布をはねのけ、侍女達の手を振り払って寝台から下りようともがく桂花妃の左肩に、墨蟲がとまっている。鈴花の叫びに、即座に立ち上がった暎睲が桂花妃に駆け寄った。

「失礼いたします。──《滅っ！》」

暎睲が纏う翡翠色の《気》が一瞬、強くなったかと思うと、墨蟲が塵のように消えていく。同時に、桂花妃の身体からがくりと力が抜けた。侍女達があわてて身体を支え、元のように背中にいくつもの枕を当てて、桂花妃を座らせる。

「何⁉　今のは……っ⁉　急に意識が朦朧《もうろう》として……。いったい何の術をかけたの⁉」

「畏れながら、術をかけたわけではございません。桂花妃様には、取り憑かれると発熱し凶暴化する危険な蟲が憑いておりました。僭越《せんえつ》ながら、わたしがそれを祓わせていただいたのでございます」

寝台のそばでふたたび片膝をつき、恭しく説明した暎睲に、桂花妃の声が尖《とが》る。

「そんな危険な蟲を放っておくなど……！　蚕家は、当主の洞淵殿は何をしているの⁉　陛下にお伝えして、処罰してもらわなくては……っ！」

まだ墨蟲が取り憑いているのではないかと不安になるほど、桂花妃が怒りを爆発させる。だが、非難されている暎睲は、三日前に後宮に来たばかりだ。

咎がないにもかかわらず責め立てられている暎睲を気の毒に思っていると、暎睲が確認するようにちらりと珖璉を振り返った。珖璉が返した小さな頷きを見た暎睲が、すぐさま桂花妃を振り返る。

「これはまだ、誰にも明かしていないことなのですが……」

思わせぶりに言葉を切った暎曜に、「早くおっしゃい！」と桂花妃が促す。

「実は、現在後宮を騒がしている蟲は、茱栴が蚕家から盗み、いずこかに隠した呪具から発生しているのです。現在、呪具の行方を追っておりますゆえ、呪具さえ見つけられれば、後宮の平穏はすぐに取り戻せましょう」

「わたくしや他の妃嬪の命を狙った大罪人が、まだわたくしに害を為《な》そうとしているの⁉ 死んでまで、なんと忌々しい……っ！」

桂花妃の金切り声にも、暎曜は動じない。落ち着いた声音で言を継ぐ。

「そのような事態にならぬために、わたしが遣わされたのです。妃嬪の皆様には、改めて蚕家より護り絹をお贈りいたしましょう。それさえ身に着けていただければ、蟲など恐れるに足りません」

自信満々に断言した暎曜の言葉に、桂花妃もようやく落ち着きを取り戻す。と、口元に酷薄な笑みが浮かんだ。

「事情は承知しました。では、珖璉殿。今こそ官正として、後宮の平安を取り戻す任を果たしてもらいましょう」

「もちろんでございます。一日も早く――」

「いいえ、五日よ。五日のうちに茱栴が持ち込んだ呪具を見つけて処分なさい」

珧璉の言葉を遮って、桂花妃が要求を突きつける。桂花妃の面輪には、鼠《ねずみ》をいたぶる猫のような笑みが浮かんでいた。

「官正の名で後宮にふれを出せば、あっという間に見つかるでしょう？ 官正の役目は不正を見つけ、後宮の平穏を守ること。いかに陛下のご下命があったとはいえ、一妃嬪の茶会の準備を助けることではないものねぇ。己の職分を全うすれば、すぐに見つけられるでしょう？ 六日後には牡丹妃様のお茶会があるのだもの。その前に後宮を落ち着かせなくては、あなたも困ることでしょう？」

牡丹妃のお茶会までに呪具を見つけたいのは、珧璉とて同じだろう。だが、牡丹妃を憎んでいる桂花妃が、牡丹妃を案じてこんな無茶を要求しているわけではないのは、さすがの鈴花でもわかる。

桂花妃の狙いはきっと、珧璉が呪具探しに手を取られることで茶会の準備がおろそかになることだろう。もし見つけられなければそれはそれでよし。その時は、牡丹妃が茶会の準備を優先するよう命じたせいで珧璉が本来果たすべき仕事に専念できず、後宮の秩序が乱れたと、お茶会の席で牡丹妃を糾弾する気に違いない。

いったい何と答えればこの窮地を切り抜けられるのか、鈴花には想像もつかない。背中からじっとりと冷や汗が吹き出すのを感じながら、珧璉を見守っていると。

「かしこまりました。必ずや、五日のうちに呪具を見つけ、何の憂いもなく茶会にご参加いただけるよう尽力いたします」

珖璉が伏せた面輪をいっそう深く下げ、恭しく応じる。まさか素直に応じるとは予想だにしていなかった鈴花は度肝を抜かれた。纏斂墨壺の手がかりはないに等しいというのに、五日以内に見つけるという約束をして大丈夫なのだろうか。

桂花妃のことだ、もし見つけられなかったら、珖璉を罰する可能性も大いにある。

「では、さっそく呪具を探すためにふれを出したいと存じます。失礼いたします」

「ええ。朗報を楽しみにしてますよ」

いとまを告げた珖璉に、桂花妃が上機嫌で応じる。

珖璉と暎睲の後について桂花宮を出るなり、鈴花はたまらず声を上げた。

「珖璉様！　あんなお約束をして大丈夫なんですか⁉　あと五日だなんて……っ！」

鈴花の言葉に、珖璉の端麗な面輪が苦く歪む。

「仕方があるまい。あそこで桂花妃様の要求を退けていたら、どれほどのお怒りを買っていたことか。そもそも、元から牡丹妃様の茶会までには何としても見つけなければと考えていたのだ。そこに桂花妃様の要求が加わったところで、大した違いはない」

珖璉の低い声は、自分自身に言い聞かせているかのようだ。確かに、あの場ではああ答えるしかなかったのだと理性ではわかる。だが、不安のあまり、居ても立ってもいられない。

「で、ですが……っ！」

期限を約束していないのと、約束をしておいて破ってしまうのとでは、雲泥の差ではなかろうか。震えながら声を上げると、足を止めた珖璉が鈴花を振り返った。手を伸ばして頭を撫でた表情は、鈴花の不安を融かすように優しい。

「心配するな。まだ五日もあるのだ。洞淵も蚕家で調べてくれている。何より、わたしにはお前がいてくれる。……期待しているぞ」

「は、はい……っ！　私、後宮中を歩き回りますっ！　何としても見つけてみせますから……っ！」

　珖璉の役に立てるなんて、これほど嬉しいことはない。こくこくこくっ！　と首が千切れんばかりに勢いよく頷くと、「ですが……」と暎睲が険しい声を出した。

「いったい、どのようにふれを出されるおつもりですか？　呪具があるやもしれぬ、と広まれば、宮女や宦官達が不安に襲われましょう」

「纏斂墨壺の形状がわからぬ以上、呪具について広める気はない。だが、こちらが気づかぬうちに墨蟲に取り憑かれ、重症化する宮女が増えては後手に回らざるをえなくなる。ひとまず、鈴花が提案した通り、熱など不調を感じる宮女は、周りにうつす前に医局にかかるようにと通達を出そう。不調の宮女が多い部門がわかれば、もしかしたらそこから纏斂墨壺の在《あ》り処《か》が絞れるやもしれぬ」

珖璉が告げたところで、通路の先から朱塗りの箱を持った若い侍女が桂花宮へ向かってくる姿が目に入る。だが、ふらついていて様子がおかしい。

鈴花や珖璉達が注意を向けたのと、侍女がこちらに気づいたのが同時だった。珖璉の姿を見た侍女の顔が喜びにぱぁっと輝く。だが、そばにいる暎睲や鈴花に気づいた途端、あっという間に憎しみに彩られた。侍女の手からすべり落ちた朱塗りの箱が床に当たり、甲高い音を立てる。

「あ……っ、あぁ……っ！」

奇声を上げながら、侍女が鈴花達へ駆け寄ってくる。

「下がれ！　墨蟲が取り憑いているならば場所だけ言えばよい！」

驚愕に固まる鈴花の手をぐいと引いた珖璉が、庇うように前に出る。突進してきた侍女を、珖璉がさっと半身を引いてかわした拍子に、侍女の背中にとまる墨蟲が見えた。

「珖璉様、背中ですっ！」

珖璉が動くより早く、ふたたび突進しようとした侍女の後ろに回り込んだ暎睲が、先ほど桂花妃にしたのと同じように、《気》を送り込んで墨蟲を塵にする。がくりと糸が切れたように侍女が倒れ伏した。

「この衣……。梅宮の侍女か？」

「桂花妃様の見舞いに遣わされたのかもしれませんね」

珖璉と暎暒が侍女を見下ろしながら話しているうちに、騒ぎが聞こえたのだろう、桂花宮からあわただしい様子で侍女が駆けてきた。ちょうどよいとばかりに倒れた侍女を託した珖璉が、医師にも診せて症状を把握させておくようにと命じ、その場を後にする。

「……暎暒、おぬしは気づいたか？」

しばらく無言で歩み、人気がなくなったところで、珖璉が低い声で暎暒に問う。だが、鈴花には珖璉が何を言いたいのかわからない。打てば響くように暎暒が頷いた。

「二度も目の当たりにすれば、さすがに」

「あ、あの……っ？」

戸惑った声を上げると、歩みを止めぬまま珖璉が口を開いた。

「鈴花も見ただろう？　桂花妃も先ほどの侍女も……。掌服の宮女達もそうだった。彼女達が急に暴れ出したのはいずれも、わたしやお前の姿を見たのがきっかけだ。……もしかすると、墨蟲が取り憑いた者を突如暴れさせるのは、術師の《気》に反応しているのやもしれん」

「確かに、言われてみれば……っ！　で、でも、珖璉様達の推測が当たっているなら、術師がそばにいなければ、もし墨蟲に取り憑かれていたとしても、重症にならない限り暴れることは少ないということですよね……っ⁉」

あちらこちらで宮女達が暴れ出したら大混乱になってしまうが、暴れるきっかけが摑めたのなら、それを避けるようにすればよい。

「まだ推測にすぎぬがな。だが、鈴花が言う通りならば、無用な混乱が起こらずに済むだろう。あと五日で纏斂墨壺を見つけねばならぬことに変わりはないが……」

珖璉の低い声に、鈴花は見気の瞳で少しでも役に立たねばと、改めて気合を入れた。

◇　◆　◇

「何ですって⁉　珖璉様が……っ⁉」

桂花妃の見舞いに遣わした侍女が途中で具合が悪くなり、珖璉に助けられたと報告を受けた梅妃・萌茗は悔しさに歯嚙みした。

顔を出せばまた桂花妃に口うるさく叱られるに違いないと、侍女だけを遣わした己の短慮が腹立たしい。自分が行っていれば、珖璉と言葉を交わせただろうに。

「そもそも、侍女も侍女だわ。なぜ、桂花宮で倒れるのかしら。どうせなら梅宮で倒れれば、珖璉様がわたくしを訪れてくださったかもしれませんのに……っ！」

おさまらぬ怒りの矛先は、罪もない侍女へと向かう。なんと気の利かぬ侍女なのだろうか。

「くぅん」

主が不機嫌だと感じとったらしい雪牙が、転がして遊んでいた黒い玉をくわえて椅子に座す萌茗の元へやってくる。足元に玉を置いた雪牙が、なだめるように萌茗の手を舐《な》めた。

萌茗を気遣ってくれる雪牙に、心の中のもやもやが少しずつ晴れていく心地がする。

「雪牙、お前は本当にいい子ね」

「わんっ！」

撫でてもらった雪牙が、ひと声高く鳴いて、千切れんばかりにしっぽを振る。

「梅宮の侍女でありながら、実際は叔母上の手先にすぎない侍女達とは大違い。わたくしの本当の味方はお前だけね……」

萌茗は梅宮の形式上の主でしかない。梅宮を意のままに動かしているのは桂花妃だ。

「叔母上も、珖璉様に迷惑をかける慮外者の宮女も、本当に忌々しいこと。つまらないこと」

叔母上が熱を出したと聞いた時は喜んだけれど、もう治ったそうではないの。

萌茗は他の侍女達の前では決して口に出せぬ不満を唯一無二の友へとこぼす。

「どうせなら、あの侍女も病にかかればよいのに。そして儚くなれば……。珖璉様も、お手を煩わされることがなくなって、お喜びになるに違いないわ。ねぇ、雪牙」

にこやかに……。一片の罪悪感もなく、萌茗はくすくすと笑いながら願いを口にした。

◇　◇　◇

「おかえりなさいませ、珖璉様っ！　暎睲様もお疲れ様でした！」

夕食をとるため珖璉の私室へ戻ってきた珖璉と禎宇、暎睲を、鈴花は朔と一緒に出迎えた。卓の上にはすでに夕食の皿が並んでいる。

今朝、桂花宮へ行った後、珖璉と禎宇は牡丹妃の茶会の準備、暎睲は妃嬪へ献上する護り絹を蚕家から取り寄せる手配、鈴花は影弔や朔と一緒に、人目につかないよう注意しながら中級妃の宮を中心に纏斂墨壺の在り処を探った。

桂花妃に命じられた期限は五日だ。時間がないため、夕食をとりながらそれぞれ結果を報告しあうということで、珖璉の私室に集まることになったのだが。

「珖璉様、大丈夫ですか？　暎睲様も……。ずいぶんお疲れのご様子ですが……？」

入ってきた珖璉達のぐったりと疲れた様子に心配になって駆け寄る。鈴花が引いた椅子に座った珖璉が、はぁっと深い嘆息をこぼした。

「甘かった……。予想以上の事態になってしまってな……」

「ええっと、何があったんですか……？」

朔と手分けして茶を供しながら尋ねる。ちなみに、影弔はまだもう少し探索を続けるということで戻ってきていない。

「珖璉様の人気を侮っていたよ。まさか、あれほど宮女が押しかけるとはね……」

「暎睲様まで加わられたので、さらに凄《すさ》まじいことになったんだと思いますよ……」

卓についた暎睲と禎宇も疲れた様子で吐息をこぼす。珖璉といい、暎睲といい、いつもきらきらとまばゆい二人だが、よほど疲れるようなことがあったのか、今は精彩を欠いている。

食事をしながら珖璉達が教えてくれたところによると、珖璉は茶会の準備を、暎睲は護り絹の手配を終えてから、午後遅くに落ちあって医局へ様子を見に行ったそうだが。

「調子の悪い者は医局に申し出よというふれを見た宮女達が詰めかけていて、凄まじい混乱ぶりでな……」

珖璉が盛大に嘆息する。補足してくれたのは禎宇だ。

「掌服でのことが宮女達に広まっていたらしく、『不調になれば、珖璉様と暎睲様に診ていただける』という噂がまことしやかに流れていたようでね……。少しでも二人とお近づきになりたい宮女が、健康な者、不調の者の区別なく、大挙して殺到したんだよ」

「ひぇぇ……っ！ そ、それは、凄まじい数だったでしょうね……」

目を血走らせた宮女が医局に押し寄せているさまを想像し、鈴花は身を震わせる。どうりで、朔達と探索に回っている間、ほとんど宮女に出会わなかったわけだ。

「あまりに数が多すぎて、医局の者達も診察するどころではなくてな。熱がなさそうな者はその場で返し、熱がある者は部署と名前を聞き取って帰すことしかできなかった」

「す、すみません……っ！　私が安易に、宮女におふれを出してみてはどうでしょうって言ったせいですよね……」

ここまで大騒ぎになるなんて、想像もしていなかった。本来なら、医局である程度の選別をしてもらった上で、墨蟲がついている可能性のある宮女を鈴花が見て判別し、珖璉か暎曜に祓ってもらう手はずだったはずだ。だというのに、医局を混乱させただけになってしまった。

申し訳なさに身を縮めて詫びると、隣に座る珖璉に、優しく慰められた。

「謝るな。お前だけの咎ではない。わたしや禎宇も、まさかここまで宮女達が殺到するとは予想していなかったのだからな」

「で、ですが、珖璉様達は大勢の宮女がいる場所に行って、大丈夫だったんですか⁉　珖璉様達のお姿を見たら、きっと大騒ぎになったと思うんですけれど……っ！」

珖璉が現れるだけで宮女達がどれほど浮足立つのか、鈴花は身に染みて知っている。掌服だけでもあれほどの騒ぎになったのだ。もっと大勢の宮女がいるところはどうなったのか、想像もつかない。

不安を隠さず問うと、「心配はいらぬ」と優しい声の珖璉に頭を撫でられた。

「医局に行く手前で異変に気づいたからな。《幻視蟲《げんしちゅう》》でわたしや暎睲の姿をふつうの宦官の姿に見えるようにしておいたゆえ、正体に気づいた宮女はおらぬ」

珖璉の説明によると、幻視蟲というのは、術者の任意の幻を見せることができる蟲だそうだ。姿を見えなくすることもできるらしい。あくまでも変えられるのは姿だけなので、声を出すと正体がばれてしまう可能性があるが、そこは禎宇だけが話すということで切り抜けたそうだ。

「私のほうは……。すみませんっ！　纏斂墨壺の手がかりは何も見つけられませんでした……」

珖璉達の話が終わったところで、鈴花も報告と同時に謝罪する。珖璉がいなければ入ることも叶わぬ四妃の宮は昨日回り、今日は外から見るだけだが、中級妃の宮を中心に歩き回った。だが、薄墨色の《気》も纏斂墨壺の手がかりになるようなものも、まったく見つけることができなかった。

桂花妃の期限まであと五日、いや、今日はもう終わるのであと四日しかない。だというのに、貴重な一日を無為に潰してしまったかと思うと、申し訳なさで胸が痛くなる。

「何を謝ることがある？　見つけられなかったのは残念だが、捜索するべき場所が減ったと考えれば、何も問題はない。今日も、よく励んでくれたな」

よしよしと鈴花の頭を撫でてくれる手はこの上なく優しくて、疲れているだろうに鈴花を慰めてくれる気遣いに感動してしまう。

「お前のほうは何も危険はなかったか？」

「はいっ！　影甲さんも朔さんも一緒でしたし、墨蟲が取り憑いた宮女にも会いませんでしたから……」

「珧璉様のお言いつけ通り、鈴花を危険な目に晒したりいたしません。必ず守り抜いてみせます」

珧璉様と同じ卓で食事をいただくなんて畏れ多すぎます、と後ろに控えていた朔が、頼もしく応じる。

「そうか。朔、これからも鈴花を頼むぞ」

「お任せくださいっ！」

尊敬する主に信頼を寄せられ、朔が喜びに顔を輝かせる。続いて口を開いたのは暎睲だ。

「大丈夫ですよ、珧璉様。鈴花はわたしが守りますから。ね、鈴花？」

「ありがとうございます、暎睲様！」

墨蟲を祓える暎睲もいてくれれば百人力だ。にこやかな笑みで告げた暎睲に礼を述べると、なぜか珧璉の眉がきつく寄った。

「暎睲、お前は墨蟲を祓うだけでよい。宮廷術師としての務めもあるだろう。鈴花はわたしの従者が守るゆえ、余計な邪魔はしないでもらおう」

「何をおっしゃいます。鈴花の見気の瞳は稀有な力。万が一のことがあっては大変です」

「万が一のことなど起こさせぬ！　むしろ、術師であるお前と――」

目を怒らせて何やら言いかけた珖璉の動きが、不意に止まる。

「珖璉様、どうなさいましたか？」

心配そうに主に問うた禎宇に、かぶりを振った珖璉が暎睲を見やる。先ほどの苛立ったようなまなざしとは打って変わって、黒曜石の瞳には冷静な光が宿っていた。

「暎睲。今朝、墨蟲に取り憑かれた者が凶暴化するきっかけは術師の《気》ではないかと推測したが……。変ではないか？」

「っ⁉　確かに……っ！」

珖璉の言葉に息を呑んだ暎睲が、すぐさま頷く。二人のやりとりについていけず、鈴花は首をかしげた。

「あの……。どういうことでしょうか……？」

鈴花の問いに、珖璉が説明してくれる。

「先ほど、医局に行くために幻視蟲を喚んだと話しただろう？　わたしや暎睲の目には見えぬが、あれほどの宮女がいたのだ。きっと墨蟲に取り憑かれた宮女もいたに違いない。だが、暴れ出した宮女はひとりもいなかった。ということは、宮女が暴れ出すきっかけは術師の《気》ではないということになる」

「えぇっ⁉　では、いったい何が……⁉」

「……あと、可能性として考えられるのは見気の瞳、ですか？」

暎曜の呟きに、珖璉の眉がきつく寄る。

「確かに、墨蟲を見ることができるのは鈴花だけだが……。墨蟲が己の姿を見られたからといって凶暴化するものなのか……？」

「洞淵様に凶暴化のこともしたためた文を送りましょう。何かわかるやもしれません」

珖璉だけでなく、暎曜の表情も険しい。

「ああ、頼む。だが、唯一墨蟲を見ることができる鈴花が、本当に凶暴化のきっかけだとしたら厄介だな……」

端麗な面輪をしかめてこぼした珖璉の声は、泥水を飲んだかのように苦い。

「わ、私が、凶暴化のきっかけ……？」

こぼれた声がかすれる。正気を失ったかのように奇声を上げる宮女達の姿を思い出すと、ぶるりと身体が震えてしまう。

あんな宮女とまた対峙《たいじ》しなければならないのかと思うと、怖い。けれど。

「だ、大丈夫ですっ！　後宮に平穏を取り戻すためなんですから……っ！　私、頑張りますっ！　それに……っ」

何より、珖璉の役に立ちたい。見気の瞳は、ずっと役立たずだと言われ続けていた鈴花が、珖璉の力になれるたったひとつのことなのだから。

恐怖や不安を押し隠すようにぐっと拳を握りしめて宣言すると、その手をそっと珖璉に包まれた。

「感謝する、鈴花。だが心配はいらぬ。まだ、お前が原因だと確定したわけではないのだ。わたしはお前を危険に晒す気はない。お前を守れるよう、《盾蟲《じゅんちゅう》》を封じた巻物も用意して朔達に持たせよう。必要ならば、『蟲封じの剣』も渡す」

「『蟲封じの剣』……。洞淵様は蚕家の家宝まで、珖璉様にお貸ししていましたか」

感心とも呆れともつかぬ声を洩らした暎睲が、にこやかな笑みを鈴花に向ける。

「珖璉様の言う通りだよ。まだはっきりとわかっていないことを怖がって萎縮する必要はない。何より、わたしがついている限り、鈴花を危ない目に遭わせたりしないからね」

「暎睲。もう皿も空になった。部屋へ戻って、洞淵への文を書くといい」

珖璉が冷ややかに告げた通り、卓の上の皿はすっかり空になっている。珖璉のお相伴にあずかるご飯はいつでも豪華だが、今夜に限っては、ろくに味わう余裕もなかった。

暎睲が辞し、珖璉はさっそく盾蟲の巻物を書くべく隣室へと移動する。禎宇や朔達と一緒に食器を片づけた鈴花は、掌食へ食器を持っていってくれるという禎宇と、影弔の手伝いに行くという朔を見送ってから、意を決して珖璉がいる部屋の扉を叩いた。

「こ、珖璉様、あの……っ」

「鈴花？　どうした？」

すぐさま珖璉が扉を開けてくれる。

「今日の珖璉様はお疲れのようですし、肩もみはいかがかと思いまして……っ！」

不要だと、すげなく断られるかもしれない。不安を覚えながらも懸命に申し出ると、珖璉が黒曜石の目を瞠った。かと思うと、見惚れるような笑みが浮かぶ。

「お前が肩をもんでくれるのか。それは嬉しいな」

鈴花の手を取った珖璉が、中へ招き入れてくれる。卓で書き物をしていたからか、部屋の中は明るい。

「では、いきますね……っ！」

椅子に座ってもらった珖璉の後ろに立ち、ぐっぐっと広い肩をもんでいく。珖璉の肩は何度ももんだことがあるが、いつも凝り固まっていて心配になってしまう。

「珖璉様、またずいぶん凝ってらっしゃいますよ。私でよければいつでもおもみしますから、遠慮なくおっしゃってくださいね！　お忙しいのは承知しておりますが……。無理をしてお倒れにならないか、心配になってしまいます」

「心配をかけてすまぬな。だが……。お前にもんでもらうのは、本当に心地よい」

「ほんとですか⁉　嬉しいですっ！」

少しでも珖璉の役に立てていると思うと、嬉しくて自然と声がはずんでしまう。

「あのっ、私、もっともっと頑張りますから！　纏斂墨壺を見つけるのはもちろんですけれど、肩もみとか、礼儀作法とか……っ！　今はまだ、一度も召喚できたことがありませんけれど、蟲招術の勉強だって頑張りますから……っ！」

鈴花ができることなら、何だってやる。だから……。一日でも長く、珖璉のそばにいたい。

本当の身分は皇族である珖璉と、一介の侍女にすぎない鈴花がこうして言葉を交わせるのは、ほんの短い間の夢幻《ゆめまぼろし》なのだと、ちゃんと理解している。だからこそ……。そばにいられる間は、珖璉に見限られぬよう、しっかり努力しなくては。

「お前のその心意気は嬉しいが……。無理をするのではないぞ」

ふ、と珖璉が笑みをこぼした気配がする。

「私でしたら大丈夫です！　それより、珖璉様こそ、ご無理なさらないでくださいね」

肩をもみながら、真摯な願いを込めて告げると、珖璉に片手を摑まれた。身体ごと鈴花を振り返った珖璉が、安心させるように笑みを浮かべる。

「心配はいらぬ。この程度で倒れるほどやわではない。それよりも……。わたしはお前のほうが心配だ」

珖璉の端麗な面輪はきつく眉が寄っている。墨蟲に取り憑かれた者の凶暴化のきっかけが鈴花の見気の瞳かもしれないという推測は、鈴花自身も不安に思っている。と、鈴花の表情を読んだかのように、そっと手の甲を撫でられた。

「案ずるな。まだ、お前が原因だと確定したわけではない。洞淵に見解を聞けば変わる可能性もあるだろう。それに、明日は纏歛墨壺の探索ではなく、宦吏蟲の確認と躑躅妃様に礼儀作法を教えてもらいに行く予定だろう？　墨蟲についての危険はさほどあるまい。わたしも、明日でできる限り茶会の準備を進めておくゆえ……。安心しろ。いざとなれば、茶会の準備は禎宇に任せて、わたしがお前のそばにいる」

鈴花の不安を払うような力強い声。珖璉の心遣いは涙がこぼれそうなほど嬉しい。が、珖璉に迷惑をかけるなんてとんでもない。

「茶会の準備を任せるなんて、だめですよ、そんなの！　だって、牡丹妃様にとって大切なお茶会なのでしょう⁉　私でしたら、大丈夫ですっ！　影弔さんや朔さんもいますし、暎睲様も――、っ⁉」

皆まで言わぬうちに、不意にぐいっと腕を引かれる。

「ひゃっ⁉」

悲鳴を上げた顎を珖璉の大きな手が掴んだかと思うと、乱暴にくちづけられた。

「んぅっ⁉」

くぐもった声を上げ反射的に逃げようとするも、珖璉の手が許してくれない。

息が苦しくなる寸前で珖璉の唇が離れ、一瞬ほっとするも、息を継ぐ間もなくふたたび口をふさがれた。

「んん……っ！」

いったい、急にどうしたのだろう。混乱の渦に叩き込まれた鈴花の耳に、唇を離した珖璉の低い声が届く。

「やはり、心配極まりない……。お前の身に何かあったらと思うと、不安で心臓が壊れそうになる」

椅子から立ち上がった珖璉が、ぎゅっと鈴花を抱きしめる。ふわりと珖璉の爽やかな香の薫りが揺蕩い、先ほどから騒ぎっぱなしの心臓が、さらにぱくぱくと騒ぎ出す。速くなった鼓動をごまかすように、鈴花はあわてて口を開いた。

「な、何をおっしゃるんですかっ⁉　禎宇さん達だっていらっしゃるんですから、大丈夫に決まっています！　それより、珖璉様に不意打ちされるほうが心臓に悪いですっ！　珖璉様の心臓より、私の心臓が先に壊れちゃいますよっ！」

抗議の声を上げると、珖璉がこらえきれないとばかりに、ふはっと吹き出した。

「それはいかんな」

「そうでしょう⁉　ですから……っ！」

「ならば、先に告げておけばよいだろう？　──くちづけるぞ」

告げるなり、三度目のくちづけが降りてくる。だが、鈴花の心臓を考慮してくれているのか、先ほどまでとは異なり軽く優しいくちづけだ。

「……牡丹妃様が、茶会にはぜひ鈴花も出席してほしいとおっしゃっていた。わたしの侍女にふさわしい衣も用意しているから、と」

名残惜しげに唇を離した珖璉が、鈴花を腕の中に閉じ込めたまま、悪戯っぽい声音で告げる。

「牡丹妃様がですか……っ⁉　光栄極まりないことですが、私はまだろくに礼儀作法も身につけていませんし……っ！　ご迷惑をおかけすることになりませんか……？」

咲き誇る牡丹の花のように華やかな玉麗が、鈴花に茶会への出席を許してくれたばかりか衣装まで用意してくれたなんて、感激すると同時に、迷惑をかけてしまったらどうしようと、とてつもない不安に襲われてしまう。

「それほど心配せずともよい。不安ならば、その分しっかりと躑躅妃様から礼儀作法を学んでくればよい」

「ですが、纏斂墨壺を一刻も早く見つけなければなりませんのに……っ！」

躑躅宮へ行っている暇などないのでは、と気が気でない。が、珖璉は落ち着いた様子でかぶりを振る。

「躑躅妃様には、妃嬪の中で怪しい動きをしている者はいないかどうか、噂を集めていただいている。そういった情報は、同じ妃嬪のほうが得やすいからな。だが、わたしが何度も躑躅宮へ出入りしていれば、嫌でも目立つ。お前を躑躅宮へやるのは、使いとしての役目もあるのだ」

「そういうことでしたら私、躑躅妃様からしっかりお話を聞いてきますっ！」

珖璉の深慮に感心し、鈴花は力強く頷いた。

第五章　入り乱れる思惑

翌日、鈴花は朝から暎睲と禎宇とともに三日前にも来た講堂にいた。暎睲が召喚した宦吏蟲の卵がちゃんと宦官達に宿っているかどうかの確認のためだ。見気の瞳がなかった今までは、宦吏蟲の卵を飲ませた後、確認のしようがなかったが、鈴花がいれば確かめられる。また、今回は一気に大勢の宦官に卵を飲ませたこともあり、間違いがないよう、確認しておくことになったのだ。

万が一、卵を飲むふりをして実は飲んでいなかった宦官がいた場合、大問題になりかねない。ただでさえ後宮の平穏が乱されている今、これ以上の厄介事は芽が出る前に摘んでおきたいというのが珖璉の本心だろう。

さらに、鈴花が見れば宦官達に墨蟲が取り憑いているかどうか同時に確認することもできるため、一石二鳥だ。宦官の人数は前回の半分ほどの上に、暎睲の翡翠色の《気》が体内にあるかどうか見ていくだけなので、流れ作業でどんどん進んでいく。

「どうかな？　墨蟲が取り憑いている宦官はいるかい？」

途中、宦官の列が途切れたところで、隣に立つ暎睲に低い声で尋ねられた。

「それが……。宦官のみなさんには墨蟲が取り憑いていないんです。墨蟲は、女性にしか取り憑かない性質があるんでしょうか……？」

首をかしげながら、声をひそめて返事する。百人近い宦官がいるというのに、墨蟲が取り憑いている者がひとりもいないなんて、驚きだ。

「墨蟲については、わかっていないことばかりだからね。今の時点では何とも言えないが……」

整った面輪をしかめた暎睲に続き、鈴花のすぐそばに控えていた禎宇が口を挟む。

「宦官の棟の近くには纏斂墨壺がないということかもしれません。宦官が暮らす棟は、宮女達の棟とは離れていますから」

「あっ！　それなら捜索範囲が狭まることになりますね！」

後宮は広い。少しでも範囲が狭くなるなら、それに越したことはない。

次の宦官達の一団が来たので、鈴花はあわてて口をつぐみ、ふたたび確認していく。

半刻《はんとき》近く宦官達を見ていった鈴花は、最後の一団の中に錬延の姿を見つけた。牡丹妃の警護に取り立てられた錬延は、後宮の警備兵よりも立派な革鎧《かわよろい》を身につけており、たくましい体軀もあいまって腰に剣を佩《は》いた姿はどこからどう見ても凜々しい武官だ。

鈴花の姿を見た錬延が、丁寧に頭を下げてくれる。

「錬延さん！　牡丹妃様の宮はいかがですか？」

「大変よくしていただいております。まだお仕えして日が浅いにもかかわらず、わたしのような宦官にまでお声がけをくださり……。お心の広さに感嘆するばかりです」

銕延の顔には純粋な尊敬が浮かんでいる。牡丹妃の寛大さに何度も感謝したことのある鈴花は、銕延の気持ちがわかる気がした。が、銕延に声をかけたのは、近況を確かめたかっただけではない。

「あの、銕延さん。午後から躑躅宮に礼儀作法を習いに行くんですけれど……。その、何か伝えることはありますか……？」

鈴花と同じ、身分違いの恋を心に秘めている銕延。牡丹妃付きになった銕延は、躑躅妃と言葉を交わす機会すらほとんどなくなってしまったに違いない。余計なお節介と知りつつ問うと、虚をつかれたように目を瞠った銕延が、次いで柔らかな笑みを浮かべた。

「では……。わたしは牡丹宮でしっかり務めていると、お伝えください」

誰に告げるとも言わぬやりとり。けれど、思い描いている人物はただひとりだ。

「はいっ！　お任せくださいっ！」

鈴花は笑顔で請け負う。と、隣の暎睲から呆れたような吐息が聞こえた。

「鈴花。花ひらくように愛らしい笑顔をむやみに振り向くものではないよ。そんな天真爛漫なところもきみらしいが……。相手によっては誤解されかねないからね」

「へっ？」

思いがけない言葉に間の抜けた声が出る。くすりと暎睲が笑みを深めた。

「というか、礼儀作法なら、躑躅妃様に頼まずとも、わたしが教えてあげるというのに。遠慮なんてせずに、声をかけてほしいな。きみに教えるなら喜んで請け負うよ」

暎暒が見惚れずにはいられないような笑みを浮かべる。鈴花が答えるより早く応じたのは禎宇だ。

「暎暒様には宮廷術師のお役目がおありですから。鈴花は珖璉様の侍女。職務と関係のないことでご迷惑をおかけするわけにはまいりません」

禎宇が振り返ることなく宦官達に手で合図を送り、銕延や他の宦官達が無言で一礼して講堂を出ていく。後に残されたのは鈴花達三人だけだ。

「禎宇さんがおっしゃる通りです！　暎暒様は纏斂墨壺の捜索もありますのに、これ以上ご迷惑をかけるわけにはいきません！　その……。私の礼儀作法が心許《こころもと》ないせいで、今日は捜索に加われず、心苦しい限りですが……」

深々と頭を下げて暎暒に詫びると、返ってきたのは残念そうな嘆息だった。

「確かに、鈴花と一緒に後宮を巡れないのは残念極まりないね」

「申し訳ありません……っ！」

珖璉には昨日、躑躅宮へ行くことも捜索の一助だと言われたが、やはり暎暒と一緒に後宮を回ったほうがいいに違いない。

「珖璉様の命ならば仕方がない。だが、明日はわたしと一緒に回ってくれるかな？」

「は、はいっ！　もちろんですっ！　精いっぱい頑張りますっ！」

こくこくこくっ！　と勢いよく頷くと、禎宇が深い溜息をつく呼気が聞こえた。

「鈴花……。熱心なのはいいことだが……。珖璉様にも注意されていただろう？」

「え……っ？　確かに、危ないことをしないように言われていますけれど、暎睲様も一緒ですし……」

きょとん、と返すと、もう一度溜息をついた禎宇が、鈴花を庇うように暎睲との間に割って入る。いつも穏やかな禎宇が暎睲を見据える目は、いつになく厳しい。

「暎睲様。あなた様は珖璉様の意図を正確に理解してらっしゃるはずです。にもかかわらず、珖璉様の従者であるわたしの目の前で堂々とそれを破られるとは……。珖璉様に敵対する意志がおありと見てよろしいですか？」

だとすれば許さない、と言わんばかりに禎宇の広い背中が張りつめる。が、暎睲の面輪に浮かんだのは、禎宇の警戒を柳に風と受け流すような柔らかな笑みだった。

「敵対する気などないよ。だが……。互いに得たい花はたった一輪。ならば、相争うことになっても仕方のないことだろう？　それとも――」

暎睲の涼やかなまなざしが、す、と抜き身の剣のように細く鋭くなる。

「珖璉様ともあろう御方が、身分を笠《かさ》に着てわたしを追い落とすとでも言うのかな？」

「っ⁉」

思わせぶりな暎暒の口調に、鈴花は思わず息を呑む。珖璉の本当の身分は、皇帝の甥であり、唯一の皇位継承者だ。いくら暎暒が名家の次男と言えど、珖璉が本来の身分を明らかにすれば対抗できまい。

だが、暎暒は珖璉の本当の身分を知らないはずだ。それとも、単に宮廷術師より上の官正の身分を指していっているのか、鈴花には判断がつかない。斜め前に立つ禎宇をちらりと見上げるが、禎宇も険しい顔をしたままだ。

「おや、鈴花。どうかしたのかな？」

「い、いえ……っ！」

暎暒に問われ、鈴花はあわててかぶりを振る。もし、暎暒が珖璉の本当の身分に気づいていないのなら、鈴花が迂闊《うかつ》な言動をするわけにはいかない。何か話題を変えなくては、と焦り……。鈴花は気になっていたことを口にする。

「そ、その……っ！　宦吏蟲の確認をしている時にふと思ったんですけれど……っ！　茱梅さんの《気》を追うことで纏斂墨壺の在り処を探すことはできないんでしょうか？　確か、《気》を探すことができる蟲がいるんですよね……？」

「残念だけれど……」

鈴花の言葉に、暎暒が申し訳なさそうに眉を寄せる。

「術師の《気》は、術師が死ぬと同時に消えてしまう。茱梅の《気》を追うことは不可能だよ」

「あ……」

そういえば、十三花茶会の夜、茱梅の命が喪われると同時に、禁呪の大蛇も塵と化して消えていた。

「それに、《気》を追う《感気蟲《かんきちゅう》》は術者が知っている《気》しか追うことができなくてね。万能ではないんだ。纏斂墨壺が負の《気》を集めているとはいえ、術師の《気》ではない雑多なものだし……。『気隠しの香』を使われてしまえば追えないしね」

「『気隠しの香』、ですか……？」

初めて聞く名前に首をかしげる。

「ああ、調合の難しい香だけれどね。その香を使うと、感気蟲で追うことができなくなるんだ。まあ、今回の纏斂墨壺には関係がないだろうけれど」

「そんなものまであるんですね……。私、本当に何も知らなくて……」

蟲を喚び出すこともできなければ、蟲招術の知識もない。さらには礼儀作法まで教えを請わなければならないなんて、術師としても侍女としても失格だ。情けなさに唇を噛みしめてうつむくと、暎睲の優しい声が降ってきた。

「蟲招術なら、わたしがいくらでも教えてあげると言っただろう？　鈴花は見気の瞳がある分、上達も早いはずだよ。きっと蚕家の見習い術師くらい、あっという間に追い抜かすに違いない」

「そうだといいんですけれど……。あっ！　あのっ、暎暒様に折り入っておうかがいしたいことがあるんです……っ！」

「鈴花っ⁉」

「うん？　きみに頼ってもらえるなんて嬉しいね。何だい？　何でも言ってごらん？」

禎宇の咎める声を遮るように、暎暒がにこやかな笑みを浮かべる。その笑みに誘われるように、鈴花はずっと暎暒に聞いてみたいと思っていたことを口にした。

「あの……っ！　蚕家に引き取られた夾《きょう》さんは、元気にしてらっしゃいますか⁉」

「…………うん？」

鈴花の問いがよほど予想外だったらしい。暎暒が珍しく虚をつかれた顔になる。

「あ、あのっ、先日、夾という名前の女性の術師が蚕家に引き取られたと思うんですけれど……っ！　そのっ、夾さんには掌服でとてもお世話になったので、ずっと気になっていて……っ！　蚕家でしっかり務めて罪を償ったら、娘さんと一緒に暮らせるかもしれないんでしょう⁉　夾さんは元気にしてらしゃいますか⁉」

病に侵されていた夾の娘は、珖璉が医師に診せるよう手配してくれ、一命をとりとめたと聞いている。娘を助けるために盗みをしていいはずはないが、大切な者のためならばどんなことでもしたいという気持ちは、行方不明の姉を捜すために宮女になった鈴花には、嫌というほどわかる。

禎宇を押しのける勢いで身を乗り出して問うと、固まっていた暎睲が吹き出した。

「折り入ってと言うから何かと思えば……っ！　本当にきみは……っ！」

こらえきれないとばかりに暎睲が笑う。だが、その声はどこか優しい。

「茉梅の形見のことといい、夾のことといい……。ああ、心配はいらないよ、夾は蚕家で真面目に仕えている。修練して扱える蟲も増えているそうだよ」

「そうなんですねっ！　よかったぁ……っ！」

心の底から喜びがあふれてくる。

「他人のために、よくそんなに喜べるものだね。だが、だからこそ、こんなにまばゆく映るのか……。もっときみを――」

「暎睲様。宦官達の確認も終わりました。いつまでも講堂を使っていては迷惑になりましょう。そろそろ出ませんか？　鈴花も、躑躅宮へ行く支度があるだろう？」

鈴花に手を伸ばそうとした暎睲を遮るように、禎宇が鈴花を背中に隠す。

「……まったく、珖璉様の番犬は手強《てごわ》いことだね」

「お褒めの言葉として受け取らせていただきます」

二人のやりとりの意味がわからぬまま、鈴花は禎宇に促され講堂を出た。

◇　◇　◇

「ひとまず、座学はこのくらいにしておきましょうか」

午後からずっと躑躅宮で礼儀作法を習っていた鈴花は、躑躅妃の言葉に思わず深く息を吐き出した。と、躑躅妃がからかうようにくすくすと笑う。

「そんなにあからさまにほっとした顔をするものではなくってよ。あなたは考えていることがすぐに顔に出るのねぇ」

「も、申し訳ございません……っ！」

躑躅妃の指摘に、鈴花は先ほど教えられた通りに、ぴしっと姿勢を正す。礼儀作法の基本すら危うい鈴花に、躑躅妃は何度も根気よく指摘し、厳しくも丁寧に教えてくれた。

その中で、辞した後も人目がなくなるまで決して気を抜かないようにと教えられていたというのに、さっそく躑躅妃の前でやらかしてしまった。恐縮する鈴花に、躑躅妃がにこやかに笑う。

「いいのよ。まだ習ったばかりだもの。何度も繰り返すうちに身につくことでしょう。帰ってからも復習なさいね」

「はいっ！　かしこまりました！」

背筋を伸ばしたまま答えた鈴花に、躑躅妃が笑みをこぼす。

「あなたは本当に真面目で熱心ね」

「珖璉様から、しっかり学んでくるよう言いつかっておりますから……っ！　それに、躑躅妃様にもお手間をおかけしているのです。早く礼儀作法を身につけなくては！」

「やる気があるのは教えるこちらも嬉しいわ。では、次は実践として一緒にお茶を楽しみましょうか」

「え……っ⁉」

鈴花が固まっている間に、しずしずと躑躅妃の私室へ入ってきた侍女が、卓に茶器や菓子の皿を並べ、恭しく一礼して下がっていく。

「さあ、こちらへいらっしゃい。そんなに緊張しなくて大丈夫よ。侍女のあなたは後ろに控えているでしょうから、お茶会で席につくことはないでしょうけれど……。自分が客人の立場になってみることで、見えることもあるでしょう。不安ならば、わたくしの真似をすればよいわ」

優雅に座した躑躅妃に導かれるように対面に座った鈴花は、躑躅妃の仕草を真似ながら茶器を手に取る。衣ずれのかすかな音しか聞こえない中、茶を楽しむ躑躅妃は、目が離せないほど優雅だ。うっかり見惚れていた鈴花はお茶をこぼしそうになり、あわてて飲んだ拍子にむせてしまう。

「ふふっ、落ち着いて飲めばいいのよ」

くすりを笑みをこぼした躑躅妃が、

「ところで、珖璉様に頼まれていた件なのだけれど……」

と表情を引き締める。あわてて鈴花は茶器を置いて背筋を伸ばした。

「中級妃達の動向をそれとなく調べたけれど、どなたも牡丹妃様のお茶会に出席する準備に忙しくて、目立って怪しい動きをしている方はいらっしゃらないように感じたわ。お茶会には陛下も顔を出されるというお話ですもの。陛下のお渡りが遠のいている妃嬪は、ここぞとばかりに身を飾ってくることでしょう」

「かしこまりました。そのように珖璉様にお伝えいたします。お調べいただき、誠にありがとうございました」

鈴花は習ったばかりの所作で丁寧に頭を下げる。珖璉が妃嬪達の動向を調べてもらうように頼んだらしいが、たった二日で調べてくれるなんて、躑躅妃の有能さに感心するほかない。と、躑躅妃が美しく整えられた眉を寄せた。

「昨日、暎睲様を通じて蚕家から護り絹が贈られたわ。桂花妃様が蟲に取り憑かれて熱を出されたという噂も流れているし……。いったい、後宮に何が起こっていますの？」

「実は……」

珖璉からは、躑躅妃には纏斂墨壺のことを話してよいと許可をもらっている。鈴花が後宮のどこかにある纏斂墨壺を探していることを説明すると、「まあ！」と躑躅妃が面輪をしかめた。

「そんな恐ろしいものが、後宮のどこかに……」

「だ、大丈夫ですっ、ご安心くださいっ！　護り絹をお召しになっていれば墨蟲は取り憑きませんし、何より、珖璉様が捜索の指揮を執ってらっしゃいます！　絶対にすぐに見つけられるに違いありませんっ！　もちろん、私も精いっぱい頑張りますから！」

「ふふっ、鈴花は珖璉様のことを心から信頼しているのね」

「もちろんですっ！　珖璉様は本当に素晴らしい御方なんですっ！　後宮の平穏を守るべく、いつも職務に熱心でいらっしゃって……っ！」

思わず熱弁を振るうと、躑躅妃の笑みが深くなった。

「あの珖璉様のお心を射止めるなんて、どんな子かと思っていたけれど……。今日のあなたを見て、何となくわかった気がするわ。心から珖璉様を信頼していて、少しでも期待に応えようと一生懸命に学んでいて……。珖璉様のことを、一途《いちず》に想っているのね」

「っ⁉　そ、そのっ、少しでも珖璉様のお役に立ちたいので……っ！」

ただ礼儀作法を習って少し話をしただけなのに、鈴花の恋心まで見抜かれるとは思ってもいなかった。優雅に茶器を傾けた躑躅妃が、ふふっと柔らかな笑みをこぼす。

「あなたの一途なところ、銕延を思い出させるわ……」

躑躅妃の呟きに、鈴花は伝えねばならないことを思い出す。

「あ、あのっ！　実は今日、銕延さんとお会いしたんですっ！　立派な鎧《よろい》を着て、とても元気そうでした。それで銕延さんから躑躅妃様に伝言があるんです！『牡丹宮でしっかり務めていると、お伝えください』と……っ！」

「まぁっ、銕延が……っ⁉」

銕延の名を告げた途端、躑躅妃の美しい面輪が花ひらいたように色づく。

「そう、よく務めているのね……。元気にしているようで、本当によかった……っ！」

躑躅妃の声が感極まったように潤む。見ている鈴花までもらい泣きしてしまいそうだ。

「私……っ！　躑躅妃様と銕延さんの想いが叶いますようにと、心からお祈り申し上げます……っ！」

身分違いの恋を叶えるのが、そして想いが通じたとしても、そこから添い遂げることがどれほど困難なのか、鈴花は身に染みて知っている。

鈴花はいつか珖璉に見限られてしまうかもしれないが、せめて躑躅妃と銕延には幸せな未来が待っていてほしい。

心からの祈りを込めて真摯に告げると、躑躅妃が目を瞠った。

「ありがとう……っ！　そんな風に言ってくれたのは、あなたが初めてよ……っ！」

卓に身を乗り出した躑躅妃が、感動を抑えきれないと言いたげにぎゅっと鈴花の手を握る。

「わたくしもあなたを応援するわ、鈴花！　わたくし達、お友達になりましょう！　錬延への想いを話せる人なんて、あなた以外にいないんですもの……っ！」

「あ、ありがとうございます……っ！」

牡丹妃と似た雰囲気の美しい躑躅妃に目の前に迫られてくらくらする。礼を失しないように必死で理性を奮い立たせながら、鈴花はこくこくと頷いた。

◆　◆　◆

「おや、鈴花はまだ躑躅宮から戻っていないのですか。残念ですね」

夕刻、珖璉の私室を訪れた暎睲の開口一番の言葉に、卓に向かって書類をしたためていた珖璉は己の眉がきつく寄るのを感じた。

「暎睲、おぬしは報告に来たのだろう？　鈴花がいようといまいと、関係あるまい」

告げる声が無意識にとげとげしくなる。が、暎睲は意に介さぬように肩をすくめた。

「愛らしい花を愛でたいと願うのは自然なことでございましょう？　純真な笑顔を見れば、今日の疲れも吹き飛びますゆえ」

「愛らしい花に癒やされるという点については同意してやるが、鈴花はおぬしの花ではないぞ？」

鈴花は思いがけず躑躅宮で夕食をとることになったため、まだ帰ってきていない。夕方、躑躅妃から、鈴花を気に入ったため夕食も一緒にとらせると言づてがあったのだ。

まさか、こんなにすぐ打ち解けるとは思っていなかったが、躑躅妃はきっと鈴花を気に入るだろうと、珖璉は二日前に会った時から予想していた。銕延も鈴花も、二人とも一途に主を想うという点はまったく同じだ。銕延が訓練された番犬だとしたら鈴花は愛くるしい子犬といったところで、外見は似ても似つかない二人だが、躑躅妃ならば、きっと鈴花を好ましいと思うに違いないと。

むろん、珖璉自身が誰よりも鈴花を守る気だが、牡丹妃や躑躅妃など、妃嬪の後ろ盾があることは、鈴花にとって身を守ることにつながる。躑躅妃が鈴花を気に入ってくれたのなら、それに越したことはない。

鈴花が不在のこの機会に暎睲にしっかり釘《くぎ》を刺しておこうと、珖璉はまなざしに圧を込める。だが、暎睲から返ってきたのは挑発するような笑みだった。

「では、珖璉様は鈴花は己の花だとおっしゃりたいのですか？　――何ひとつ、将来の約束もしてやっていないというのに？」

「っ⁉　鈴花から何を聞いた⁉」

理性が止めるより早く、詰問が飛び出す。暎睲が片方の眉を上げた。

「おやおや、鈴花を信用してやっていないのですね。鈴花は何も言っておりませんよ。ですが、不安そうな様子を見れば、ある程度の推測はつくというもの。捨てられまいと健気《けなげ》に尽くすさまは、なんといじらしいことでしょう。純真な鈴花の想いを量って楽しむとは、珖璉様もなんとお人が悪い」

「想いを量ることなどしておらんっ！　そんなことをせずとも鈴花は――っ！」

鈴花が己に向けてくれる想いを疑ったことなど、一度もない。純真な想いをのせたまなざしを向けられるたび、抱き寄せてくちづけたくなる衝動をこらえるのがどれほど困難か――。きっと、鈴花本人は気づいていまい。

反射的に言い返した珖璉の言葉に、暎睲が唇を吊り上げる。まるで、罠《わな》にかかった獲物を見るように、愉悦交じりの笑みを浮かべ。

「では、珖璉様は鈴花の想いを知ったうえで、あえて将来の約束をしてやっていないということでございますね？　鈴花もなんと気の毒な。彼女を欲する者として、鈴花が無下に扱われていることを看過するわけにはいきませんね」

挑発に乗ってはいけない。理性ではわかっているのに、暎睲の言葉に、かっ！　と脳髄が灼《や》ける心地がする。

「鈴花を欲するだと⁉　ふざけるなっ！　おぬしが求めているのは見気の瞳であろう⁉」

怒りを宿した貫かんばかりの視線にも、暎睲はひるまない。

「もちろん、見気の瞳も魅力のひとつです。が、わたしが鈴花を欲したのはそれだけが理由ではありません。一服の清涼な水のような鈴花の純真さに魅せられたのですよ」

ふ、と暎睲が笑みをこぼす。蛟家の次男であり、筆頭宮廷術師の高弟であることを常に自覚して動くふだんの暎睲とは、まったくの別人のような甘く柔らかな笑み。

その笑みを目にしただけで、嫌でも気づいてしまう。暎睲もまた、見気の瞳ではなく、鈴花自身に魅せられてしまったのだと――。

いったい、何がきっかけだったのか。すでに手遅れだと知りつつも、やはり鈴花と暎睲をできる限り引き離しておけばよかったと後悔に囚われる珖璉の前で、甘やかな表情を消した暎睲が、いつもの腹の底が見えぬ仮面のような笑みを口元に貼りつける。

「珖璉様とて、最初は鈴花の見気の瞳を利用する気だったのでしょう？　ならば、わたしと珖璉様は同じ立場ではありませんか」

まるで見てきたように告げる暎睲に、珖璉は反論するすべを持たない。

そうだ。初めは希少な見気の瞳を利用するだけだった。だというのに、いつの間にこれほどにも鈴花を愛しく想うようになったのか――。自分でも、自分の心が読み解けぬ。

黙した珖璉を、笑顔の後ろに刃を隠し持った暎睲がさらに追い詰める。

「ああ、同じ立場というのは不敬でございますね。鈴花に手を出すな、とご自身の身分を笠に着て命じられますか？　珖璉――いえ、『龍璉』様」

「……やはり、気づいていたか」

十年以上も昔、まだ現皇帝の龍漸が第四皇子であり、珖璉が政変に巻き込まれて姿を隠すようになる前の幼い日に、暎暒とは何度か会ったことがある。暎暒の思わせぶりな様子から、正体に気づいているかもしれないと予想はしていたが、よりによってここで持ち出されたことが忌々しい。

「珖璉様ほどの美貌の主は、一度お会いしただけで強烈な印象を残しますから。まさか、唯一の皇位継承者様が後宮で官正に身をやつしてらっしゃるとは、予想だにしておりませんでしたが」

にこやかに応じた暎暒が、からかうようなまなざしを向けてくる。

「珖璉様は、ゆくゆくは鈴花を妃嬪のひとりとして召し上げるおつもりなのですか？」

「わたしは皇位に就く気などまったくない」

暎暒の問いかけを間髪容れずに否定する。皇帝に政敵と見なされぬために身をやつしているというのに、変な噂を立てられてはたまらない。何より。

「そもそも、わたしは鈴花以外の女人を娶《めと》る気など、欠片もない」

珖璉が欲するのはたったひとり、鈴花だけだ。それ以外の者を欲しいとは思わない。

きっぱりと告げた珖璉に「おやおや」と暎暒が片眉を上げる。

「では、ご実家の霓家《げいけ》を継がれると？　霓家はご当主の大臣殿がご高齢にもかかわらず跡継ぎを決められていないため、誰が跡を継ぐのか、水面下で争われているとか……。ですが、鈴花の天真爛漫な性格は、権力争いには適さないのではありませんか？」

「鈴花を霓家の家督争いに巻き込むつもりはない。むろん、おぬしに譲る気もな」

真っ向から暎睲を見据え、宣言する。だが、暎睲も視線を逸らさない。

「ですが、選ぶのは鈴花でございましょう？　つつましい性格から察するに、権力争いに巻き込まれることは、鈴花を幸せから遠ざけるに等しいと思いますが？」

「っ！」

暎睲の指摘に、珖璉は思わず言葉に詰まる。暎睲に指摘されずとも、珖璉とともにいれば、否《いや》が応《おう》でも鈴花も権力争いに巻き込まれることは承知している。

だからこそ、鈴花に珖璉の実家のことを伝えられていないのだ。

珖璉と結ばれれば平穏な日々などないと知った上でなお、鈴花がそばにいたいと思ってくれるのか――。珖璉には、まったく自信がない。

卑怯だとわかっている。何も伝えないまま、そばにいてほしいだなど。

自分が誰かに嫌われることを恐れる日が来るなんて、鈴花に恋するまで、考えたこともなかった。

だが、たとえ卑怯だとそしられても、鈴花を離すことなどできない。何があろうとも、決して。

固く唇を引き結んだ珖璉を見やった暎曜の口元が、優越感に歪む。

「その点、わたしは蛟家の子息とはいえ、家督を継ぐわけではない次男坊。宮廷術師として身を立てることを目指しているだけですから、鈴花を危険な目に遭わせることもありません。鈴花を大切に慈しみ、幸せにいたしましょう。本当に鈴花を大切に想っていらっしゃるならば、鈴花がわたしを選んだとしても、祝福してくださるでしょう？」

祝福など、できるはずがない。だが、今の珖璉に何が言えるというのか。

「沈黙は肯定と取らせていただきましょう」

優雅に微笑んだ暎曜の言葉を、珖璉は心が軋むような心地を味わいながら聞いた。

◆　◇　◆

桂花妃が発熱し、珖璉達が桂花宮へ来たことは僥倖だった。と、博青は目の前で怒る桂花妃を見ながら、内心で冷ややかに考えていた。

さしもの珖璉達も、蚕家本邸の地下牢に囚われているはずの博青が、すでに脱獄して後宮に戻っているとは思うまい。しかも、一度桂花宮に来た後ならば、博青がここに潜んでいるとは夢にも思わぬだろう。

　蚕家の牢には、幻視蟲で作った博青の身代わりを置いてきているので、すぐに脱獄が判明する事態にはならないだろうが、もしわかったとしても、しばらくは時間稼ぎができるに違いない。

　目の前では不調から回復した桂花妃が椅子に座し、憤懣《ふんまん》やるかたないといった様子で苛立ちを吐き出している。桂花宮の奥にあるこの部屋にいるのは、博青と桂花妃の二人だけだ。

「茱梅め……っ！　初めて見た時から、気に食わないと思っていたけれど……っ！　まさか、陛下のご寵愛を得た挙げ句、妃嬪を皆殺しにしようだなんて……っ！　天をも畏れぬ所業だわ！　殺されて当然よ！」

　茱梅が皇帝の御子を身籠もった末、禁呪を使って妃嬪を皆殺しにしようとしたことは、桂花妃にとって許し難《がた》い所業らしい。それだけでなく。

「博青！　何のためにお前が芙蓉妃と親しくするのを見逃してやったと思っているの！　あの忌々しい牡丹妃が庇護する芙蓉妃が大罪を犯せば、牡丹妃を糾弾してやれたというのに……っ！」

　怒りに吊り上がった目が床に平伏する博青を憎々しげに睨みつける。

「お前は茱梅の企みを知っていたのでしょう？　だというのに、それを告げずにわたくしを命の危険に晒したばかりか、裏切って芙蓉妃と逃げ出そうとするなんて……っ！」

ぎり、と桂花妃が奥歯を噛みしめた異音が博青の耳にまで届く。

「よく、のうのうとわたくしの前に顔を出せたものね！　大罪人をひっ捕らえたと、珖璉に引き渡してもよいのよ？　そうなれば、いったいどうなることかしら？　獄吏に引き渡され、拷問されて……。そう簡単に死ねると思わないことね！」

唇を吊り上げた桂花妃が、いたぶるのを楽しむかのように告げる。桂花妃に仕える侍女ならば、震えおののき、泣きながら命乞いをしていただろう。

だが、博青はそんな心などとうに失っている。

「申し訳ございませんが、そのような脅しは、わたしにはまったく無意味でございます」

博青は顔を上げると落ち着き払って桂花妃に微笑んでみせる。

「わたしはすでに、大罪を犯し脱獄した身。いまさら引き渡すと言われても、ふたたび脱獄するだけでございます。いえ……」

思わせぶりに言葉を切った博青は、桂花妃を見上げたまなざしに圧を込める。

「ふたたび捕らえられるなら、いっそ……。と自暴自棄になり、周りの方々を道連れにするやもしれません」

「っ⁉　わたくしを脅す気なの⁉」

息を呑んだ桂花妃が博青を睨みつける。が、血の気は引いているものの、怯えるどころか苛烈な怒りを宿して博青を睨みつけるさまは、さすがの胆力と言うべきかもしれない。博青は焦《じ》らすように間を取ってから、ゆったりとかぶりを振る。

「滅相もございません。わたしはただ、可能性の話をしただけでございます」

博青の言葉に、桂花妃が忌々しげに唇を嚙みしめる。身分差という守りがなければ、博青にとって桂花妃を殺すことなど赤子の手をひねるよりたやすいと、ようやく理解したらしい。

「わたしと桂花妃様は一蓮托生《いちれんたくしょう》。今後とも、手を携えたいものでございます」

あえて恭しく告げた博青の言葉に、桂花妃が不快げに眉をひそめる。

「手を携える？　わたくしの宮に隠れておいて、よく言えたものね」

「おや、桂花妃様ともあろう御方が、わたしが桂花妃様の庇護を求めるためだけに後宮に舞い戻ったとお考えですか？」

挑発的な物言いに、桂花妃の眉がさらにきつく寄せる。

「この期に及んで、お前にいったい何ができるというの？」

「復讐《ふくしゅう》を」

告げた瞬間、博青は己の中で凶暴な感情が立ち上るのを感じる。

博青の計画は完璧だった。あの二人さえいなければ、今頃は愛しい迦佑とともに我が子が産まれてくるのを心待ちにしていたはず、なのに。

博青は血が流れ出しそうなほど、強く唇を嚙みしめる。

少しばかり見目がよいために妃嬪達に気に入られ、官正として偉そうに振る舞っている珖璉と、間抜けな小娘のくせに、ただ見気の瞳があるというだけで博青の計画を灰燼《かいじん》に帰させた鈴花。

あんな二人に邪魔をされたなど、受け入れがたい屈辱だ。

無惨に踏みにじられた自尊心がずきずきと血を流し続けている。

鈴花を珖璉の目の前で目茶苦茶にしてやり、珖璉の取り澄ました顔を苦痛と哀しみに歪ませてやらねば、この傷は決して癒えない。

「わたしは、珖璉とあの小娘に復讐するべく舞い戻ったのでございます。そうでなければ、後宮などに戻らず、迦佑様を連れて逃げればよい話ではございませんか」

愛しい迦佑とまだ見ぬ我が子をこの手に抱きしめたいという想いはもちろんある。だが、胸の中で燃え盛る復讐の炎が消えぬ限り、心穏やかに過ごすことなどできない。

「珖璉と鈴花に、わたしを侮ったことを後悔させてやります」

決意に満ちた低い声をこぼした博青は、桂花妃を見上げて微笑む。

「珖璉の守りがなければ、牡丹妃も無事に御子を産めるかどうかわかりますまい。珖璉達に復讐することは桂花妃様のお心にも適うものでございましょう？」

博青の言葉に、桂花妃がようやく表情をゆるめて首肯する。

「そういうことなら、あなたを匿《かくま》ってあげなくもないわ。けれど……」

桂花妃の目が博青を見定めるように細くなる。

「わたくしは十三花茶会の場で、茉梅のすさまじい禁呪をこの目で見たわ。何体もの巨大な蛇が身をくねらせて……。珖璉はそれを倒したのよ。禁呪まで使っても勝てなかった珖璉に、あなたが勝てるという保証はどこにあるの？」

「茉梅は己の実力だけで禁呪を編み出したわけではございません」

桂花妃の懸念を払うべく、博青はゆったりした口調で説明する。

「纏斂墨壺という名の呪具を使ったのです。その呪具さえ手に入れることができれば、わたしも禁呪を練ることができます。珖璉など、恐れるに足りません」

「呪具……」

博青の言葉に、桂花妃の眉が寄る。

「呪具の話は、確かに昨日珖璉から聞いたわ。名前までは言わなかったけれど、そこから怪しい蟲が発生して、わたくしに取り憑いたのだと……」

「その効果、まさしく茉梅が用いていた呪具に他なりません。探していたということは、珖璉達はまだ纏斂墨壺を手に入れていないということですね？　これは重畳。わたしが先に手に入れれば、勝利を手にしたも同然です。纏斂墨壺は、子どもの握り拳ほどの大きさの黒い玉なのですが……」

「黒い、玉……」

桂花妃がふと何かに気づいたように呟く。

「桂花妃様はお心当たりがおありですか？」

博青を警戒してか、茉梅は纏斂墨壺の存在については教えてくれたが、在り処は決して口に出さなかった。それゆえ、まずは呪具を探すところから始めなければならないと考えていたが、どうやら天は博青に味方しているらしい。

「萌茗の犬がそれらしい玉をくわえているのを見たわ」

桂花妃が忌々しそうに告げる。桂花妃は姪が犬なぞを可愛がっているのが気に食わないらしい。だが、博青にはどうでもよいことだ。

鈴で侍女を呼びつけた桂花妃が梅妃を来させるように命じる。

博青が、自分が捕らえられてからの後宮の動きを桂花妃から聞いているうちに、梅妃がひとりで部屋へ入ってきた。

突然呼び出され、明らかに迷惑そうな顔をしていた梅妃が、博青を見た途端、息を呑む。が、博青の視線は梅妃が手に持つ黒い玉に釘づけになっていた。

「まさに、それこそが纏斂墨壺……っ！　これさえあれば、珖璉を……っ！」

「珖璉様に何かしようというの⁉」

思わず纏斂墨壺に手を伸ばした博青から守るように、梅妃が胸元でぎゅっと黒玉を握りしめる。桂花妃がすかさず叱責の声を上げた。

「萌茗！　何度言ったらわかるの！　上級妃であるあなたの役目は陛下の御子を産むことなのですよ!?　だというのに、陛下ではなく一介の官吏なぞに熱を上げて……っ！　そんな浮ついた心根ゆえ、皇帝のお渡りも上級妃の中で一番少ないのです！　もっと上級妃としての自覚を持ちなさいっ！」

　叔母の糾弾に、梅妃が悔しげに唇を噛みしめる。が、桂花妃と梅妃の確執など、博青にはどうでもよいことだ。

「桂花妃様。どうぞお怒りをお納めくださいませ」

　桂花妃に目配せし、博青は梅妃に向き直って猫撫《ねこな》で声《ごえ》を出す。

「梅妃様。誤解を招くような物言いをしてしまったことをお詫び申し上げます。わたしは珖璉様に対してよからぬことを企んでいるわけではないのです。逆でございます。梅妃様がお持ちのその黒玉を使い、珖璉様をあの忌々しい侍女から自由にしてさしあげようと考えているのでございます」

　博青の言葉に梅妃の目が一瞬期待に輝く。だが、すぐにふたたび警戒が浮かんだ。

「そう言われてすぐに信じると思って？　いったい、どうするつもりですの？」

「お貸しいただければ、すぐにお見せいたしましょう」

　博青の笑顔に気圧されたかのように、梅妃がおずおずと黒い玉を差し出す。恭しく受け取った博青は――。

「こうするのです」

告げるなり、口の中へ黒玉を入れ、飲み下す。

「ひっ⁉」

かすれた悲鳴を上げたのは、梅妃かそれとも桂花妃か、それとも両方なのかはわからない。飲み込むには少々大きい黒玉を胃の腑《ふ》に収め、博青は身体のうちから湧き上がってくる喜悦に喉を震わせた。

「これが……っ！　これが纏斂墨壺の力……っ！　感じる！　どんどん《気》が集まってくるのを感じるぞ……っ！」

見ることは叶わない。だが、体内に収めた纏斂墨壺に、後宮のあちらこちらから負の感情を宿した《気》が集まってくるのをひしひしと感じる。

「だが、これだけでは……。禁呪を練り上げるには、まだ足りん……っ！」

「は、博青……っ！　お前、何を……っ⁉」

青い顔で呼んだ桂花妃に、博青は唇を吊り上げて嗤う。

「こうしておけば、誰かに奪われる心配もなく、思うさま纏斂墨壺の力を振るえます。ですが……。まだ、足りぬのです。纏斂墨壺の力の源は怒りや嫉妬といった負の感情。牡丹妃様のご懐妊で、後宮中に嫉妬の嵐が渦巻いているでしょうが……。それでもまだ、足りぬのです」

「何を愚かなことを！　嫉妬を受けていると言うのなら、牡丹妃様ではなく、あの忌々しい侍女でしょう⁉　みすぼらしい侍女のくせに、珖璉様に大切にされるなど、なんと厚かましい……っ！」

思わず、といった様子で梅妃が吐き捨てる。

「なるほど、誰よりも嫉妬をかき立てているのは、牡丹妃様ではなく、あの小娘というわけですか」

先ほど梅妃を待つ間に、桂花妃より、鈴花が掌服から珖璉の侍女に戻ったことを聞いていた博青は唇を吊り上げる。

「ならば好都合です。鈴花を使ってさらに宮女達の嫉妬をかき立ててやりましょう。見気の瞳しか取り柄のない小娘が珖璉様に取り入ってもてはやされているなど、宮女達も腸《はらわた》が煮えくり返っているでしょうからね。存在すること自体が、己を苦しめることになるなんて、いい気味ではありませんか」

「ですが、珖璉様があんな小娘を可愛がるところなんて、もう二度と見たくはありませんわ！」

梅妃が愛らしい面輪をしかめる。博青は悠然と唇を歪めた。

「では、珖璉様以外の者を使って鈴花を貶《おとし》める噂をばらまけばいいのです。わたしの後任として、暎睲殿が来ているのでしょう？　暎睲殿は名家の出身で見目もいい。さらに野心家の暎曜殿ならば、きっと見気の瞳に興味を持つはず。鈴花が、珖璉様というものがありながら、暎曜殿を誘惑したという噂をばらまけばよいのです。そんな噂を聞けば、宮女達がさらにいきり立つことでしょう。そのせいで珖璉様と鈴花が仲違《なかたが》いをすれば、梅妃様のお心にも沿うのではございませんか？」

「まあっ！　それは愉快ね！」

博青の提案に、梅妃が無邪気に喜びの声を上げる。

「あの侍女が珖璉様に軽蔑されて捨てられるところをぜひとも見たいわっ！　どんなに胸がすくことかしら！」

華やかな笑みを浮かべる梅妃は、事情を知らぬ者が見れば、人を呪っているとはとても見えぬに違いない。

「こうしてはいられませんわ！　宮に帰って、侍女達に噂を広めさせなければっ！」

「ええ、お願いいたします。梅妃様のお力で、ぜひとも珖璉様の目を覚まさせてあげてくださいませ」

にこやかに微笑んで、博青はうきうきと部屋を出ていく梅妃を見送る。梅妃がいなくなってから、桂花妃が疑わしげな視線を博青に向けた。

「博青。まさか、珖璉を捨て置くつもりではないでしょう？」

「無論でございます。小娘だけを始末するなら、今のわたしでも十分です。纏斂墨壺を欲したのは、珖璉を屠《ほふ》るため。逃す気など、芥子粒《けしつぶ》ほどもございません」

桂花妃の懸念を即座に払う。

噂を流された程度で、珖璉が鈴花を見捨てるとは、博青は欠片も考えていない。鈴花が襲われた後の珖璉を見ていれば、どれほど大切に慈しんでいるのかすぐにわかる。

それゆえに、鈴花に不名誉な噂が流れればどれほど心乱されるのか。想像するだけで心躍って仕方がない。

純真な鈴花は、自分が宮女達に恨まれているばかりか、珖璉に軽蔑されかねない噂が流れていることを知れば思い悩むだろう。まったく、なんと楽しいことか。喜悦に嗤い声がこぼれそうになる。

胃の腑に収めた纏斂墨壺からは、今もどんどん負の《気》を吸い込む気配が伝わってくる。この力を使えば、あと数日もせぬうちに禁呪を練り上げられるに違いない。

「桂花妃様。ほんの数日お待ちください。牡丹妃様の茶会までに、必ずや珖璉と小娘を葬ってみせましょう……っ！」

抑えきれぬ愉悦に、博青はくつくつと低く喉を震わせた。

第六章　暴走の原因

「あと、三日しかないのに……っ！」

焦燥に突き動かされて呟いた途端、張りつめていた緊張の糸が切れ、鈴花はふらりとよろめいた。

「大丈夫かい？」

暎睲の声が聞こえると同時に、意外と引き締まった腕がぎゅっと鈴花を抱き寄せる。

珖璉の爽やかな香の薫りとは異なる上品な薫りが鈴花の鼻をくすぐった。

「おいっ！　ぼけっとするな！」

鈴花が謝罪を紡ぐより早く朔の険しい声が飛び、ぐいっと乱暴に腕を引かれる。だが、鈴花を抱きとめた暎睲の腕は放れない。

「暎睲様。鈴花をお放しください」

「す、すみませんっ！　ご迷惑を……っ！」

朔の硬い声に続き、鈴花も詫びながら暎睲の腕から抜け出そうとする。と、暎睲のなめらかな手のひらにそっと頰を包まれた。

「無理をしてはいけないよ。顔色がよくない。倒れたりしては大変だ」

言葉と同時に、身体に回された腕に力がこもる。

「い、いえ……っ！」

あわててかぶりを振って見上げた視界に映ったのは、予想以上に近い暎曜の端整な面輪だ。黒い瞳が心配そうな光を宿して、鈴花を見つめている。

珖璉ではない男性にこんなに近くで顔を覗き込まれたことなんてない。動揺のあまりかぁっと頬が熱くなるのを感じながら、鈴花は暎曜の腕から逃れようと身じろぎした。

「だ、大丈夫ですっ！　ちょっと気が抜けてしまっただけですので……っ！　あのっ、お願いですから放してください……っ！」

恥ずかしさに泣きそうになりながらぐいぐいと暎曜の腕を押すと、ようやく暎曜が放してくれた。途端、朔に乱暴に腕を引かれてたたらを踏む。

「ひゃっ⁉」

「ぼやっとして隙を見せるな、馬鹿！」

「ご、ごめんなさい……っ！」

鈴花と暎曜の間にさっと割って入った朔に叱られ、しゅんと肩を落とす。と、きつく言いすぎたと思ったのか、朔が気まずげに声を落とした。

「まあ、気持ちはわからなくもないけどさ……。不安に思う必要なんてないだろ。もう、犯人はいないんだから」

「う、うん……」

朔の言葉にぎこちなく頷く。確かに朔の言う通りだ。理性ではわかっている。けれど、どうしても感情がついてこない。

鈴花と暎暒と朔の三人が今いる場所は、宮女のひとりが殺された蔵の前だ。

桂花妃が熱を出した二日後、鈴花達は朝から三人で、纏歛墨壺を探して後宮内を歩き回っていた。

珖璉と歩いている時ほどではないとはいえ、美形の暎暒と一緒にいると宮女達の注目を集めてしまう。そのため、鈴花達は朔の案内でできるだけ人通りの少ないところを選んで歩いていた。何より、もし誰かが纏歛墨壺を隠し持っているとしても、人通りの多いところには隠すまい。

だが、まったく手がかりを見つけることができず、もしかしたら宮女達の殺人現場の近くに隠されているかもしれないと、人気のない蔵を巡り、最後に鈴花が襲われた蔵まで来たのだ。

自分ではすっかり大丈夫になったと思っていたが、男に襲われた恐怖は、まだ心の奥底に眠っていたらしい。蔵の中を覗き、《気》を発する物は何もないと確かめて扉を閉めた途端、緊張の糸が切れてふらついてしまったのだ。

「纏歛墨壺はいったいどこにあるんでしょうか……？」

がっくりとうなだれ、力なくこぼしてしまう。朝、珖璉と別れる時に、『今日こそ、纏斂墨壺を見つけられるように頑張ります！』と意気込んで告げてきたというのに。

なぜか珖璉はひどく顔をしかめていたが、最初からこうなることを予想していたのかもしれない。鈴花のような役立たずでは、きっと手がかりを見つけられないだろうと。

だが、珖璉と禎宇、果ては人手が足りないということで、影弔まで茶会の準備に駆り出されている今、鈴花にできることは、わずかな手がかりを求めて後宮中を歩き回ることだけだ。

桂花妃に命じられた期限まで、あと三日しかない。じっとしているだけで、焦燥のあまり胸の奥がざわついてくる。それを振り払うように歩き回っていたが、一度足を止めてしまった今、じわじわと疲労が身体を蝕《むしば》んでくる。

情けない声で呟いた鈴花に返ってきたのは、苛立ち交じりの朔の声だった。

「泣き言をこぼしても何の役にも立たないだろう。無駄口を叩いている暇なんかない。少し休憩したらすぐに行くぞ」

鈴花を睨みつけた朔の視線は険しいことこの上ない。朔も内心で焦っているのだろう。

ぴりぴりとした空気をとりなすように穏やかな声で割って入ったのは暎耀だ。

「だが、このままむやみに歩き回っても、手がかりを見つけるのは、山の中で一輪の花を探すようなものじゃないかい？」

「確かに、そうかもしれませんけど……」

だが、鈴花は足を棒にして歩き回る以外に、どんな方法があるのか思いつかない。視線を伏せた鈴花の耳に、「ひとつ提案があるんだけれどね？」と暎曜の声が届く。

「洞淵様が調べてくださっているとはいえ、わたし達は纏歛墨壺や墨蟲について知らないことがあまりに多すぎる。それに、墨蟲については蚕家に謹慎している洞淵様は調べようがないからね。墨蟲の特性がわかれば、それを生み出している纏歛墨壺を見つけられるかもしれない。鈴花の協力があれば、調べられるのだけれど――」

「えっ⁉　調べる方法があるんですか⁉　では調べましょうっ！　何をすればいいんでしょうか⁉」

「おいっ⁉」

思わず暎曜へ踏み出した鈴花を阻むように、朔がさっと腕を出す。暎曜を振り向き睨むまなざしは、刃のように鋭い。

「何を考えてらっしゃるんですか？　珖璉様より、決して鈴花を危険な目に遭わせるなと厳命されております。内容によっては報告いたしますから」

朔の鋭い視線にもたじろぐ様子を見せず、暎曜がにこやかに微笑む。

「わたしが大切な鈴花を危険な目に遭わせるわけがないだろう？　何があろうと守るとも。鈴花もやる気のようだし……」

ちらりと鈴花を流し見た暎睲にこくこく頷き、鈴花は朔の背中に話しかける。

「心配してくれてありがとう。でも、何としても珖璉様のお役に立ちたいの……っ！」

「そうそう、わたしは鈴花の望みを叶えてあげるだけだよ。それに、珖璉様のお役に立つことは、鈴花だけでなくきみの望みでもあるだろう？」

心の中を見透かしたような言葉に、朔が悔しげに唇を噛みしめる。ややあって。

「……わかりました。当の鈴花も協力すると言っていますし、今回だけは見守ります。けど！　鈴花が危ないと思ったら、すぐに止めさせていただきますから！」

「ああ、それでかまわないよ。では、墨蟲に憑かれている宮女がいそうなところ……。医局にでも行こうか」

歩き出した暎睲の後を朔と二人で追う。

灰色の雲が重く立ち込める曇天の下、医局の近くまで来ると、格段に宮女達の姿が増えた。中には珖璉や暎睲とお近づきになりたいがために仮病を使っている者がいるかもしれないが、鈴花が見る限り、ほとんどの宮女に墨蟲がついている。

こんなに多くの宮女が墨蟲に憑かれているなんて、と膝が震えそうになる。

宮女達に見つからないよう鈴花を木陰に隠した暎睲が、墨蟲の有無を尋ねる。

「えっと……。あの人とあの人以外には全員に憑いています」

「……それは、なかなかの数だね」

苦笑した暎曜が鈴花と朔に木陰から出ないよう言い渡して、宮女達へと歩いていく。暎曜の姿を見とめた途端、宮女達から華やいだ声が上がった。

「暎曜様！　どうかお助けくださいませ！　今朝からずっと悪寒がするのです！」

「暎曜様っ、私のほうが重症なんです！　熱がひどくて歩くのもつらくて……っ！」

宮女達が先を争うように暎曜を取り囲んで話しかける。

「そうか。それはつらいことだろう。こちらへおいで。わたしが不調の原因を取り除いてあげよう」

ぞろぞろと宮女を引き連れて、暎曜が鈴花達の隠れている木のそばまでやってくる。宮女達に見つかったらどうしようと鈴花は身を強張らせるが、宮女達は暎曜しか見えていないらしい。鈴花が隠れていると気づく者などひとりもいない。

「任せなさい。悪い蟲はわたしが祓ってあげよう」

どんどん集まってくる宮女達の訴えをしばらく聞いていた暎曜が、おもむろに蟲を祓っていく。暎曜にふれられた宮女達は恍惚《こうこつ》のあまり今にも気を失いそうだ。

だが、暎曜は何を企んでいるのだろう。鈴花には暎曜の意図がさっぱりわからない。墨蟲を多く祓えば、祓ううちに特性がわかるのだろうか。と、暎曜が低く呟く。

「ふむ……。鈴花の《気》を感じるほどそばによっても、凶暴化はしない、と……。では、これはどうかな？」

不意に幹を回り込んだ暎曜が、朔が止めるより早く、鈴花の腕を掴んで引っ張り出す。

「ひゃっ⁉」

たたらを踏んだ身体を暎曜に抱きとめられる。先ほどかいだばかりの上品な香の薫りが鼻をくすぐった。

「暎曜様っ⁉　何を……っ⁉」

上げた声が、自分を見る宮女達の憎しみに満ちた視線に気圧されて途切れる。宮女達の身体にとまった墨蟲が、いっせいに羽を震わせた。

「ぼ、墨蟲が……っ！」

それだけではない。ついさっき暎曜が祓ったばかりの宮女達にまで新たな墨蟲が憑いている。墨蟲が飛んできた方向を確かめようと首を巡らせたが、暎曜に抱きしめられていてはろくに動かせない。

「放してくださいっ、暎曜様っ！」

なぜ、暎曜はいつまでも放してくれないのか。身をよじった鈴花の耳に暎曜の呟きが届く。

「《気》ではなく、鈴花自身に反応する、か。なら――」

身体に回された暎曜の腕がようやくゆるむ。ほっとして墨蟲が飛んでくる方向を見ようとした鈴花の頬に。

ちゅ、と柔らかなものがふれる。同時に宮女達からけたたましい叫び声が上がった。

いったい何をされたのか。

理解するより早く、呻き声を上げた宮女達が、正気を失ったように鈴花に殺到する。

「鈴花っ！」

駆け寄ろうとした朔が宮女達の壁に阻まれる。身を強張らせた鈴花を抱き寄せたのはすぐ隣にいた暎睲だった。

「《眠蟲》」

以前、掌服の棟で珖璉がしたのと同じように、暎睲が何匹もの眠蟲を召喚する。鱗粉を吸った宮女達がばたばたと折り重なるように倒れていった。

だが、鈴花はそれどころではない。

「放して……っ！　放してくださいっ！」

鱗粉を吸い込みそうになるのも厭《いと》わず、身をよじって暴れる。目頭が熱い。声は潤み、気を抜けば今にも涙があふれそうだ。

暎睲がどんな意図でくちづけたのかなんてわからない。ただひとつ確かなことは、珖璉ではない異性に、頰にとはいえくちづけられたということだけだ。

「どうして……っ⁉」

珖璉がこのことを知ったら何と言うだろう。粗忽者と叱るだろうか。愚か者と呆れるだろうか。

いや、それならまだいい。穢らわしいと軽蔑されたら――。

珖璉に嫌われるかもしれない。

そう思うだけで視界が昏《くら》く狭くなり、全身が震えて立っていられなくなる。

震えながら、それでも暎睲の腕から逃れようと身じろぎする鈴花の耳に。

「鈴花は無事かっ⁉　何があった⁉」

騒ぎを聞きつけたのだろう。衣の裾を蹴散らすように駆け寄ってくる珖璉の声が届く。

いつもなら、聞いた途端心躍るはずの珖璉の声に、鈴花はびくりと肩を震わせた。

「暎睲っ！　これはどういうことだっ⁉」

珖璉が鋭い声で詰問する。こちらに向けられたまなざしは、射貫くように鋭い。

「あ……っ」

くちづけのことを珖璉に話されたらどうしよう。かちかちと歯が鳴り、視界がにじむ。

途端、珖璉の黒曜石の瞳が針のように細くなった。

「――暎睲、鈴花に何をした？」

返答次第では即座に叩っ斬ると言わんばかりに珖璉の声が低くなる。が、暎睲はじらすように唇を吊り上げた。

「今は説明している状況ではございませんでしょう？　ひとまず、墨蟲は鈴花に反応して凶暴化することがわかりました。鈴花をこの場に留《とど》めておいては、さらなる混乱を巻き起こすことになりかねません。それでよろしければお話ししますが？」

「っ⁉　やめ……っ！」

びくりと身体を震わせ、とっさに暎暒の衣を掴む。潤んだ瞳で縋るように見上げると暎暒がくすりと笑みをこぼした。

「鈴花もひどく怯えている様子。それでも話せとおっしゃるのでしたら、ご説明申し上げますが？」

「いや、説明は後でよい。朔、鈴花を――」

珖璉の言葉が終わるより早く、ようやくゆるんだ暎暒の腕から跳びすさるように離れた鈴花は、珖璉に背を向け、一目散に駆け出した。

「鈴花っ⁉」

珖璉の驚いた声が飛んでくるが、立ち止まらない。間に何人もの宮女が倒れているため、さしもの珖璉もすぐには追いかけてこられないらしい。誰も追ってこないのをいいことに、息が切れるまで駆け続け。

ようやく我に返った時、鈴花は見知らぬ場所にいた。鬱蒼《うっそう》と生い茂った木々の向こうに、あまり手入れのされていない古びた建物が見える。頭上に伸びた木々の枝葉はざわざわと風に揺れ、曇天と相まって鈴花を嘲笑《あざわら》っているかのようだ。千々に乱れる心が見せる幻なのだと頭ではわかっていても、心細さに足がすくんでしまう。

「ここ、どこ……？」

情けない声で呟いた途端、この言葉を口にするのはずいぶん久しぶりだと気がついた。

珖璉の侍女に戻ってからというもの、鈴花は一度も迷子になっていない。

鈴花の方向音痴が直ったわけではない。珖璉が、鈴花が部屋から出る時には常に禎宇や朔をつけてくれていたので、迷うことがなかったのだ。

鈴花が気づいていないところで、いつも珖璉が守ってくれていたのだと、今さらながらに気づく。

珖璉はいつも優しくて、鈴花を気遣ってくれて……。だというのに。

「う……っ」

こらえきれない涙がじわりとあふれてくる。暎睲にくちづけられた頰を皮膚が削れてもかまわないとばかりにごしごしと袖でこすっていると、不意に後ろから強く肩を摑まれた。

「おいっ⁉　方向音痴のくせに勝手にどこへ行く気だよ⁉」

荒い息の朔が乱暴に鈴花を振り向かせる。が、鈴花の目に浮かぶ涙を見た途端、気まずげに視線を逸らした。その様子に、暎睲にくちづけられたところを朔に見られていたのだと察し、身体に震えが走る。

「朔、お願い……っ！　さっき見たことは誰にも言わないで……っ！　約束してくれるなら、どんなお礼でもするから……っ！」

がばりと勢いよく頭を下げる。一介の侍女である鈴花にたいしたお礼なんてできない。

それでも頼まずにはいられなくて、鈴花は涙交じりの声で頼み込む。

暎曜に頬にくちづけられたことを、珖璉にだけは知られたくない。

「お願い……っ！」

「言わないよ」

鈴花の涙声を断ち切るように、朔が硬い声を出す。

「言うわけがないだろ。珖璉様からくれぐれも鈴花を守れって厳命されてたのに、あんな……っ！」

身を斬るように悔しげな朔の声。思わず鈴花は声を上げていた。

「朔のせいじゃないよ！　私だって、あんな風に急に宮女達が襲ってくるなんて思わなかったもの！　だから……っ！」

鈴花の言葉に朔が眉を寄せる。吊り目気味の目には、多分に呆れが含まれていた。

「お前って、ほんと馬鹿だよな」

「そ、それは、その通りだけど……っ！」

だが、追い打ちをかけるように言わなくてもいいのではなかろうか。思わず、ぐすっと鼻を鳴らして恨みがましく見上げると、朔が観念したように吐息した。

「あー。悪かった。言いすぎた。だからほら、泣くなよ」

懐から手巾《しゆきん》を取り出した朔が鈴花の濡《ぬ》れた頰をぬぐってくれる。ぞんざいな口調とは裏腹に、朔の手は意外なほど優しい。

「さ、戻ろう。珖璉様が心配してらした。先に部屋に戻らないと、さらに心配をかけるぞ」

「うん……」

鈴花の手を取った朔に導かれるまま、歩き出す。

「……ほんと、悪かった」

前を向いたまま紡がれた真摯な謝罪の声。

「ううん。朔こそ、探しに来てくれてありがとう」

朔の優しさに、ようやくほんのわずかに気持ちが上向きになった気がして、鈴花は小さく笑って礼を言った。

◇　◇　◇

「鈴花っ！　いったい何があった⁉」

珖璉と暎睲の二人が部屋へ戻ってきたのは、鈴花達が部屋に着き、顔を洗ったり茶の支度を整えたりとあわただしくしている時だった。

扉を開けるなり、まっしぐらに鈴花に駆け寄った珖璉が、真剣な顔で両肩を摑んで問いただす。どうやら、珖璉は暎睲と何があったのか聞いていないらしい。

心の奥から安堵が湧き上がってくるのを感じながら、鈴花はふるふるとかぶりを振って、朔と一緒に考えた言い訳を口にした。

「も、申し訳ありませんでした……っ！　そ、その、纏斂墨壺の手がかりを見つけられていないのに、あんな大騒ぎを起こして、珖璉様にご迷惑をおかけしてしまったんだと思うと、どれほど叱責されるだろうと怖くなって、思わず逃げてしまって……っ！」

珖璉の顔を見ることができず、うつむいて早口に告げると、そっと頭を撫でられた。

「わたしがお前を叱るはずがないだろう？　それより、お前を恐ろしい目に遭わせてすまなかった。やはり、暎睲ではなくわたし自身がついていけばよかったな」

気遣いに満ちた優しい声。いつもなら喜びで胸がじんと熱くなるのに、珖璉に隠し事をしている今は、罪悪感のあまり刃で貫かれたように心が軋んで痛くなる。

「そ、そういえば、眠蟲で眠らせた宮女達はどうなったんですか⁉　墨蟲は……っ⁉」

ごまかすように尋ねると、あっさりと「暎睲と二人で、手当たり次第に滅してきた」と答えが返ってきた。

「それゆえ、お前が心配することは何もない。が――」

もう一度、鈴花の頭を撫でた珖璉が、不意に声を低めると、鋭いまなざしで扉の近くに立つ暎睲を睨みつける。

「いったい、何のためにあのような騒ぎを起こしたのだ？　鈴花を危険な目に遭わせたのだ。わたしを納得させるだけの理由があるのだろうな？」

「もちろんでございます」

珖璉の怒りなどどこ吹く風と言いたげに悠然と微笑んだ暎睲が卓を示す。

「冷静に話し合うためにも、ひとまず卓につきませんか？」

落ち着きはらった暎睲を見ていると、ここが珖璉ではなく暎睲の私室なのかと錯覚しそうになる。

珖璉が鈴花の手を引き自分の隣に座らせたため、朔が代わりにお茶を供してくれた。が、珖璉は茶に手をつけることなく暎睲を睨みつける。

「先ほど、墨蟲は鈴花に反応していると言ったな。どういうことだ？」

「言葉の通りでございます。墨蟲が凶暴化するきっかけは鈴花の《気》ではありません。『鈴花自身』に反応するのです」

「……どういうことだ？」

挑むように見つめ返して告げた暎睲の言葉に、珖璉がいぶかしげに眉をひそめる。暎

「鈴花を木陰に隠し、その近くまで墨蟲が憑いた宮女達を連れて行きましたが、ひとりとして凶暴化しませんでした。ですが、鈴花の姿を見た途端、凶暴化したのです。これは、鈴花の《気》ではなく、鈴花自身が凶暴化のきっかけという証明に他なりません」

暎睲の断言に、珖璉だけでなく鈴花と朔も息を吞む。かまわず暎睲が言を継いだ。

「負の感情を吸収する纏斂墨壺から生まれた墨蟲は、おそらく取り憑いた者の負の感情に反応して凶暴化するのです。そして、後宮内で最も強く渦巻く負の感情と言えば、嫉妬に他なりません。今、後宮内で強い嫉妬を向けられている対象といえば、皇帝陛下の御子を身籠もってらっしゃる牡丹妃様と、宮女達の憧れの的である珖璉様の侍女に大抜擢された鈴花の二人でしょう。墨蟲が宮女にばかり憑いており、宦官にはほとんど憑いていない理由も、これで説明がつきます。最初に掌服の宮女が墨蟲に憑かれたのも、鈴花をよく知っている分、強い嫉妬に駆られたからに違いありません」

「そ、そんな……っ！」

あまりの衝撃に、鈴花はかすれた声を洩らす。

視界が昏く狭くなる。ふらりとかしぎそうになったところを、珖璉の力強い腕に支えられた。

まさか、纏斂墨壺を探す鈴花自身が、宮女を凶暴化させ、後宮の平穏を乱す原因だったなんて。そんな事態は想像すらしていなかった。

「違うぞ、鈴花。誤解するのではない」

きっぱりと告げた珖璉が、もう片方の手で励ますように鈴花の手を握りしめる。

「決して、お前が悪いわけではない。悪いのは、纏歛墨壺を盗み出し後宮に持ち込んだ茱梅だ。嫉妬は誰しもが当たり前に持つ感情だ。それを抑えつけることなどできぬ。そもそも、纏歛墨壺さえなければ、ここまでの騒ぎにはならなかった」

「珖璉様……っ」

鈴花の罪悪感を払うような真摯な声に、感謝で胸の奥が熱くなる。淡々とした口調で割って入ったのは暎睲だった。

「ですが、纏歛墨壺によって現在、後宮の平穏が乱されているのは事実。このままでは、牡丹妃様主催の茶会の開催も危ういそうではありませんか。不調に陥った宮女が多すぎて、茶会の準備はおろか、通常業務にまで支障が出ているのでしょう？」

見てきたように告げる暎睲に、珖璉が悔しげに唇を引き結ぶ。珖璉が忙しそうにしているのは知っていたが、そんな事態になっていたとは。何も気づいていなかった自分が情けなくなる。

「このまま纏歛墨壺が見つからず、墨蟲が発生し続ければ、鈴花の身だけでなく、牡丹妃様にも危険が及ぶやもしれません」

険しい声で告げた暎暒が、不意ににこやかな笑みを浮かべる。

「ちなみに、宮女達の嫉妬を減らすよい方法があるのですが、いかがですか？」

「えっ⁉　何ですか、それはっ⁉」

「聞くなっ、鈴花！」

思わず身を乗り出した鈴花に、珖璉の声が重なる。対照的な二人の反応を見比べながら、暎暒が見惚れずにはいられないような笑みを覗かせた。

「鈴花が珖璉様の侍女であるがゆえに嫉妬されているのなら、侍女の任を解けばよいのです。珖璉様の侍女でなくなった鈴花の身は、わたしがもらい受けましょう」

「ふざけるなっ！　そのようなことを許すはずがないだろう⁉」

鈴花が答えるより早く、珖璉の苛烈な怒声が卓を震わせる。だが、珖璉に向けられた暎暒の笑みはこゆるぎもしない。

「ご心配は不要です。もちろん、鈴花のことは大切にいたしますよ」

「そういう問題ではない！　そもそも、蛟家のおぬしに見初められたという噂が広まれば、鈴花に嫉妬する宮女はさらに増えるだろう。後宮をさらに混乱させるつもりか⁉」

「わたしでは、珖璉様の人気の足元にも及びませぬゆえ。よい方法だと思ったのですが……」

吐息をついてうそぶいた暎暒が、珖璉を流し見て唇を吊り上げる。

「ただ、鈴花のことを第一に考えてやるのなら、珖璉様の元から離してやるべきではございませんか？　珖璉様は、将来のことを何も鈴花に約束してやっておらぬのでしょう？　そんな珖璉様に、果たしてわたしの提案を拒絶する権利がおありなのですか？」

「っ⁉」

瞬間、珖璉が刃で貫かれたように端麗な面輪を歪める。だが、暎睲の追及は止まらない。

「珖璉様は鈴花に、ご自身のことをほとんど何も教えてやっていないのでしょう？　それは、珖璉様が鈴花との将来を真面目に考えていらっしゃらないということの表れではありませんか？」

「そうではないっ！　だが……っ！」

反射的に言い返しかけた珖璉が、我に返ったようにきつく唇を噛みしめる。その姿に、鈴花の胸が刺し貫かれたようにずくりと痛んだ。

暎睲に改めて指摘されるまでもなく、珖璉が実家のことをまったく言おうとしないのは知っている。鈴花が後宮をクビになった後、押しかけるのではと警戒しているのだろう。鈴花自身、絶対しないと言い切れる自信はない。

先の見えぬ未来への不安に、思わず唇を噛みしめる。と。

不意に、ばぁんっ！　と乱暴に扉が開け放たれ、鈴花は腰が抜けそうになるほどびっくりした。

「ようやく謹慎が解けたから《風乗蟲《ふうじょうちゅう》》に乗ってここまで飛んできたよ――っ！　鈴花～っ！　遊びたかった～っ！」

一直線に走って勢いよく鈴花に抱きついたのは洞淵だ。あまりの勢いに、鈴花は椅子から転げ落ちそうになる。ちなみに風乗蟲というのは、馬よりも速く空を飛ぶことができる蟲だそうだが、召喚できる術師は少ないらしい。

「おいっ！　鈴花に抱きつくなっ！」

目を怒らせた珖璉が、鈴花に抱きついた洞淵を力任せに引きはがす。師匠の破天荒さに暎睲がくすりと苦笑を洩らした。

「洞淵様。謹慎からの復帰、お喜び申し上げます。珖璉様と積もる話もあるかと思いますので、わたしはここで失礼させていただきましょう。ああ、珖璉様。先ほどの話はよくお考えくださ い。わたしはいつでも大歓迎でございますよ」

笑っているはずなのに挑むような視線を珖璉に向けた暎睲が、一礼して部屋を出ていく。暎睲が座っていた椅子に腰かけ、きょとんと首をかしげたのは洞淵だ。

「さっきの話って？　今、後宮を騒がせている謎の蟲の話かいっ⁉」

「そうではない。というか、風乗蟲まで使って後宮へ来たということは、纏斂墨壺について何かわかったのだろうな⁉」

確か王城から蚕家の本邸までは、馬車で二日ほどかかったはずだ。風乗蟲ならどれだけの時間で来られるのか鈴花にはわからないが、きっと全速力で来てくれたに違いない。

「もちろん！ あのねっ、纏斂墨壺の形なんだけど、墨壺じゃなくて握り拳ほどの黒い玉らしいんだよ！」

「玉だと⁉」

珖璉が驚きの声を上げる。鈴花も名前からしててっきり墨汁を入れておく壺《つぼ》を想像していたのだが、違ったらしい。珖璉が端麗な面輪をしかめる。

「玉とは厄介だな……。貴石だと思って隠し持っている輩がいるやもしれん。探す方法をしっかり考える必要が……」

「あっ！ そういえば！」

珖璉に伝えておかねばならないことを思い出し、声を上げる。

「さっき、襲われそうになった時、墨蟲がある方向からどんどん飛んでくるのを見たんですっ！」

「何っ⁉ どちらの方向だ⁉」

嚙みつくように珖璉に問われ、鈴花は「その……」と言《い》い淀《よど》む。方向音痴の鈴花に、具体的な方向を示すのは不可能だ。珖璉もすぐに察したのだろう。そばの書棚から後宮内の地図を出してくる。

「ここが医局のそばで、お前がいたところだ。わたしが来たのはこちらの方向からだ」

「私が見たのは、珖璉様が来られた方向です！　そちらから墨蟲がいっせいに……」

鈴花の返事に、珖璉が腕を組む。

「ふむ……。わたしが来た方向にあるのは、茶会の会場となる広場や妃嬪達の宮、あとは掌寝の棟が主だった建物だが……。その辺りに纏斂墨壺があるということか」

「ではさっそく……っ！」

立ち上がろうとしたところを、珖璉に腕を摑んで引きとめられる。

「落ち着け。もう夕方だ。今からでは、行ったとしてもろくに探せぬだろう。それに、お前自身が墨蟲の凶暴化の原因らしいとわかった以上、不用意にうろつかせられん」

「そ、それは……っ！」

珖璉の険しい声に、きゅっと唇を嚙みしめる。少しでも珖璉の役に立ちたいと願っているのに、役に立つどころか足手まといと化している自分が情けなくて、ずきずきと胸が痛い。

「ん？　ナニナニ、どういうコト⁉」

洞淵が興味津々といった様子で身を乗り出す。珖璉が今までの経緯を洞淵に簡単に説明すると、「へ～っ！」と洞淵が感心とも呆れともつかぬ声を上げた。

「嫉妬ねぇ～。他人と自分を比べてどうするっていうんだろ？　わっかんないなぁ」

心の底から不思議そうに言う洞淵は、確かに嫉妬とは無縁そうだ。蟲招術の才能に恵まれ、若くして筆頭宮廷術師の座についた洞淵は、誰かを羨んだ経験すらなさそうだ。

「……私は、なんとなくわかる気がします……」

ぽつり、と勝手に言葉がこぼれ出る。

ずっと昔から思っていた。どうして自分は他の人には見えないモノが見えるんだろう。すぐに道に迷ってしまうんだろう。姉みたいに美人でしっかり者なら、「役立たず」と蔑まれることもなかったのに……。

うつむき唇を噛みしめると、大きな手のひらによしよしと頭を撫でられた。

「嫉妬は誰もが抱く感情だ。むしろ、洞淵のように能天気な奴が例外なのだ。だから、気に病むのではない。……わたしとて、嫉妬に囚われたことは何度もある」

「え……っ⁉」

珖璉の告白に、鈴花は驚いて主の端麗な面輪を見つめる。

唯一の皇位継承者というこの国で二番目に尊い身である珖璉が、まさか嫉妬の感情に囚われたことがあるなんて。にわかには信じられない。同時に、自分は珖璉のことを本当にわずかしか知らないのだと、胸の奥がつきんと痛む。

鈴花の憂い顔をどう受け取ったのか、珖璉がもう一度優しく頭を撫でる。

「そんな顔をするな。お前はよくやってくれている。洞淵も来たのだ。きっと纏斂墨壺もすぐに見つかる」

「そうそう！　墨蟲なんて初めての蟲を放っておけるワケがないからね！　いやぁ、見気の瞳といい墨蟲といい、鈴花といると、ほんと飽きないよねっ！」

にこにこと満面の笑みで言われるが、まったく褒められている気がしない。

「私なんて……。見気の瞳があってもお役に立てていませんし、未だに蟲も喚べませんし……」

ふるふるとかぶりを振ると「へ？」と洞淵が目を瞬いた。

「何を言ってるのか意味がわかんないんだけど？　蟲なんて、ぎゅーっとやれば、ばーんって喚び出せるデショ？」

「…………はい？」

今度は鈴花が洞淵が何を言っているのかわからない。ぽかんと洞淵を見返すと、珖璉が額を押さえて嘆息した。

「……洞淵。言っておくが、お前の教え方でわかる者は皆無だからな……。まったく、そんな指導だからろくでもない弟子が――」

何やら言いかけた珖璉が、我に返ったように口をつぐむ。

「え～っ！　わかる弟子だっているかもしれないじゃん！　鈴花、よかったらワタシが手取り足取り教えてあげよっか？　見気の瞳を持つ鈴花が蟲招術を使えるようになったら、さらに楽しそうだもんね〜っ♪」

「不要だ。鈴花の指導はわたしがする。お前の出る幕はない」

鈴花が答えるより早く、きっぱりと退けた珖璉がこちらを振り向く。

「鈴花。一日中歩き回って疲れただろう？　わたしは隣室で洞淵と話し合うゆえ、お前は朔と夕飯の支度をしておいてくれ。茶会の準備を任せた禎宇と影弔が、もうすぐ疲れて帰ってくるだろうからな」

「え〜っ！　せっかく来たんだから、ワタシと遊ぼうよ〜、鈴花〜！」

「そんな暇などあるか！　さっさと来い！」

哀れっぽい声を上げる洞淵を、珖璉が引きずるようにして隣室へ連れて行く。それまでじっと黙って控えていた朔が、疲れたように吐息した。

「なんていうか……。洞淵様って、嵐みたいな方だよな……」

「うん、わかる……」

洞淵の謹慎が解けたのは喜ばしいことのはずなのに、なんだかどっと疲れた。鈴花は朔の呟きに、心から同意した。

◆　◆　◆

「おい、洞淵！　むやみに鈴花に抱きつくな！」

洞淵を私室の奥の部屋に押し込むなり、珖璉は声を荒らげて叱りつけた。これが半ば八つ当たりだという自覚はある。だが、心がささくれ立って仕方がない。

珖璉の叱責に、卓についた洞淵が悪びれた様子もなく唇をとがらせる。

「え～っ！　ちょっとくらいいーじゃん！　どうせ、ワタシが来るまでは、毎晩鈴花と仲良く過ごしてたんでしょ～？」

「そんなわけがあるか、馬鹿者！　お前に宦吏蟲を入れられているのだぞ！」

対面に座りながらすげなく答えると、洞淵が「あれ？」と首をかしげた。

「ワタシが入れてたんだっけ？　じゃあ抜こうか？」

あっさり告げた洞淵の言葉に、思わず半眼になる。

「官正のわたしに向かって堂々と規律違反を勧めるとは、いい度胸だな」

「え～っ！　だって、宦吏蟲は妃嬪に手を出させないためのものでしょ？　鈴花に手を出すのならいーじゃん！」

洞淵の言葉に、嫌でも、とある青年の姿が脳裏に浮かぶ。

「博青はどうしている？」

「ん？　ワタシは蚕家の牢に入れてから会ってないから知らないケド。報告が上がってきてないから、おとなしくしてるんじゃないの？　そろそろ沙汰も下りるんだっけ？」

「ああ。死刑は免れまい。むろん、博青の罪を明らかにすることは決してないがな」

後宮の妃嬪が皇帝以外の子を身籠もったなどという醜聞を、公にできるわけがない。

ふと――。ほんのかすかな懸念が珖璉の心によぎる。

大罪を犯しながら、素知らぬ顔で後宮に仕えていた博青。茱栴の企てを知っていたというのに、告発するどころか、混乱を利用して芙蓉妃と逃げようとしていた男。

そんな博青が、おとなしく牢につながれているだろうか。

「洞淵。念のため、博青がどうしているのかを知りたい。おとなしく牢につながれているのならそれでよいが……」

「ん、珖璉がそう言うなら、《渡風蟲《とふうちゅう》》に文を持たせて本邸に確認してみるよ」

珖璉の疑念を笑うことなく、洞淵が告げる。渡風蟲とはさほど大きくないものの長距離を飛べる蟲で、遠方と文のやりとりをするのによく使われる蟲だ。確かに、馬を走らせるよりも早いだろう。

「手間をかけるが頼む」

「そういえば、芙蓉妃のほうは後宮を出て実家に帰ったんだっけ？」

「ああ、わたしが見送った」

芙蓉妃が半ば追い出されるように密かに後宮を出たのは、十三花茶会から三日後のことだ。さすがに見送りのひとりもいないのは気の毒だと思い、珖璉が見送りを務めた。

とはいえ、皇帝以外の子を身籠もってしまった罪の意識にさいなまれていた上に、ともに逃げ出そうとした博青が目の前で捕らえられた衝撃で、決定的に精神の均衡を失ってしまった芙蓉妃は、珖璉がいたことすら記憶にとどめていないだろうが。

牡丹妃の口添えでせっかく生き長らえたのだから、せめて健康な子どもを産んでくれたらと願わずにはいられない。子ども自身に罪はないのだから。

「それよりも珖璉と鈴花のコトだよ！　ほんとに宦吏蟲を抜かなくていいワケ？」

真剣な顔で問いかける洞淵に、珖璉は思わず誘惑に揺れそうになる気持ちを隠して、きっぱりと頷く。

「もちろんだ。官正のわたしが、自ら規律を破るわけにはいかぬ。わたしは後宮の風紀を乱す輩を取り締まる立場なのだぞ？　それに……」

「それに？」

思わずこぼした呟きを、聞き逃してくれればいいのに洞淵が問い返してくる。ごまかすのを諦め、珖璉は己の中の逡巡《しゅんじゅん》を口にした。

「その……。鈴花に想いを告げた時は結ばれたいと願ったが……。数日《すうじつ》経って少し落ち着くと、恐ろしくなってしまったのだ……」

「ん？　がっついて鈴花に嫌われるかもって？」

「……おい。お前はわたしをどんなけだものだと思っている？　いや、それもないことはないが……。洞淵、お前も筆頭宮廷術師なら知っているだろう？　皇族が持つ《龍》の気は、相手の女人にとって、毒にもなりかねんことを……」

告げた声が昏く沈む。

皇族がその身に宿す《龍》の気。だがそれは、強い力を持つゆえに、相手の女人にとっては毒になりかねない。皇族の子どもが生まれにくく、身籠もったとしても流産しやすいのもそのためだ。

「でも、術師の資質を持ってる鈴花なら、負担になる可能性は低いんじゃないの？」

珖璉の表情が険しいのに気づいてか、洞淵が珍しく気遣うような声を出す。

確かに、自分自身も《気》を持っている術師や、代々、皇族と婚姻してきた名家の血を継ぐ者は、常人よりは《龍》の気に耐性がある。妃嬪が貴族の娘で占められているのもそれが理由だ。

「むろん、それは知っているが……。しかし、実際に鈴花にとってどれほどの負担となるかは、誰にもわからぬだろう？」

珖璉の脳裏に浮かぶのは、つわりで苦しむ牡丹妃の姿だ。それがつわりのせいなのか、《龍》の気を持つ子どもを妊娠しているからなのかは、誰にもわからない。

珖璉は、胸の中に宿る想いを祈るように口にする。

「鈴花が大切なのだ……。いっときの悦楽のために鈴花を傷つけるなど、考えられぬ」

鈴花を己のものにしてしまいたいという欲望は確かにある。あの愛らしい花を、いつかこの腕の中で咲き乱せられたらと。

だが、己の望み以上に鈴花が大切で。鈴花を傷つけるくらいなら、今のままでよいとさえ思う。

それでもことあるごとにくちづけしてしまうのは、鈴花が愛しくてたまらないせいもあるが、少しずつでも《龍》の気に慣れてほしいと願っているからだ。

本当は胸のうちをすべて鈴花に打ち明けてしまいたい。だが、牡丹妃の子どもの性別もわからず、未来がどうなるのかもわからぬ自分が、将来の約束などできるわけがない。

「珖璉は、牡丹妃の御子が男子だったら、皇位継承権を放棄する気なのかい？」

珖璉の心を読んだように洞淵が問いかける。

「もちろんだ。皇子がいるのにわたしが皇位継承権を持っていては、政争の原因となりかねん。わたしの存在のせいで、龍華国を乱れさせるつもりはない。だが……。御子はまだ生まれてもおらん。生まれたとしてもある程度の年齢になるまでは、皇位継承権を返したくても、陛下が了承なさらぬだろう」

「まあ、今後、他の妃嬪にも皇子が生まれて、皇位継承者が乱立する事態もないとは言えないからね～。最年長の皇位継承者がいるのは、抑えになっていいんじゃないの？　ま、逆の未来もあるわけだけど。もし、今後、皇女しか生まれなくて珖璉が皇帝位につくとしたら、鈴花を妃嬪のひとりにするワケ？」

「っ⁉」

　洞淵の言葉に息を呑む。そんな未来など、想像すらしたことがなかった。自分の未来は、妃嬪達に皇子が生まれるまで、官正に身をやつして皇帝に仕えることだと……。鈴花に出逢うまで、そう信じきっていたのだから。

　先ほど、鈴花に告げた言葉が脳裏に甦る。押しも押されもせぬ名家の子息として生まれながら、政変に巻き込まれたがゆえに本来の立場で能力を振るえぬ自分。もっと低い家格でありながら王城で身を立て出世していく貴族の子弟達に、どれほど嫉妬をかき立てられたことか。

　だが、そんな鬱屈していた気持ちを、鈴花がすくい上げてくれた。

　何の打算もない純粋な賞賛。心の底から放たれた真っ直ぐな感謝が、珖璉の心をどれほど晴れやかにしたのか、当の本人はまったく気づいていないに違いない。

「皇子が無事に産まれて大きくなって、ゆくゆくは皇位継承権を返上するとしても、実家の霓家のほうもややこしいんだろ？」

　珖璉の沈黙をどう受け取ったのか、洞淵が卓に頬杖《ほおづえ》をついて告げる。

「ああ。それは否定できんが……」

　応じる声がどうしても苦くなる。珖璉の実家である霓家は、大臣である祖父がまだ現役の当主を務めている。

祖父には、珖璉の父である長男、次男、そして長女である牡丹妃・玉麗の三人の子どもがいるが、珖璉の父は皇帝の姉に婿入りした立場のため、次期当主は珖璉の父か、叔父である次男か、まだ決定していない。もっとも、権力欲に取りつかれている祖父は、死ぬまで当主として権勢を振るうに違いないが。

もし珖璉が後宮を辞して『龍璉』として実家に戻った場合、珖璉も当主候補のひとりとなる。そのため、祖父に似て権力欲の強い叔父は、昔から珖璉を敵視していた。

皇位継承者として生きるにしろ、継承権を放棄して霓家に戻るにしろ、数年間は珖璉の周囲が落ち着くことはないだろう。今は官正の珖璉として過ごすのが、最も平穏であるに違いない。

「名家っていうのもなかなか面倒だよねぇ」

洞淵の呟きが呼び水になったかのように、暎睲の指摘が耳の奥に苦く甦る。

『権力争いに巻き込むことは、鈴花を幸せから遠ざけるに等しいと思いますが？』

暎睲のことを考えるだけで、胸の中に荒々しい感情が湧き上がってくる。

己の出世のために鈴花を欲していると知った時には、自分のことを棚に上げて激しい怒りが湧いたが、暎睲に己の伴侶として鈴花を手に入れたいと宣戦布告された今、暎睲は最も警戒すべき相手となっている。仕方がなかったとはいえ、鈴花を暎睲とともに行動させてしまった過去の自分を殴り飛ばしてやりたい気持ちだ。

暎暒が見気の瞳ではなく、鈴花自身に惹かれる可能性を考慮するべきであったのに。自分の知らぬところで、鈴花と暎暒がどんな会話を交わしたのか、気になって仕方がない。自分がこんなに狭量であったなど、鈴花に恋するまで思いもよらなかった。

他のことならいざ知らず、鈴花が絡むと自分でも驚くほどたやすく激昂《げっこう》してしまう。

確かに、暎暒は鈴花の嫁ぎ先としてこの上ない条件を備えているだろう。だが、珖璉はもう、決して鈴花をそばから離す気などない。

一度、鈴花を掌服に戻してしまったがゆえにつらい目に遭わせてしまった後悔は、今も胸の奥で軋むような痛みとなって渦巻いている。

己の先行きがどうなるのか、珖璉本人ですらわからない。将来の約束をすることすらできない。それなのに鈴花にそばにいてほしいと願う自分は、鈴花に誹《そし》られても仕方がないだろう。

「まっ、今は不確かな未来のことより纏斂墨壺だよね～！　宝物庫の奥にしまわれていて、ワタシも見たことのない呪具だもん。ほんっと、見つけるのが楽しみだよね！」

にこにこと告げた洞淵の言葉に、思考の海に沈んでいた珖璉は我に返る。

「あっ、貸し出し中の『蟲封じの剣』は、そのまま手元に置いといてくれたらいーよ。牡丹妃も懐妊中だし、何もないに越したことはないケド、いざという時のために手元にあったほうがいいだろう？」

あっさりと空恐ろしいことを告げる洞淵に、身が引き締まる思いがする。そうだ、牡丹妃が主催する茶会まで、そして桂花妃に命じられた期限まで、あと三日しかない。今は、思い悩んでいる暇などないのだ。

「せっかく来たんだし、今夜は後宮に泊まらせてもらうよ。そうしたら、明日は朝から纏斂墨壺の探索に出られるしね～♪」

自分の好奇心を満たすことが第一だとわかっている。それでも友人の言葉が頼もしく、珖璉はようやく笑みを覗かせた。

第七章　纏斂墨壺の闇

「ん？　どーしたの、鈴花？　なんか難しー顔をしてるケド？」

医局での騒動があった翌日。朝食後、禎宇と一緒に食器を下げようとしていた鈴花は、不意に洞淵に顔を覗き込まれてあやうく悲鳴を上げかけた。ちらりと珖璉を見た鈴花はぼそぼそと視線を伏せて答える。

「い、いえ、その……。桂花妃様に言われた期限まで、あと二日しかないと思うと気が張ってしまって……」

期限が目前だというのに、纏斂墨壺の手がかりを見つけるどころか、鈴花が凶暴化の原因だと判明したのだ。

自分の役立たずっぷりが情けなくて、昨日からろくに珖璉の顔を見られない。

いや、珖璉に視線を向けられないのは、纏斂墨壺のことだけでなく……。

「いつもより朝食を食べる量が少なかったのはそのせいか？」

耳に心地よい声が聞こえると同時に、珖璉に優しく頭を撫でられる。朝食が喉を通らないのを珖璉に気づかれていたなんて、思ってもいなかった。

「お前が心配する必要はない。大丈夫だ。まだ二日もある。ようやく洞淵も復帰したからな。こいつが、見たことのない蟲が湧く呪具を放っておくわけがないだろう？」

鈴花の不安を融かすように珖璉が告げる。

「もっちろんだよ！　墨蟲はどんな蟲なんだろ～♪　鈴花、見かけたらワタシにすぐ教えるんだよっ！　鈴花にしか見えない蟲だなんて、ほんっと不思議だよねっ！」

わくわくと告げる洞淵は、まるで今から遊びに出かけるかのような気安さだ。

茶会の準備で忙しい珖璉に代わり、今日は洞淵が鈴花と一緒に後宮内を回ってくれることになっている。

つい先ほど珖璉の私室に来た暎睲は、師の浮かれた様子に額を押さえていたが、もちろんそんなことで言を翻す洞淵ではない。

「洞淵様っ！　お願いいたしますっ！　纏斂墨壺を見つけるためなら、どんなことでもいたしますから……っ！　どうぞお力をお貸しくださいっ！」

「何でもっ⁉　それはイロイロと――」

「洞淵っ！　叩《たた》き出《だ》すぞっ！　鈴花も滅多なことを言うのではない！　『何でも』などと、軽々しく口に出すなっ！」

「もっ、申し訳ございません……っ！」

珍しく声を荒らげた珖璉の叱責に、びくりと肩を震わせて謝罪する。気遣わしげな声を上げたのは暎睲だ。

「洞淵様も纏斂墨壺の捜索に加わってくださるのは頼もしい限りですが……。よろしいのですか？　せっかく謹慎が明けたというのに、王城へ行かず後宮に入り浸っていては、洞淵様を疎ましく思う輩に非難する言い分を与えてしまうのでは？　何より、凶暴化の原因である鈴花を連れて歩いては、後宮が大混乱になるのではございませんか？」

弟子の懸念を、洞淵はあっさりと笑い飛ばす。

「え～っ。もしそんな輩がいたら、後でそれなりに痛い目に遭ってもらうだけだから大丈夫だよ～♪」

「洞淵様……」

空恐ろしいことをあっさり告げた洞淵に、禎宇が苦笑を洩らすが、洞淵は気にした様子もない。

「それに、鈴花の姿は《幻視蟲》でその辺の宮女に見えるようにしておくから！　こーしておけば大丈夫なんじゃない？」

「それで鈴花はいつもの侍女のお仕着せではないのですね……」

今日の鈴花は掌服の時のお仕着せを着ている。今にも鈴花の手を引いて部屋を飛び出していきそうな洞淵の様子に、暎睲がふたたび額を押さえて溜息をつく。今朝、洞淵の案を聞いた時の珖璉も同じ仕草をしていた。

洞淵が言うには、『鈴花の姿を見て嫉妬心が刺激されるなら、鈴花だと気づかせなければいーんだろ？』とのことだが、果たしてそれでうまくいくのか、鈴花にはわからない。

が、たとえ多少の危険があったとしても、纏斂墨壺を見つけるためならば、試してみる価値は十分にある。何より、洞淵とならばもし何かあっても切り抜けられることだろう。むしろ、珖璉の『大丈夫か？　お前で洞淵の手綱がとれるか？』という言葉のほうが心配だ。先ほどの朝食の席では、

『よいか、洞淵！　自分の要求ばかり言って鈴花を困らせるのではないぞ⁉　わたしが行けぬ代わりに禎宇をつけるが、ちゃんと確かめるからな！　もし鈴花が嫌な思いをしたら……。ただでは済まんと承知しておけ！』

と口を酸っぱくして洞淵に注意してくれたが、

『わかってるよ～♪』

と笑顔で頷いていた洞淵は、果たしてどこまでわかっているのか……。不安しかない。

「じゃあ、鈴花。行こっか♪」

まるで宝探しに行く子どもみたいな笑顔で洞淵が鈴花の手を取る。

「おいっ⁉」

珖璉が目を怒らせ、洞淵の手を振り払おうとした瞬間、入室の許可を取るのも惜しいといった様子で、顔色を失《な》くした朔が駆け込んできた。

「珖璉様！　蚕家から急ぎの文が届きました！　博青が脱獄したと……っ！」

「っ⁉」

息を呑んだのは鈴花だけではない。思いもよらなかった報告に、部屋が氷室と化したように一瞬で全員が凍りつく。

「まことかっ⁉」

いち早く我に返った珖璉が朔が差し出した文を奪うように取り、素早く目を走らせる。

「は、博青さんが……っ⁉　手紙には何て書いてあるんですか⁉」

鈴花は居ても立っても居られず珖璉に問いかける。読み終えた珖璉が思わずといった様子で手の中の紙を乱暴に握り潰した。

「脱獄にはどうやら蚕家の内部の者が関わっているようだが……。今は誰が手引きしたのかなど、どうでもよい。それよりも博青だ。博青は脱獄がすぐに判明しないよう、幻視蟲で自分が牢内に留まっているように見せかけていたようだ。まったく食事が減らぬため、怪しく思った者が牢内を調べて判明したようだが……。おそらく、脱獄してから二日は経っているそうだ。どうやら気隠しの香を使っているらしく、博青の行き先は摑めておらぬ」

「すでに二日も……っ⁉」

鈴花は珖璉の言葉に息を呑《の》む。博青は脱獄して何をしようというのか。脳裏に思い浮かぶのは、十三花茶会の夜、芙蓉妃の手を引き、ためらうことなく鈴花に《刀翅《とうし》蟲《ちゅう》》を放った博青の姿だ。血走った目は憎しみに満ちて鈴花を睨みつけていた。

「芙蓉妃様は⁉　芙蓉妃様はご無事でいらっしゃるんでしょうか⁉」

鈴花は珖璉の袖を摑み、縋るように問いかける。博青が芙蓉妃をふたたび手に入れようと画策しても、何ら不思議はない。芙蓉妃の実家がどれほど警備を固めているのかは知らないが、博青は術師なのだ。どんな手で強奪に現れるのか予想できない。

「芙蓉妃の実家へは、警戒するようすぐに文を出す」

頷いた珖璉が、袖を摑む鈴花の手を、文を持っていないほうの手で摑む。珖璉を引き留めてはいけないと、ぱっと袖を放した指先を大きな手に包まれた。

「だが、博青の狙いが芙蓉妃だとは限らん。――復讐のために、後宮に舞い戻る可能性もある」

「っ⁉」

静かに告げられた言葉に、雷に打たれたようにびくりと身体が震える。

復讐。そんな可能性など、鈴花は芥子粒ほども考えていなかった。

「そ、そんな、だって……。そんなことをしても、何にもならないのに……っ」

震え声で洩らした鈴花の呟きに、珖璉が端麗な面輪をしかめて頷く。

「ああ。お前の言う通りだ。だが……。破れかぶれになっているだろう博青がどんな行動をとるのかは、誰にも予想できん。お前に危険が及ぶ可能性がわずかでもある以上、対策を講じるべきだ」

「わ、私にですか……っ⁉」

博青にとって、鈴花など取るに足らぬ存在だろうに。

「それを言うなら、影弔さんのほうがずっと危険なんじゃ……っ⁉」

実際に博青を捕まえたのは影弔だ。鈴花はその場に居合わせてさえいない。

「……いえ。鈴花が狙われる可能性は十分ありえますね」

厳しい表情で口を開いたのは暎睲だ。

「博青はああ見えて自尊心の高い男です。芙蓉妃様とねんごろになったのも、恋をしたと言えば聞こえはよいですが、本来ならばふれることも叶わぬ妃嬪を手に入れることで、歪んだ自尊心を満たそうとしたからとも考えられます。そんな博青が、己の野望を挫《くじ》いた者達に復讐しないわけがありません」

洞淵の弟子として博青とともに過ごした時間が長いからだろう。暎睲がきっぱりと断言する。その言葉に一気に現実味が増し、鈴花の背に冷たい汗がじわりと浮かぶ。身体が勝手に震え出し、嚙《か》み合《あ》わぬ歯がかちかちと音を立てた。

「わたしは影弔殿とは手合わせをしたことはありませんが、芙蓉妃様という足手まといがいたとはいえ、術師でもないのに博青を捕らえたということは、かなりの手練《てだ》れございましょう。博青がそんな相手にまともに挑むとは思えません。となれば――」

暎睲の視線がこちらに向き、鈴花はびくりと肩を震わせる。励ますように鈴花の手を摑んでいた珖璉の指先に力がこもった。のほほんした声で口を開いたのは洞淵だ。

「まぁ、珖璉の周りにいる面々で一番御しやすいのは鈴花だろうねぇ。人質にするとしても――」

「洞淵っ！」

鋭く洞淵を遮った珖璉が、ふらりとかしいだ鈴花の身体を抱き寄せる。かぎ慣れた香の薫りが泣きたいほど嬉しいのに、全身が震えて珖璉に支えられていなければ立っていられない。

「大丈夫だ、鈴花。決して博青に手出しなどさせぬ」

鈴花を抱きしめた珖璉が真摯な声で告げる。力強い腕は、不安をほどくように頼もしい。だが、身体の震えが止まらない。

「は、はい……っ」

珖璉の腕の中でぎこちなく、けれどはっきりと頷く。

決して珖璉を信じていないわけではない。珖璉を疑うなんてありえない。

博青に襲われるかもしれないという恐怖以上に、鈴花の心をさいなむのは――。

「も、申し訳ございません……っ！　私が足手まといなせいで、珖璉様達にとんでもないご迷惑を……っ！」

　涙に潤み、震える声で謝罪する。

　洞淵が言う通り、珖璉に仕える者の中で役立たずなのは鈴花だけだ。

　自分が情けなくて申し訳なくて、胸が引き裂かれるように痛い。

　涙をこぼすまいと、ぎゅっと目をつむると、不意に香の薫りが強くなった。同時に、珖璉にさらに強く抱きしめられる。

「お前を迷惑だと思うはずがないだろう⁉　頼むから、そんな哀しいことを言ってくれるな。お前がそばにいてくれて、どれほどわたしが――」

「珖璉様、洞淵様。博青が脱獄しているとわかった以上、ことは一刻を争います。博青が直接的な復讐を行うとは限らないのです。官正である珖璉様を追い落とすために、手当たり次第に蟲を放って騒動を起こす可能性もありえます。妃嬪様達をお守りするためにも、少しでも早く博青を捕らえるべきではございませんか？」

　珖璉を遮って声を上げた暎睲の言葉に、緊張感が弥増《いやま》す。鈴花の身体に腕を回したまま、珖璉が洞淵を振り返った。

「洞淵」

「うん。これは纏斂墨壺より、博青の確保を優先したほうがよさそうだね。一度、王城に戻って、あっちの宮廷術師にも博青の捜索に加わらせるよ。あと、蚕家本邸から、まだ使える腕前の術師を王都へ来させよう。馬車で来るから時間がかかるけど……。打てる手は打っておいたほうがいいだろう？」

「ああ、宮廷術師の何人かに宦吏蟲を入れて、臨時の後宮付きにしてくれ。博青の脱獄が昨日今日でない以上、すでに後宮に入り込んでいる可能性も考慮しておく必要がある。今は、少しでも対抗できる術師がほしい」

「まっかせて♪　王城で必要な手配を済ませたら、すぐに後宮に戻ってくるよ。ワタシだって……蚕家の顔に泥を塗られたままでいるつもりはないからねぇ」

飄々とした口調はいつもと変わりないのに、ひやりとした圧を立ち上らせて洞淵が告げる。細められた目の奥は笑っていない。

思わず身を強張らせた鈴花の背を、あやすように珖璉が撫でる。暎睲が珖璉に視線を向けた。

「珖璉様。鈴花はどうなさるおつもりですか？　珖璉様とともにいれば、博青に狙われやすくなりましょう。鈴花を囮《おとり》として使うのでしたら、それでもよいかもしれませんが
――」

「もう二度と鈴花を囮になどせん！」

囮という単語に過敏に反応した珖璉が声を荒らげる。

「鈴花は、躑躅妃へ預ける」

きっぱりと告げた珖璉に、暎曜が目を瞠る。鈴花も驚いて珖璉を振り仰いだ。

「中級妃の宮ならば、警備の兵もそれなりについている。何より、わたしと躑躅妃が親しくし始めたのは最近のことだ。博青が知っているとは思えん。気隠しの香を使えば、感気蟲で鈴花の行方を追うこともできぬだろう。わたしの私室で守らせるより、よほど安心だ。鈴花さえ安全ならば、わたしや他の者も心おきなく捜索に加われるからな」

「なるほど。躑躅宮というのは、確かに盲点やもしれませんね」

暎曜が得心した様子で頷く。

「朔、お前なら鈴花と背格好が似ているだろう。お前の服を貸せ。その後、牡丹妃様と影弔に報告に行け。特に影弔には重々警戒するように伝えよ。禎宇、お前は気隠しの香を出したら躑躅妃様へ事情を説明に行ってくれ。こちらの準備ができ次第、わたしが鈴花とともに躑躅宮へ行く。わたしは鈴花が準備を整えるまでの間で芙蓉妃様の実家への文をしたためよう。それと——蟲封じの剣を持ってこい」

「かしこまりました」

声をそろえて応じた禎宇と朔が素早く動き始める。朔が部屋を飛び出し、禎宇が隣室へと向かった。

「じゃあ、ワタシも王城へ行ってくるよ～」

洞淵も朔に続いて部屋を出ていく。

「鈴花？　大丈夫か？」

珖璉が腕の中に閉じ込めたままの鈴花を見下ろす。気遣いに満ちた黒曜石の瞳に、鈴花はこくこくと頷いた。

まだ身体の震えは止まらない。気を抜くと床にくずおれてしまいそうだ。だが、これ以上、珖璉に迷惑をかけたくなくて、鈴花は両足に必死に力を込める。

「も、申し訳ございません！　もう大丈夫です！」

身じろぎすると、ようやく珖璉の腕がほどかれる。と、ひとり残っていた暎睲に珖璉が険しい視線を向けた。

「暎睲。何をしておる？　一刻の猶予もないと言ったのはおぬしだろう？　おぬしも博青を捜しに行くがいい」

「もちろん、鈴花を送り届けた後で参りますよ。大切な鈴花に何かあったらと思うと、何も手につきませんからね。鈴花が無事に躑躅宮に保護されたのをこの目で確認いたしましたら、博青の捜索に加わりましょう。それに、珖璉様も鈴花の支度が整うまでは、護衛がいたほうが安心でございましょう？」

「不要だ。博青に後れを取ったりはせぬ」

「さようでございますか。ですが、幻視蟲で姿を変えるとはいえ、鈴花を連れて後宮内を歩くのでしたら、供がいたほうがよろしいでしょう？　では、いっとき席を外して躑躅宮へ行く際にまた参りましょう」

一方的に告げた暎睲が、珖璉の返事も待たずに部屋を出ていく。

「鈴花。気隠しの香の使い方を教えよう。掌服にいたお前なら、香の扱いを聞いたことがあるかもしれんが……」

「は、はいっ」

珖璉の声に頷いたところで、朔が宦官に化ける時の服を持って戻ってきた。

「ありがとう、朔。借りるね」

「別に礼なんかいらないよ。それより……。ほんと気をつけなよ」

「う、うん……っ」

珍しく真剣に鈴花を心配してくれるのがわかる朔の声に、改めて現状を認識させられ、鈴花は顔が強張るのを感じながら頷いた。

鈴花が躑躅宮へ行く準備は、半刻もしないうちに整った。

「よいか。躑躅宮へ入るまで、決して声を出すのではないぞ。幻視蟲で朔の姿に見えるとはいえ、声までは変えられぬ。話せば正体に気づかれるやもしれん。幻視蟲が飛び立つ恐れがあるゆえ、激しい動きもするな」

「わ、わかりました……っ！」

召喚した幻視蟲を鈴花の頭の上にとまらせた珖璉が、厳しい声音で注意する。鈴花にはただ単に宦官の服を着ている自分としか認識できないのだが、他の者には朔の顔に見えるらしい。なんだか不思議な感じだ。

険しい表情の珖璉の腰には、上衣で見えぬよう隠された蟲封じの剣が下がっている。文官である珖璉が剣を佩くなんて、よほどの事態が起こっているのだと、嫌でも実感させられる。

「では、行きましょうか」

言っていた通り、少し前に珖璉の私室へやってきた暎睲が鈴花を促す。

躑躅宮へ向かってすぐ、鈴花は違和感に気がついた。珖璉と暎睲も同じらしい。

「何やら、後宮の空気がおかしいな……」

「はい。どうにも嫌な気配を感じます」

珖璉と暎睲が険しい表情で囁きを交わす。目立つ二人が一緒に歩いているからだろう。道行く宮女達ばかりか宦官達までうっとりと二人に見惚れて、後ろを歩く鈴花など目にも入っていない様子だ。まれに鈴花に目を向けるものがいても、朔に見えているのだろう。すぐに興味のない様子で視線が逸れていく。

どうやら宮女達は、珖璉と暎睲が感じている嫌な気配に気づいてはいないらしい。

だが、鈴花は安堵するどころではなかった。

すれ違う宮女達のほぼ全員に、墨蟲が止まっている。いや、宮女達だけではない。宦官の半分ほどにも墨蟲が憑いている。こんなにたくさんの墨蟲が取り憑いているなんて、ただごとではない。

すぐに珖璉に伝えたいのに、声を出すことは禁じられている。仕方なく、珖璉の袖を引くと、「どうした？」と足を止めた珖璉が気遣わしげに鈴花を振り向いた。

が、どうやって伝えればよいのか。困り果てていると、珖璉が手のひらを差し出した。意図を察した鈴花はひとさし指で「ほとんどの宮女に墨蟲が憑いています」と手のひらに書く。途端、珖璉と覗き込んでいた暎暒の顔が強張った。

「墨蟲がそれほど多くの宮女に……。まことか？」

端麗な面輪をしかめて問うた珖璉にきっぱりと頷く。

「この嫌な気配はそのせいか……？　だが、なぜこんなことに……？」

「もしや、纏斂墨壺が負の《気》を吸い込んで暴走し始めたのでしょうか……？」

「いや、最悪の可能性を考えるなら――」

――博青。

三人全員の脳裏をよぎった名に、鈴花は己の顔が強張るのを感じる。

「博青は茱栴に脅され協力していた。纏斂墨壺の隠し場所に心当たりがあり、いち早く手に入れている可能性もある」

「ですが、もし脱獄した博青が纏斂墨壺を手に入れているのでしたら、これほど墨蟲が飛んでいるのはおかしいのではありませんか？　十三花茶会の前には、鈴花は墨蟲を見たことがなかったのでしょう？　茱栴が纏斂墨壺を使って禁呪を練っていたのなら、博青が手に入れていれば、むしろ墨蟲が減りそうなものですが……」

珖璉と暎睲が険しい表情で推測を話し合う。だが、今は判断のしようがない。

立ち止まって話す珖璉達を、通り過ぎていく宮女達が何事かと振り向いていく。

「あまり注目を集めるべきではないな。ひとまず、躑躅宮へ急ごう」

苦い顔の珖璉に促され、ふたたび歩き始める。だが、恐怖に足が震え、気を抜くともつれて転んでしまいそうだ。

いったい後宮で何が起ころうとしているのか。鈴花にはまったく読めない。行方のわからぬ博青の存在が、ただただ恐ろしくて仕方がない。

上級妃と中級妃の宮の周りには、冠された花の木が植えられている。色あざやかに咲く躑躅の花が見えてきたところで、鈴花はようやく小さく息をついた。ここまでくれば、躑躅宮まではほんのわずかだ。

躑躅宮に先ぶれに行っていた禎宇の長身が躑躅の茂みの向こうに見える。

うっかり声をかけそうになり、幻視蟲のことを思い出して口をつぐんだところで、そばの茂みの向こうから宮女達が話すにぎやかな声が聞こえてきた。どうやら、掌寝の宮女達が宮の周りの掃除をしているらしい。

「ねぇ、聞いた⁉　鈴花とかいう侍女の噂！」

「聞いたわよ！　信じられないわよね！　罰が当たればいいのに！」

不意に耳に飛び込んできた自分の名前に、鈴花は思わず足を止める。同時に、前を歩く珖璉達も歩みを止めた。

宮女達の憧れである珖璉の侍女に大抜擢された自分が、宮女達から憎まれているのは嫌というほど知っている。だが、噂とはどんなものだろうか。

珖璉達に気づいていないらしく、宮女達はかしましくおしゃべりしている。

「珖璉様の侍女になったっていうだけでも憎らしいのに……っ！　新しく来られた宮廷術師の暎睲様にまで色目を使ってるって話じゃない！　とんでもないあばずれよね！」

「っ⁉」

宮女の言葉に鈴花は息を呑む。暎睲に色目を使うなんて、そんなこと絶対にしていない。なんと真実とかけ離れた噂が回っているのか。

鈴花が衝撃を受けている間も、宮女達のおしゃべりは留まるところを知らない。

「たいして可愛くもないくせに、どんな手を使ってるんだか」

「貧相な身体のくせに、色仕掛けをしたって聞いたわよ！　人前で暎睲様にしなだれかかってくちづけたって！」

「そうよ！　私その場で見たもの！　ほんと憎らしい……っ！」

「暎暒っ！　貴様っ、鈴花に何をした⁉」

宮女の声に、珖璉の激昂した声が重なる。

「珖璉様っ⁉」

驚きに目を見開いた宮女達ががさがさと茂みの向こうから回り込んでくる。鈴花の目が、宮女達の全員に墨蟲が取り憑いているのを見とめる。

だが、珖璉の目に宮女達は入っていないらしい。珖璉の両手が乱暴に暎暒の着物の合わせを摑み上げる。

「くちづけだと⁉　貴様、嫌がる鈴花に無理やり――っ！」

「なぜ、無理やりだと断言できるのです？」

珖璉を睨み返し、暎暒が挑発するように唇を吊り上げる。

「鈴花は誰のものでもありません。わたしに心を移しても、何の悪いことがありましょう？　いつまでも鈴花の心が自分にあると思うのは、うぬぼれではございませんか？」

一瞬、言葉に詰まった珖璉の反応を楽しむように、暎暒がくすりと笑みを洩らす。

「少なくとも鈴花は、何の抵抗もなくわたしを受け入れてくれましたが？」

「暎暒っ！　貴様……っ！」

暎曜の襟元を締め上げる珖璉の手にさらに力がこもり、暎曜が苦しげに顔をしかめる。

「ちが……っ！　違いますっ！　あれは不意をつかれて……っ！」

声を出してはならぬ。そう言われていたのも忘れて思わず叫ぶ。

あれは決して、同意などではなかった。もし頰にくちづけられると知っていたら、必死で抵抗していたに決まっている。

「違うんですっ、珖璉様……っ！」

今度こそ珖璉に見限られるかもしれない。

恐怖に頭が真っ白になる。

珖璉に駆け寄り袖を引いた拍子に、頭に止まっていた幻視蟲が激しい動きに驚いて飛び立つ。途端、呆気《あっけ》に取《と》られて珖璉達を見ていた宮女達が息を吞んだ。

「あ、あなたっ、鈴花なの……っ!?」

「え……っ？」

宮女の声に驚いて振り向いた鈴花は、幻視蟲が飛んだせいで幻が解けてしまったのだと気づく。同時に、宮女達にとまっていた墨蟲が羽を震わせ、宮女達が呻き声を上げ始めた。

「鈴花！」

とっさに上衣を脱いだ珖璉が、鈴花の頭の上からかぶせて姿を隠す。だが、一度鈴花の姿を見た宮女達は、もはやおさまりそうにない。異変を察した禎宇がこちらへ駆けてくるのが珖璉の上衣の隙間から見えた。

「禎宇！　鈴花を躑躅宮へ連れて行け！　決して宮から出すな！」

鈴花を庇って前に立った珖璉が、奇声を上げながら突進してくる宮女の墨蟲を《気》で滅しながら禎宇に命じる。だが、珖璉が墨蟲を滅したというのに、あっという間に新しい墨蟲が飛んでくる。

「承知いたしました！」

主の命に応じた禎宇が、鈴花の身体に腕を回し、まるで荷物のように肩に担ぐ。

「て、禎宇さん⁉」

反射的に足をばたつかせる。が、たくましい禎宇の腕はまったくゆるまない。

「禎宇さんっ、待ってくださいっ！　ちゃんと珖璉様に……っ！」

誤解を解かないまま、珖璉と離れ離れになるなんてできない。今度こそ、珖璉に愛想を尽かされてしまう。

泣いている場合ではないのに、勝手に涙があふれてくる。一度も鈴花を振り返ることのない珖璉の後ろ姿がにじむ視界の中で遠くなる。

躑躅宮の玄関に駆け込んだところで、禎宇がようやく足を止める。

「鈴花っ⁉　いったい……⁉」

そこで初めて鈴花が泣いていることに気づいたらしい。床にへたり込み、頭から珖璉の上衣をかぶったまま泣く鈴花に、禎宇がおろおろと尋ねる。

「まぁっ、鈴花！　どうしたの⁉」

鈴花を待っていてくれたのだろう。躑躅妃までもが駆け寄って尋ねるが、答えるどころではない。

胸が痛くてたまらない。二人を心配させないためにも泣きやまなくてはと思うのに、後から後から涙があふれて仕方がない。

泣き顔を隠すように、頭からかぶったままの上衣を両手でぎゅっと握りしめると、衣に焚き染められた爽やかな香の薫りが揺蕩った。それだけで、心臓が握り潰されたように軋む。

珖璉は鈴花のことを何と思っただろう。とんでもない尻軽だと呆れただろうか。誤解だと訴えて信じてもらえるのかどうか、鈴花にはまったく自信がない。顔を合わせるなりクビを言い渡されても仕方がないだろう。

鈴花が珖璉のそばにいられるのはほんのいっときだけ。ちゃんとわかっていると思っていたのに、本当は全然わかっていなかった。

これでは、珖璉に呆れられても当然だ。

刺し貫かれたように痛む胸をぎゅっと押さえ、鈴花はぼろぼろと涙をこぼし続けた。

◆　◆　◆

「きりがないな、《眠蟲！》」

墨蟲を滅したはずなのに、すぐに新たな墨蟲が取り憑くのか、宮女達が次々と襲ってくる。珖璉は舌打ちをして眠蟲を喚んだ。強制的に眠らされた宮女達が倒れ、ようやく辺りに静けさが戻る。

が、珖璉の心の中は落ち着くどころか嵐が吹きすさんでいた。

「暎曜。どういうことか説明してもらおうか。場合によってはただではおかんぞ！」

暎曜に伸ばした珖璉の手を、襟元を乱したままの暎曜がぱんっと振り払う。

「先ほど申した通りですが。いい加減、ご自身の負けを認められたらいかがです？　いつまでも未練がましく執着するなど、いっそう鈴花に軽蔑されるだけかと思いますが？」

「ふざけるな！　鈴花がたやすく心変わりするはずがないだろう⁉　鈴花はそんな娘ではないっ！」

鈴花がいつも珖璉に向けてくれるまなざしを疑ったことなど、一度もない。万が一、暎曜との間に何かあったとしても、仕方のない理由があったに決まっている。

珖璉に睨みつけられても、暎曜に引く様子はない。不可視の紫電を孕《はら》んだかのように空気が緊張に張りつめる。そこへ。

「珖璉様！　医局が宮女達であふれています！」

牡丹宮へ使いにやっていた朔が息せき切って駆けてくる。

「いえ、それだけではありません！　ここへ来る道すがら見た宮女や宦官達も様子がおかしく……っ！　もし宮女達が暴れ出すようなことになれば、とんでもない事態になります！」

朔が強張った顔で報告する。官正として、そんな事態は間違っても起こすわけにはいかない。何より、その混乱をついて博青が鈴花を狙って暗躍したらと思うと、落ち着いてなどいられない。

「暎曜。鈴花のことは後でしっかり問いただす。今は医局へ向かうぞ。怪しい宮女がいたら、手当たり次第に《気》を流せ。朔、できるだけ人目につかぬ道の案内を」

「かしこまりました！　こちらです！」

朔がすぐさま身を翻す。一瞬だけ、禎宇が鈴花を連れていった躑躅宮を振り返り、珖璉は暎曜とともに朔を追って駆け出した。

「こ、珖璉様……っ！　これはいったい……っ⁉」

医局の棟に駆け込むなり、珖璉はうろたえる医師に取り縋《すが》られた。暎曄は医局の外で宮女に取り憑《と》いているであろう墨蟲を祓っている。朔とは医局の手前で、後宮内のくわしい様子を探ってくるよう命じて別れた。

「うろたえるな。宮女達が押し入ってこぬよう、暎曄を外に待機させている」

閉め切った扉の向こうからは、騒ぐ宮女達の声がかすかに聞こえてくる。だが、それが暎曄を見て騒いでいるからなのか、それとも墨蟲に取り憑かれたゆえなのか、扉越しの音では判断がつかない。

「こ、珖璉様。こちらがお命じになっていた報告書ですが……」

少し落ち着きを取り戻したらしい医師が、奥の部屋から助手が持ってきた書きつけを珖璉に差し出す。手早く珖璉が開くと、そこには、以前、珖璉が調べるように命じた、発熱した宮女達の名前と所属する部門が書かれていた。

ほとんどの宮女に墨蟲が取り憑いている今、これを見たところで役に立つとは思えない。だが、目は勝手に文字を辿《たど》る。

「待て。これは……」

ふと引っかかりを覚え、珖璉はもう一度、紙に目を走らせる。

紙の最初に書かれているのは、禎宇や朔の報告通り、掌服や掌食の宮女達だ。だが、五日前から妃嬪の侍女や、妃嬪の宮に近いところに棟がある掌寝の宮女の数が明らかに増えている。

二日ほど前からは発熱した宮女が後宮のあちらこちらに散らばり、推測するどころではないが。

「纏斂墨壺が移動したというのか……？」

だとすれば、いったい誰が、何の目的で。

「やはり博青なのか……？」

博青の裏に妃嬪の誰かがついているということだろうか。だが、心当たりのある妃嬪が多すぎる。現在、ただひとり妊娠している牡丹妃を追い落としたいと願っている妃嬪は、躑躅妃以外の全員と言ってもいい。

だが、もし博青が妃嬪の誰かと通じているのならば――。

「鈴花っ！」

珖璉は書きつけを放り出し、矢も楯《たて》もたまらず駆け出す。後ろで医師が何やら叫んだが耳にも入らない。

妃嬪ならば、最近、躑躅妃が牡丹妃と急接近したことに気づいているだろう。鈴花が躑躅宮に預けられているかもしれないと予測していたら――。

躑躅宮には禎宇と警備の兵しかいない。ふつうの賊ならともかく、術師に対抗するのは無理だろう。

「どうか無事でいてくれ……っ！」

自分の懸念が杞憂《きゆう》であることを願いながら、珖璉は医局の裏口から飛び出し、一心に躑躅宮へと駆けた。

◇　◇　◇

「も、申し訳ございません……っ！」

いつまでも躑躅妃や禎宇に心配をかけるわけにはいかない。

珖璉の上衣を頭からかぶったまま、ぐすっと鼻を鳴らした鈴花は、涙声で詫びながら袖でごしごしと目元をこする。

「いったい何がありましたの？」

躑躅妃に心配そうに問われるが、答えられない。口を開けばまた嗚咽《おえつ》があふれてきそうで、ぎゅっと唇を噛《か》みしめる。

「……珖璉様と、何かありましたの？」

気遣わしげな問いに、反射的にびくりと肩が震える。

だめだ。こんなことを言っては呆れられるだけだとわかっているのに、勝手に口が動いてしまう。

「わ、私……っ、今度こそ珖璉様に……っ！」

それ以上は言葉にならない。代わりに、ぼろぼろとふたたび涙がこぼれ出る。

「鈴花がこんなに泣くなんて……。禎宇、いったい珖璉様と何がありましたの？」

鈴花に問うても埒《らち》が明かないと思ったのだろう。蘿蠲妃が、鈴花の隣で困り顔で立ち尽くす禎宇に問いかける。禎宇がためらうように視線を揺らした。

「その……。わたしの口からは……」

そばにいた禎宇には宮女達の話が届いていただろうに、鈴花を気遣ってか、禎宇が言葉を濁す。珖璉の従者である禎宇にしてみれば、いくら鈴花を責めても責め足りないだろうに、きっと今は何を言っても鈴花の涙を誘うだけだと気遣ってくれているに違いない。黙って落ち着くのを待ってくれている禎宇の優しさに、感謝すると同時に申し訳なくなる。

と、鈴花の後ろ、蘿蠲宮の玄関先から、警備の宦官達のあわてふためく声が聞こえてきた。

「何だ、お前達は!?　ここが蘿蠲宮と知ってのことか!?」

驚いて振り返った鈴花は、開けっ放しだった扉の向こうに、おぼつかない足どりで蘿蠲宮へと近づいてくる四、五人の宮女の姿を見とめた。

そのうちのひとりが鈴花と目が合った途端、奇声を上げて走り出す。その肩に憑いているのはやはり墨蟲だ。

「宮女達を入れるな！」

叫ぶと同時に禎宇が動く。玄関を走り出た禎宇が後ろ手に素早く扉を閉めた。

「窓や裏口を閉めろ！　宮女達は宮へ押し入る気だ！　躑躅妃をお守りしろ！」

閉ざされた扉の向こうから禎宇の厳しい声が飛んできて、鈴花は弾かれたように立ち上がる。頭からかぶっていた珖璉の上衣が床にすべり落ちたが、拾うどころではない。

戸口から一番近い窓に駆け寄る。天気のよい初夏の今、宮の窓はほぼすべて開け放したままだ。

閉めようと窓に手をかけた途端、すぐそばに宮女がひとりいるのに気づく。先ほどの宮女達とは別の掌寝の宮女だ。

「あ……っ、ぁぁ……っ！」

「ひっ⁉」

鈴花を見るなり手にしていた箒《ほうき》を振りかぶり駆けてきた宮女に思わず身がすくむ。

「鈴花！」

玄関先から駆けてきた禎宇が、宮女が箒を振り下ろす直前でその腕を掴み、地面に投げ飛ばす。どうっと背中から地面に落ちた宮女がたまらずといった様子で箒を放した。

だが、投げ飛ばされても宮女の目は正気を失ったままだ。まるで痛みなど感じていないように、呻き声を上げながら身を起こそうとする。

「鈴花！　躑躅妃様と奥へ！　閉めた窓には閂《かんぬき》を下ろせ！」

動けぬ鈴花の代わりに、外から乱暴に窓を閉めながら禎宇が叫ぶ。

「は、はい……っ！」

鈴花が凶暴化のきっかけなのだから、姿を見せないほうがいいに決まっている。鈴花が窓に閂を下ろすと同時に、別の侍女が玄関扉に駆け寄って大きな閂をかけた。ばたばたと窓が閉められ、宮の中が一気に薄暗くなる。

「鈴花！　大丈夫っ⁉」

窓辺へ駆け寄ってきた躑躅妃に、鈴花はがばりと頭を下げる。

「つ、躑躅妃様っ！　申し訳ございません……っ！」

躑躅宮がこんな騒ぎになったのは、まぎれもなく鈴花のせいだ。鈴花が来なければ、こんな事態には決してならなかった。申し訳なくて顔を上げられない。

閉めた扉や窓の向こうからは、宮女達の呻き声や禎宇が警備の宦官を励ます声が聞こえてくる。いったい躑躅宮の外はどうなっているのか。周りの侍女達の顔からも血の気が引いている。

だが、鈴花の謝罪に躑躅妃から返ってきたのは、力強い声だった。

「何を言うの？　あなたが謝る必要なんてないわ。この騒ぎは茉梅が後宮に隠した呪具のせいなのでしょう？　それに、あなたを預かると珖璉様にお返事した時から、多少のことは覚悟の上よ。気にしないでちょうだい」

「躑躅妃様……っ」

躑躅妃はおそらく、鈴花が墨蟲の凶暴化の原因だとは知らないだろう。それでも、頼もしい笑みに心が救われる心地がする。

侍女頭とおぼしき年かさの女性が、躑躅妃に忠言する。

「躑躅妃様。念のため奥のお部屋へ……。もし何かありましても、わたくしがお守りいたします」

扉の向こうからは宮女達の奇声や呻き声が聞こえてくる。外にいる禎宇や宦官達は大丈夫だろうか。武官である禎宇が宮女に後れを取るとは思わないが、宮女は墨蟲に取り憑かれているだけだ。宮女に怪我をさせるわけにはいかないため、苦戦しているに違いない。

珖璉や暎睲のように、《気》で墨蟲を滅することができれば少しは戦力になれるだろうに。見ることしかできない鈴花は、本当に役立たずだ。

「鈴花、あなたも一緒に」

躑躅妃が鈴花を振り返って促す。濡れていた頰を袖口でぬぐい、鈴花は侍女頭について歩き出そうとした。が。

「え……っ？」

振り返った鈴花の口から、かすれた声がこぼれ出る。

手分けして窓を閉め、門をかけた何人もの躑躅宮の侍女達。侍女頭も含め、彼女達が全員、床にくずおれていた。侍女達にとまり、鱗粉を振りかけているのは眠蟲だ。

立っているのは鈴花と躑躅妃、そして――。

「は、博青さん……っ⁉」

裏手から忍び込んだのだろうか。薄い青色の衣を纏った青年の姿を目にした途端、驚愕の声が飛び出す。

だが、目の前にいるのは本当に博青なのだろうか。鈴花には確証が持てない。顔立ちは同じはずなのに、誠実そうに思えた印象はすっかり消え、荒《すさ》みきった粗暴な表情は別人としか思えない。

炎のような憎しみを宿した目で睨まれた途端、鈴花の身体が反射的に強張る。だが、何より鈴花の度肝を抜いたのは。

「博青さんっ！　その《気》……っ！　墨色のそれは……っ⁉」

博青の身体から、本来の薄青の《気》を覆い隠すように濃い墨色の《気》が立ち上っている。炎のように揺らめく墨色の《気》は、まるで博青の憎しみが形をとったかのようだ。

鈴花の声に、博青が唇を歪める。

「やはりその目には見えるのか。だが、今だけは忌々しいその目を認めてやろう。どうだ？　お前にはわたしがどれほどの力を得たのかがわかるだろう？」

博青の言葉に、脳裏に閃《ひらめ》くものがある。

「もしかして……っ！　纏斂墨壺を見つけたんですか……っ⁉」

「ああ、纏斂墨壺ならわたしの腹の中だ」

「っ⁉」

愉悦に満ちた笑みをこぼして己の腹を撫でる博青にぞっとする。

博青の言葉を証明するかのように、博青の胃の辺りからは墨色というより、幾重にも重なってもはや闇よりも深くなった黒く凝る《気》の塊が見えた。

博青は呪具の力を己のものとするために、纏斂墨壺を腹の中に収めたというのか。顔を強張らせた鈴花に、博青が楽しげに嗤う。

「素晴らしいな、この纏斂墨壺の力は。後宮中から、どんどんわたしの元に《気》が集まってくる……。宮女を思いのままに操ることもたやすい」

「じゃあ、この騒ぎは博青さんが……っ⁉　どうして──」

「曲者《くせもの》よ！　誰か──、っ！」

鈴花を遮るように声を上げた躑躅妃の言葉が途中で途切れる。博青のそばを飛んでいた眠蟲がふわりと飛んだかと思うと、躑躅妃の肩に止まって鱗粉をまき散らしたのだ。

「躑躅妃様！」

くらりと倒れてきた躑躅妃の身体をとっさに支えようとするが、ひとりの力ではかなわない。もたれかかってきた躑躅妃をふとももの上に乗せるようにしながら、鈴花は床に両膝をついた。

躑躅妃に応える者は宮の中にはいない。侍女達は全員、眠蟲で強制的に眠らされたのだろう。

躑躅妃の声は外にいる禎宇達にまで届いただろうか。だが、届いたところで扉や窓には閂が下ろされている。すぐにここへ来るのは無理だ。

「いったい、何をする気なんですか……⁉」

間違っても躑躅妃を傷つけさせるわけにはいかない。躑躅妃を守るようにぎゅっと抱きしめながら、鈴花はまなざしに力を込めて博青を見上げる。

もし殺すのが目的なら、最初から刀翅蟲を喚んでいたはずだ。わざわざ眠らせたということは、何か目的があるはずだ。

禎宇達が中の異変に気づいて駆けつけてくれるまで、自分が躑躅妃を守らねば。

決意を固め見上げる鈴花に、博青が急に機嫌を損ねたように鼻を鳴らす。

「その目は気に食わんな。──刀翅蟲」

声と同時に放たれた刀翅蟲が風を斬って飛んでくる。

「ひっ！」

悲鳴を上げながらも、考えるより早く躑躅妃を守ろうと上に覆いかぶさる。

風斬り音と同時に鈴花の左耳のすぐそばを鋭い刃の翅《はね》が通り過ぎる。一瞬遅れて、切られた髪が数本、はらはらと床に落ちた。

本当に、首を斬られたのかと思った。

どっと全身から冷や汗が噴き出し、血の気が引く。かちかちと歯を鳴らしながら博青を見上げると、博青が楽しげに唇を吊り上げた。

「ああ、そうだ。そんな風に怯えてもらわなくては面白くない。お前には、珖璉が来るまで、わたしの無聊《ぶりょう》を慰めてもらわねばならぬのだからな」

博青の言葉に、博青の狙いは躑躅妃ではなく、鈴花自身なのだとようやく気づく。

いや、憎しみにぎらつく博青の目が、鈴花を通して見ているのは──。

「珖璉様に何をする気なんですか……っ⁉」

自分でも驚くほど強い声が出る。

博青が珖璉を恨むのは完全に逆恨みだ。そんなことで珖璉を危険な目になど遭わせられない。

「博青さんが恨んでいるのは私でしょう⁉ 私が芙蓉妃様のお腹の《気》を――」

「黙れ」

座る鈴花に歩み寄った博青に容赦なく肩を蹴られ、たまらず仰向けに倒れる。がんっと後頭部に痛みが走り、ふとももにのせていた躑躅妃の身体が床にすべり落ちた。

「無論、お前を見逃してやる気はない。お前にもきっちりと罪を償ってもらおう。だが、その前に……」

博青が召喚した眠蟲がふわりと鈴花の眼前に飛んでくる。息を止めなければと思うより早く鱗粉を吸い込んでしまい、あらがえぬ眠気にくらりと意識が遠のく。

博青の言葉を最後まで聞くことができぬまま、ただ、加虐心に満ちた歪んだ笑みが、薄れゆく意識に刻み込まれた……。

◆　◆　◆

「禎宇！ 鈴花は無事か⁉」

躑躅宮へ駆けつけた珖璉は、宮の前で宮女達を相手取る禎宇の姿を目にすると同時に、眠蟲を召喚した。

ぱさりと鱗粉をまき散らしながら飛んでいった眠蟲が、宮女達を次々に眠らせていく。

「鈴花は躑躅妃様とともに中に――」

禎宇の言葉を聞くのももどかしく倒れ込んだ宮女達の間を駆け抜け、扉に手をかける。

だが、内側から閂がかけられているのか、扉はびくとも動かない。

「博青の姿を見たか⁉」

「いえ……っ！　博青が現れたのですか⁉」

激しく扉を叩きながら投げた問いに、禎宇が驚いたように問い返す。

「開けろ、鈴花！　宮女達は眠らせた！」

中にいるはずの鈴花に叫ぶも、閂が外される様子はない。珖璉の中でどんどん嫌な予感がふくらんでいく。

「鈴花っ！《来いっ、刀翅蟲！》」

珖璉が喚んだ刀翅蟲が扉ごとたやすく閂を切り裂く。閂が外されるのを呑気《のんき》に待ってなどいられない。内側へ扉を蹴り開け、躑躅宮の中へ駆け込む。

しんと静まった宮の中にいたのは、求める少女の姿ではなく、あちらこちらで倒れる侍女達だった。侍女達には全員、眠蟲がとまっている。

「躑躅妃様！」

床に仰向けに倒れるあざやかな衣を纏った躑躅妃に、禎宇が駆け寄り抱き起こす。

「眠蟲で眠らされているだけだ」

禎宇に告げながら片膝をつき、躑躅妃に止まる眠蟲を即座に滅する。身体を揺するとかすかな声を上げながら躑躅妃がうっすらと目を開けた。かと思うと、がばりと身を起こそうとする。

「鈴花っ！」

「躑躅妃様！　いったい何があったのです⁉」

鋭い声で問うと躑躅妃の視線が珖璉へ向けられる。と、躑躅妃が縋るように珖璉の腕を摑んだ。

「博青が！　博青が現れたのです！　鈴花はどこに……っ⁉」

鈴花がどこにいるか、一番知りたいのは珖璉自身だ。鈴花がここにいないということは、博青に攫《さら》われたに違いない。

鈴花が博青と一緒にいる。そう考えるだけで背筋が粟立《あわだ》ち、全身に凶暴な感情があふれてくる。

「禎宇、躑躅妃様を頼む」

居ても立っても居られず、押しつけるように禎宇に躑躅妃を託して立ち上がる。

「珖璉様！　どちらへ⁉」

「鈴花を博青から取り戻す！」

答えるのももどかしく躑躅宮から飛び出す。一刻も早く鈴花を取り戻さなければ。博青が鈴花を丁重に扱うとは思えない。

「もし鈴花を傷つけてみろ。その時は……っ！」

声に出さねば激情が胸を突き破りそうで、珖璉はかすれた声を絞り出す。

「《感気蟲っ！》」

鈴花の《気》を追わせるべく、感気蟲を召喚する。だが、感気蟲は戸惑うように珖璉の周りで円を描いて飛ぶだけで、どこにも行く様子がない。気隠しの香のせいで、鈴花の《気》を追えぬのだろう。

「くそ……っ！」

なぜ、気隠しの香を鈴花に焚《た》いてしまったのか。一刻前の自分の首を絞めてやりたい。すぐさまもう一匹、今度は博青の《気》を追わせるための感気蟲を召喚しようとしたところで、珖璉は自分が喚んだのではない感気蟲がこちらへ飛んで来るのに気がついた。

珖璉の目の前まで来た感気蟲が、まるでついてこいと言いたげにくるりと円を描く。いや、実際そうなのだろう。この感気蟲は博青が珖璉だけを呼び寄せるために放ったものに違いない。

博青が鈴花だけで復讐を終わらせるとは思えない。鈴花が攫われたのは、間違いなく珖璉をおびき出すためだ。

「いいだろう。わたしを鈴花の元まで連れて行け……っ！」

理性は禎宇や影弔、暎曜が来るのを待つべきだと告げている。だが、感情がもうこれ以上、一刻たりとも鈴花を博青のところへ置いておけないと叫んでいる。

腰に佩いた『蟲封じの剣』を確かめるようにそっと柄にふれ、珖璉は飛んでゆく感気蟲を追って駆け出した。

◇　◇　◇

「起きろ」

「う……っ」

背中を蹴られた衝撃に、鈴花は低く呻いて意識を取り戻した。うっすらと開けたまぶたに最初に入った光景は、がらんとした古びた蔵の床板だ。横倒しになった右頬に傷んだ床板のざらりとした感触がある。

窓の板戸は閉められているらしく、板の隙間から細く光が射《さ》し込むだけの蔵の中は薄暗い。

「ここ、は……？」

深い夢から覚めたばかりのように頭がぼんやりする。それに、さっきの声は……。

「っ⁉」

意識を失う直前、博青に眠蟲を放たれたことを思い出した鈴花は、息を呑んで身を起こそうとした。だが、後ろ手に縛られているらしく両腕が動かない。足首も縛られていて、芋虫のように身じろぎすることしかできない。

何とか身をよじり仰向けになった鈴花の目に飛び込んできたのは、歪んだ笑みを浮かべてこちらを見下ろす博青の顔だった。鈴花の首には麻縄が巻かれ、縄の先は博青の手に握られている。

「ようやく起きたか。寝たままではつまらんからな」

「な、何を……、っ⁉」

不意に博青に首にかかった縄を強く引かれ、鈴花は身を強張らせて息を呑む。

だが、どうやら首にかけられた縄はこれ以上、締まらぬように結ばれているらしい。

ちくちくした麻縄が首をこすり、無理やり頭を上げさせられる。

しかし、鈴花が恐慌に陥るには、それだけで十分だった。

「嫌……っ！」

かすれた悲鳴が口から飛び出す。身体ががくがくと震え、冷や汗が噴き出して止まらない。

心の奥底に封じていた恐怖の記憶が甦る。茉梅に命じられ、鈴花を殺そうとした宮女殺しの犯人。首を絞めた男のがさがさと荒れた手の感触を思い出すだけで、恐怖に喉が詰まって息ができなくなる。

水に打ち上げられた魚のように口を開閉させる鈴花を見下ろした博青が、楽しげに唇を吊り上げる。

「ははは、っ、お前からあふれる恐怖の《気》が、纏斂墨壺に吸い込まれるのを感じるぞ！　これはいい！　お前の恐怖で珖璉を屠ってやったら、どれほど愉快だろうな！」

「珖璉様に何をする気なんですか……っ⁉」

恐怖も忘れて博青を睨み上げる。鈴花が恨まれるのは理解できないこともない。だが、博青は鈴花を使って珖璉に何をしようというのか。

鈴花の問いに博青が唇を歪める。

「復讐に決まっているだろう？　あいつが余計なことをしたせいで、茱栴の計画は頓挫し、わたしも捕らえられる羽目になったんだ……っ！　あいつとお前さえ邪魔をしなければ、今頃は……っ！」

ここではないどこかを見て声を絞り出した博青が、不意に鈴花を振り返る。

「もちろん、お前も見逃す気はない。しかし、お前ごときいつでも殺《や》れる。厄介なのは珖璉だ。だが……」

くつり、と博青が憎しみと喜悦がないまぜになった笑みを浮かべる。

「お前を餌にすれば、あいつはひとりで来ざるを得ないだろう？　お前なんぞの何がいいのかはわからんが……。餌として、せいぜい働いてもらおうじゃないか。あいつの目の前でお前を痛めつけ嬲《なぶ》ってやったら、忌々しい美貌がどんな風に歪むんだろうな？　お前も珖璉も……。たっぷりと絶望させてから嬲《なぶ》り殺《ごろ》しにしてやる……っ！」

ははっ、はははははっ！　と博青が調子外れのひび割れた笑い声を上げる。

「簡単に殺してやっては俺が受けた屈辱は癒やせん！　せっかく纏斂墨壺を手に入れたんだ。たっぷりと恐怖と絶望を搾り取って、自らの負の《気》で練り上げた禁呪で殺してやらねばなぁ!?」

己の計画に耽溺《たんでき》して喜悦の嗤いを上げる博青は、精神の均衡を失っているかのように危うげだ。

これからどんな目に遭わされるのか、怖くて怖くてたまらない。冷や汗で衣が肌にはりつき、全身ががくがくと震える。それでも。

「こ、珖璉様はいらっしゃいません……っ！」

博青を見上げ、震える声を絞り出す。

「珖璉様が私なんかを助けるためにわざわざ危険に飛び込まれるわけがないでしょう!?　それに……っ！」

声がさらに震え、潤む。目から涙があふれそうだ。

「私は、とうに珖璉様に呆れ果てられているんです……っ！　そんな私なんかが餌になるはずがないでしょう……っ⁉　珖璉様は絶対にいらっしゃいませんっ！」

　胸が痛くて張り裂けそうだ。けれど、自分が見限られたおかげで珖璉が危険な目に遭わずに済むというのなら、そちらのほうがずっといい。

「だから、珖璉様を手にかけようなんて考えは捨ててくださいっ！　そんなこと──、ぐぅっ！」

　突然力任せに首の縄をたぐられ、衝撃に呻く。思わず閉じたまぶたを開けた時には、鈴花の上半身を引き起こした博青が、顔を寄せ、血走った目で睨みつけていた。

「黙れっ！　自分が指図できる立場だと思っているのか⁉」

　苛立たしげに怒鳴った博青が、どんっと鈴花を突き飛ばす。したたかに床に身体を打ちつけ、横倒しになった鈴花は息を詰まらせた。

「お前はおとなしく餌になればいいんだ！　命乞いと悲鳴以外で口を開くなっ！」

「ぐぅ……っ！」

　容赦なく横っ腹を蹴られ、くぐもった悲鳴が飛び出す。博青の目が愉悦を宿してぎらついた。

「そうだ。呻け、苦しめ！　わたしが味わわされた屈辱はこんなものじゃない！」

　鬱憤をぶつけるかのように、博青が鈴花を足蹴にする。鈴花はただ身体を丸め、くぐもった悲鳴を洩らすことしかできない。

怖い。痛い。恐ろしい。このまま博青に嬲られ続けるのかと思うと、意識を手放してしまいたい。けれど、身体の痛みがそれを許してくれない。

ひとしきり鈴花を蹴りつけていた博青が、息が上がったのかようやく足を下ろす。半開きになった口から洩れる呼気は獣のように荒い。

「は、ははは……っ！　なるほどな。茉梅が宮女達を殺すように男に命じたのも納得だ。お前の恐怖の《気》が、どんどん纏斂墨壺に力を与えてくれる……っ！」

身体中に鈍く響く痛みに耐えながら、鈴花はうっすらと目を開ける。博青の言葉を裏づけるように、博青の胃の辺りから湧き出す《気》の色がさらに濃く黒く澱んでいた。

ぐいっと博青が鈴花の首の縄を引く。無理やり引き起こされ、縄でこすれた首がひりひりと痛い。だが、それよりも強く、恐怖に喉がひりつく。

強引に鈴花を膝立ちにさせた博青が、名案を思いついたとばかりに目を輝かせていた。

「お前が餌にならぬというのなら、仕方がない。餌ならば他にも心当たりがある。牡丹妃なんてどうだ？　ずいぶんと親しくしているらしいじゃないか。珖璉が熱心に茶会の準備を手伝っているんだろう？　何より、牡丹妃に何かあれば後宮中の妃嬪が喜ぶ」

「っ⁉　だめ……っ！」

舌なめずりした博青に我を忘れて声を上げる。

銀の光が宿る腹部を愛おしげに撫で、一介の侍女にすぎぬ鈴花にお礼を言ってくれた牡丹妃。ようやく授かった新しい命を慈しむ彼女を害していいはずがない。

「その目をやめろと言っているだろう⁉」

何とか翻意させようとした途端、苛立たしげな博青に頰を張られる。乾いた音が鳴り、一瞬遅れてじんじんと頰が痛み出す。口の中が切れたのが、血の味が広がる。

「餌にすらなれんお前は、ただ纏斂墨壺に負の《気》を捧《ささ》げればいいんだ！　泣きわめいてわたしに許しを請え！」

博青が縄を乱暴に揺さぶる。がくがくと頭を揺らされながら、鈴花は恐怖にしびれていた頭が少しずつ動き出すのを感じていた。

博青が鈴花を怯えさせるのは、纏斂墨壺に少しでも力を蓄えたいだめだ。そして、鈴花を屈服させて、歪んだ自尊心を満足させたいに違いない。

鈴花が死ねば、次は牡丹妃が狙われる。珖璉を手にかけるまで、きっと博青は止まらない。

気を抜けばがちがちと歯が鳴りそうだ。本当は怖くて仕方がない。

けれど、これ以上、博青に力を与えるなんて絶対に嫌だ。

鈴花に愛想を尽かしていても、珖璉は博青を捕まえるために絶対に動いてくれている。禎宇や朔、影弔や暎睲だって博青を追っているだろう。

鈴花ひとりに何ができるかなんてわからない。けれど、行方のわからなかった纏斂墨壺も博青も、今、鈴花の前にそろっている。ならば、珖璉達がここを見つけるまで、せめて博青の足止めをしなければ。

ぎゅっと目を閉じ、珖璉の凜々しい姿を祈るように想《おも》い浮《う》かべる。もう二度と、そばにさえ行けない恋しい人。

珖璉のことを想うだけで、切り裂かれるように胸が痛むと同時に、心の奥から強い気持ちが湧いてくる。

纏斂墨壺を見つけられず、墨蟲も祓えず……。何ひとつ役に立てなかった足手まといだけれど、せめて、最後くらいは恋しい人の役に立ちたい。

「ゆ、許しなんて請いません……っ！」

蹴られてずきずきと痛むお腹に力を込め、まぶたを開けて博青を睨み上げる。

声がどうしようもなく震える。けれど、博青を見据える視線は逸らさない。

「わ、私なんかと違って、牡丹妃様の警護は厳重ですっ！　博青さんが手を出せるはずがありませんっ！　絶対に珖璉様が――」

「黙れっ！」

珖璉の名に苛烈に反応した博青が、ふたたび鈴花の頬を張る。強い力に首がもげそうになる。

「纏斂墨壺の贄のくせに口答えをするな！　餌にもなれん役立たずが！　いや……」

縄を手にしたのとは逆の手で、博青が鈴花の顎を掴み、無理やり顔を上げさせる。

血走った目に宿るのは、溶岩のように湧き立つ憎しみと妄執だ。昏い激情が不可視の墨と化して、鈴花の心まで浸していくような心地がする。

「それほど珖璉を信じているのなら、その信頼を絶望に染め変えてやろう。指を切り、手足を落とし……。心配するな。お前の恐怖も絶望も、纏斂墨壺の糧にしてやる。術師の血肉は禁呪のいい贄になるそうだからな？　お前自身が珖璉を屠る禁呪と化すなんて、愉快だろう？」

心から楽しげに博青が嗤う。

「喜べ。ちゃんと珖璉にも会わせてやる。仮にも、いっときは侍女だったのだ。……ぼろ雑巾のようになったお前の死体を見たら、珖璉はどんな顔をするだろうな？」

「っ⁉」

博青が語る内容のおぞましさに、声すら出ない。

鈴花の顔をよぎった恐怖に、博青が満足げな笑みを浮かべ、刀翅蟲を喚び出す。

「さぁ、どこから斬り落としてほしい？」

狙いを定めるかのように、刀翅蟲が鈴花の周りを巡り――。

「鈴花っ！」

声と同時に蔵の扉が蹴破られる。陽光が薄暗い蔵の中に射し込んだ。

その光よりもまばゆく、博青の手を振り払った鈴花の目を射た銀の光は。

「珖璉様……っ！」

感気蟲とともに駆け込んできた珖璉の姿を見た途端、喜びと安堵が胸に押し寄せる。

珖璉が来てくれた。ならば、これでもう博青を捕らえたも同じだ。

「纏斂墨壺は博青さんのお腹の中です！　茱栴さんと同じ黒い《気》が……っ！」

これだけは伝えなくてはと声を張り上げる。

珖璉の腰には清浄な白い《気》を放つ『蟲封じの剣』が下げられている。きっと、博青が禁呪を使ったとしても、何とかできるに違いない。

「鈴花……っ⁉」

珖璉のまなざしがひたと鈴花を見据える。両手両足を縛られて首に縄をつけられ、殴られて顔を腫らした鈴花の姿を見とめた途端、端麗な面輪が強張った。かと思うと黒曜石の瞳が激昂に燃え上がる。

「博青っ！　鈴花にいったい何をした……っ⁉」

轟く雷鳴よりも恐ろしい声が詰問する。博青を射貫くまなざしは剣よりも鋭い。

「何を、とは？　まだろくに始めてもいませんよ」

人質を取っているという優越感からだろうか。博青が慇懃《いんぎん》無礼《ぶれい》な口調でとぼけてみせる。

「この程度、纏斂墨壺にわずかに負の《気》を与えたにすぎません」

これみよがしに博青が鈴花の首にかかった縄をぐいと引く。

「ぐ……っ」

膝立ちの高さから無理やり上を向かされ、縄が首をこすれる痛みと息苦しさに、鈴花は思わず呻いた。途端、珖璉の目に苛烈な怒気が宿る。

「貴様……っ！」

「剣から手を離してもらいましょうか」

反射的に剣の柄に手を伸ばした珖璉に、博青の声が飛ぶ。

「剣を抜くのと刀翅蟲が小娘の首を落とすのと、どちらが早いか競いたいなら受けて立ちますが？」

からかうような博青の声に、柄にふれる寸前で珖璉の手が悔しげに握り込まれる。

「博青っ、貴様……っ！　ただで死ねると思うなよ……っ！」

博青を睨みつける黒曜石のまなざしは、射殺さんばかりだ。

「その言葉は、そっくりそのままお返ししましょう」

珖璉の激昂を受け流すように鼻を鳴らした博青が、ひざまずいて腰から剣を外し、自分へ渡すよう珖璉に要求する。

「妙な真似をしたら、即座に小娘の腕を斬り飛ばします。《癒《ゆ》蟲《ちゅう》》で元通りにつけられるかどうか、試してみますか？」

「そんなことをさせるわけがないだろう！」

即座に反論した珖璉が、薄汚れた床にゆっくりと両膝をつき、腰の剣を鞘《さや》ごと外す。

蟲招術があるとはいえ、纏斂墨壺を腹に収めた博青に、蟲封じの剣なしで対抗できるのか、鈴花は不安で仕方がない。

すでに見限った鈴花のことなど、見捨ててくれていいのに。

博青を捕らえるためとわかっていても、珖璉が来てくれただけでもう十分だ。珖璉には絶対に自分のような目に遭ってほしくない。

「だ、だめです……っ」

かすれた声で訴えると、初めて珖璉と目が合った。己の無力を嘆くかのような苦しげなまなざし。それを見ただけで胸が締めつけられるように痛くなり、喉に熱い塊がせり上がる。

大丈夫だと言いたげに小さく頷いた珖璉が、博青の足元へと剣を押しやる。固い音を立てて足元へすべってきた剣を博青が踏みつけた。

「ははははっ！　あの珖璉をわたしの前にひざまずかせる日が来るとはな！　蚕家の家宝があろうとも、使えなければ意味がない！　そのまま抵抗するなよ。《縛蟲《ばくちゅう》！》」

博青が放った何匹もの縛蟲が、ひざまずいたままの珖璉の身体に巻きつき、力任せに締め上げる。ただの縛蟲ではない。腹の中の纏斂墨壺の力を引き出しているのか、博青本来の薄青い《気》ではなく、黒い《気》を纏った縛蟲だ。

幾重にも巻きつく縛蟲に締め上げられて苦しいのか、珖璉がわずかに美貌をしかめた。

だが、博青を睨み上げる鋭い視線は変わらない。

「わたしを捕らえたなら鈴花の役目は終わっただろう？　鈴花を放せ！」

「何を馬鹿なことを」

珖璉を見下ろし、博青が唇を吊り上げる。

「わたしがいつ小娘を放すと言った？　復讐はこれからだ。見ているだけしかできぬお前の眼前で、小娘を嬲り殺しにしてやる。せいぜい自分の無力を嘆くがいい！　小娘とお前の絶望をじっくりと纏斂墨壺に吸い込ませた後、小娘を贄にした禁呪でお前を殺してやろうじゃないか！　ふははっ、これほど愉快なことはない！」

喜悦に満ちた博青の哄笑《こうしょう》が蔵の中に響く。耳障りなその声を断ち切るかのように。

「下衆《げす》が」

珖璉の冷ややかな声が、不可視の刃と化して博青を斬りつける。優越感にひたっていた博青の顔が一瞬で憤怒《ふんぬ》に彩られた。

「ああっ⁉　何と言った⁉」

博青の怒声にも珖璉の表情は揺るがない。侮蔑に満ちた美貌は、見る者の心を凍《い》てつかせるような冷ややかさに満ちている。

「下衆と言ったのだ。それとも、極めつきの下衆のほうがよいか？　茱梅の計画を利用して、自分の手は汚さず甘い汁だけ吸おうとし……。それが失敗したからと逆恨みする輩を下衆と言わずして何と言う？　ああ、それとも」

珖璉の美貌が、冷ややかに嘲笑を刻む。

「人扱いするのも馬鹿らしい屑《くず》と言うべきか？」

「貴様ぁっ！」

ひび割れた怒声と同時に、鈴花の周りを巡っていた刀翅蟲が珖璉目がけ一直線に飛ぶ。

「珖璉様っ！」

首に縄が食い込むのも忘れ、鈴花は思わず身を乗り出した。美貌が朱に染まる幻が見えたのは、ほんの一瞬。

「《消えよ》」

珖璉のひと言で縛蟲がほどけるように消える。迫る刀翅蟲を紙一重でかわした珖璉が床を蹴って駆けた。

「な……っ⁉」

思わず後ずさりした博青の足が剣の上から離れる。すべるように鈴花と博青の間に割り込んだ珖璉が蟲封じの剣を掴んだ。鞘走《さやばし》りの音が鳴り白光が閃いた時には、鈴花と博青をつないでいた麻縄が、ぷつりと切られていた。

ぴんと張られた縄が急に切れ、前のめりによろめいた鈴花の身体を、鞘を捨てた珖璉の左腕が抱き寄せる。

鈴花を包んだ爽やかな香の薫りに、それだけで涙があふれそうになる。

「鈴花……っ！　すまなかった……っ！」

ぎゅっと片腕で息が詰まるほど強く鈴花を抱きしめた珖璉が、すぐさま両手両足の縄を剣で切り、何匹もの癒蟲を喚んでくれる。身体中のあちこちに融けるように消えていった癒蟲が痛みを消してくれるのにほっとする間もなく。

ぎぃんっ！　と珖璉と博青がそれぞれ召喚し合った刀翅蟲と盾蟲が空中でぶつかり合う。

「無駄な足掻《あが》きはよせ」

互いに刀翅蟲と盾蟲で応酬しながら、油断なく剣を構えた珖璉が冷ややかに告げる。

「ふざけるなっ！」

博青が血走った目でがなり立てる。

「いったい何をした!?　わたしの縛蟲があれほどたやすく消されるはずが……っ!?　たとえ護り絹を身に着けていても不可能なはずだっ！　宮廷術師でもないくせに、わたしの蟲を還せるはずがないっ！」

「真実を告げたところで、お前は信じぬだろう」

嘲りでも挑発でもなく、淡々と珖璉が返す。唯一の皇位継承者として銀色の《龍》の気を持つ珖璉が、纏斂墨壺の力を纏っていようと、縛蟲程度で束縛できるはずがない。

だが、博青は珖璉の言葉を嘲弄ととったらしい。珖璉を睨む目に強い憎しみが宿る。

「どうせ洞淵様から呪具でも渡されていたのだろう⁉　小賢《こざか》しい！」

「小賢しいのはお前のほうだろう？　無駄口を叩くのはそこまでだ。いい加減、己が犯した罪を償ってもらおう」

鈴花を左腕で強く抱き寄せたまま、珖璉が蟲封じの剣を油断なく構える。

「鈴花を傷つけた罪が、簡単に許されると思うなよ」

心胆寒からしめる珖璉の苛烈なまなざしに、博青が気圧されたようにぐびりと喉を鳴らす。だが、ひるんだように見えたのは、ほんの一瞬。

「まだだっ！　纏斂墨壺の力を得たわたしがお前ごときに負けるわけがないっ！」

ひるみそうになった気持ちを振り払うように博青がひび割れた声を張り上げる。

「そうだ！　わたしが負けるはずが……っ！」

叫ぶ博青の声が、ふと途切れる。

「そうか……。わたし自身が……」

目の前の珖璉達の存在を忘れたかのように、視線を伏せた博青がぶつぶつと呟き始める。

「この期に及んで何をする気だ？　諦めろ。お前ごときに後れをとるわたしではない」

いつでも斬りかかれるように剣を構えた珖璉が目をすがめる。珖璉が新たに喚び出した十匹近い盾蟲が、不測の事態に備えるように珖璉や鈴花の周りを飛び回る。

だが、博青は珖璉の声も届かぬようにくつくつと低い嗤いをこぼし続けている。

「もう、決してあんな屈辱を味わうものか……っ！」

何かを吹っ切ったように顔を上げた博青が、腹をくくったように声を張り上げる。

「纏斂墨壺よ！　わたしの負の《気》を捧げよう！　わたしを贄にするがいいっ！　わたしを糧に愚か者どもに制裁を！」

声と同時に、博青の腹からあふれる黒い《気》が一瞬で闇よりも濃く変じたかと思うと、命を得たようにどくんと脈打つ。

「ひっ！」

次の瞬間、全身を悪寒に貫かれ、鈴花は悲鳴を上げて思わず珖璉にしがみついた。

「見るなっ！」

見気の瞳がなくとも、珖璉も感じ取るものがあったのだろう。鋭く叫んだ珖璉が、胸元に鈴花の顔を押しつける。鈴花の頭を抱え込んだ珖璉の腕が、鈴花の耳をふさぐかたちになる。だが。

珖璉の腕の隙間から、身の毛もよだつ湿った音と博青の断末魔の悲鳴が、嫌でも耳に入ってくる。

何かを無理やり引き千切り、こね回すような濡れた音と、徐々に消えていく博青の声。いったい何が起こっているのか、恐ろしくて考えたくもない。けれど。

「馬鹿な……っ」

珖璉のかすれた呟きとともに、押さえつける手がわずかにゆるむ。

見てはいけないと理性が叫ぶのに、何が起きているのか確認せずにはいられない本能で、鈴花は震えながら博青がいるはずの場所を振り向いた。

もしかしたら、事切れた博青の血まみれの死体が倒れているのかもしれない。そんな不安に襲われながらも、振り向かずにはいられない。

だが、そこにあったのは。

「え……？」

かすれた声がぽろりと洩れる。

博青の代わりに床の上に転がっていたのは、子どもが丸まった程度の大きさの黒いくろい──夜の闇を切り取って凝縮したような大きな闇色の玉だった。

博青の姿も衣も、一滴の血の痕さえも見当たらない。

ただ、闇色の玉だけが床の上に転がっている。

これが、探していた纏斂墨壺だというのだろうか。

だが、洞淵に説明された纏斂墨壺は、拳よりも小さい玉だったはずだ。何より、博青はどこに消えたのか……。

呆然と玉を見つめる鈴花の目の前で、不意に、ぴしりと玉にひびが走った。

いや、ひとつだけではない。ぴしぴしと玉の表面に幾筋もの線が走っていく。

「鈴花っ！　下がれっ！」

鈴花の身体に回していた腕をほどき、肩を摑んで無理やり後ろに下がらせた珖璉が、蟲封じの剣を手に庇うように前に出る。

同時に、黒い玉が爆発した。

いや、違う。弾けるように玉が割れ、中から巨大な黒い蟲が現れる。

「っ⁉」

異形の姿に鈴花は息を吞む。

形は墨蟲に似ている。三対の脚と四対の長い羽。だが、羽は刀翅蟲のように鋭くきらめき、大きさが尋常ではない。胴体だけで大人三人分の長さは優にありそうだ。羽は天井にこすれそうになっている。この巨体がどうやって玉の中に入っていたのか。

何より――。

「ひ……っ！」

巨大な墨蟲の顔の部分。そこだけ造形を誤ったように博青の顔が張りついているのを見た途端、鈴花は抑えきれぬ悲鳴を上げた。

纏斂墨壺に贄として己を捧げた結果が、この異形だというのか。あまりに恐ろしく、おぞましすぎる。

博青の意識はどれほど残っているのか。口から泡を飛ばしながら音程の外れた哄笑を上げ続ける博青の顔には、理性はもう一片も感じられない。

「鈴花！　蔵の外へ出ろ！」

珖璉の声に、博青であったモノに視線を奪われていた鈴花はようやく我にかえった。

恐怖に凍りついていた身体に血が巡る。

さほど広くもない蔵でこんな巨大な蟲に襲われたらひとたまりもない。

錆《さ》びついたように動かない身体を叱咤し背を向けようとするも、墨蟲が動くほうが早かった。

人の声とは思えぬ叫びを上げた墨蟲が身をくねらせ、こちらへ迫る。

「鈴花！」

どんっと強く背中を押され、たたらを踏む。

前へつんのめりながら、首をひねって後ろを見た鈴花の目に飛び込んだのは、丸太ほどもある脚の一本を蟲封じの剣で斬り飛ばした珖璉の姿だ。傷口から薄墨色の《気》が血のように飛び散るが、墨蟲はまったく痛痒《つうよう》を感じた様子はない。

「とにかくお前は出ろ！」

さらに何十匹もの盾蟲を喚びながら、珖璉が振り返らずに叫ぶ。

蔵から出さえすれば、あの巨体は扉を通ることはできない。鈴花は震える脚を必死に動かし、扉へ駆け寄ろうとする。けれど。

背後で、もはや言葉をなさぬ叫びと巨大な羽が羽ばたく音がする。同時に。

「伏せろっ！」

珖璉の声とともに後ろから抱きかかえられるようにして押し倒される。その勢いのまま、鈴花は珖璉とともに床に転がった。

鈴花達の上に、墨蟲の巨体によって穴を開けられた屋根の破片が、ばらばらと雹《ひょう》のように降ってくる。

すぐ近くに重い音を立てて梁《はり》が落ち、鈴花は珖璉の腕の中でびくりと身体を震わせた。

「珖璉様っ⁉　ご無事ですかっ⁉」

鈴花の上に覆いかぶさった珖璉に問いながら、腕の中から這《は》い出《で》ようとする。だが、珖璉の左腕は鈴花をしっかと抱きしめたままゆるまない。

「珖璉さ――」

首を巡らせ、珖璉を見ようとした鈴花は、広い肩の向こうに、屋根を突き破り青空に巨大な四対の羽をはためかせた墨蟲を捉える。

頭部の博青の顔が、嗤った気がした。

「だめ……っ!」

巨体をくねらせ、珖璉へ迫る墨蟲に、止められぬと知りつつ悲鳴を上げる。珖璉も腕をゆるめて身を起こそうとするが、墨蟲のほうが圧倒的に速い。

「珖璉様……っ!」

間に合わない。わかっていても、珖璉を庇おうと腕の中から抜け出そうとして。

「《龍よ。我が元へ》」

珖璉の美声が、すぐそばで聞こえる。次の瞬間、まばゆい白銀の光が鈴花の目を射った。二丈ほどの長さの白銀の《龍》が、墨蟲に体当たりしてひるませる。

その隙に立ち上がった珖璉の身体から、ぱらぱらと細かな土や木屑《きくず》が落ちる。身を挺《てい》して庇ってくれたのだと、珖璉に続いて立ち上がりながら鈴花は胸が詰まる心地を味わう。

空中で身をくねらせた《龍》が、体勢を整えようとした墨蟲に肉薄し、脚の一本を喰《く》い千切る。さらに追撃を加えようとして。

「鈴花は無事ですか!?」

「珖璉様っ!　いったい何が……っ!?」

蔵の外から聞こえてきた暎睲と禎宇の声に、珖璉が小さく舌打ちして《龍》を還す。

ふつうの蟲は術師以外の者には見えないが、《龍》は別だ。禎宇は珖璉の正体を知っているものの、他の警備兵達を連れてきていたら、珖璉が皇族だと即座にばれてしまう。

蔵の中へ駆け込んできたのは暎睲と禎宇、朔だった。

屋根に穴が空き、壁が半ば崩れた蔵と、博青の顔を持つ巨大な墨蟲を見た三人の顔が驚愕に凍りつく。さすがにこの墨蟲の姿は禎宇達にも見えるらしい。

「これはこれは……」

墨蟲を見上げ、かすれた声を上げた暎睲は、すぐに事情を察したらしい。

「珖璉様に勝てないとわかり、纏斂墨壺に己を贄として捧げたというところでしょうか。自業自得とはいえ、なんとおぞましい……」

眉をひそめた暎睲の面輪には、人であることをやめた博青への同情心よりも、嫌悪感が強く浮かんでいる。

「此奴《こやつ》を後宮に放つわけにはいかぬ。ここで決着をつけるぞ。禎宇、朔。鈴花は任せた」

「「はっ！」」

蟲封じの剣を構え、一歩前へ出た珖璉に代わって、剣を抜いた禎宇と朔が鈴花を背に庇う。

「珖璉様。ご助力いたしましょう」

何十匹もの盾蟲と刀翅蟲を召喚しながら歩を進めた暎睲が鈴花達の横を通り過ぎ、珖璉に並び立つ。

「……好きにしろ」

「ええ。では好きにさせていただきます。禁呪に堕《お》ちた輩を捨て置くなど、蚕家の高弟として見過ごせませんので」

淡々と告げる暎睲の声音には、かつて同輩だった博青への憐憫《れんびん》は感じられない。むしろ、禁呪を取り締まる蚕家の術師でありながら、禁呪に手を染めた博青を蔑んでいるかのような冷ややかさだ。

「お疲れでしたら、珖璉様は下がっていてくださってもかまいませんよ。わたしがひとりで仕留めてみせましょう」

「その結果、おぬしに大きな顔をされるのは御免だな。何より、この蟲を余人に見せるわけにはいかん。後宮中の騒ぎとなるだろう。一刻も早く倒すぞ」

巨大な墨蟲を前にしながら、恐れる様子もなく言葉を交わす二人に、軋むような鳴き声を上げた墨蟲が、巨大な羽を羽ばたかせる。

「《刀翅蟲!》」

墨蟲が動くより早く、暎睲が放った何十匹もの刀翅蟲が墨蟲を襲う。だが、鉄をも斬り裂く羽だというのに、墨蟲が大きすぎるせいで外殻の表面を傷つけるだけだ。

些末な傷など頓着せず、刀翅蟲を纏わりつかせながら墨蟲が珖璉と暎睲へと突っ込んでくる。己が召喚した刀翅蟲で怪我をさせられてはたまらないと、暎睲が一度刀翅蟲の包囲網を解く。

代わって前へ出たのは珖璉だ。

「《盾蟲、来い》」

瞬時に何十匹もの盾蟲を集め、壁のように厚くする。墨蟲がそれに真っ向から突っ込み、跳ね飛ばされた何匹もの盾蟲が宙を舞う。だが、墨蟲の突進は珖璉達に届く前に防がれた。

動きが淀《よど》んだ墨蟲に、盾蟲の壁の陰から飛び出した珖璉が蟲封じの剣を手に肉薄する。

身をよじり、離れようとした墨蟲に、清冽《せいれつ》な白光を宿す刃を振るう。

珖璉は胴体を狙ったようだが、墨蟲がふたたび羽ばたくほうがわずかに早い。

『蟲封じの剣』は脚の一本を切り落とすにとどまる。それでも、鈴花には信じられぬ技量だ。

丸太のような脚が塵と化して消えていく。だが。

「そんな……っ！」

禎宇と朔の後ろから戦いを見守っていた鈴花は悲鳴を上げる。

先ほどは逃げるのに必死で気づかなかったが、斬られた脚が塵と化しても、薄墨色の《気》が、墨蟲本体へ戻ってしまっている。脚を斬られたというのに平然としていたのも納得だ。たとえ足を失っても《気》が戻っているのなら、墨蟲はまだまだ倒れないだろう。

「珖璉様っ！　斬った脚から《気》が本体に戻っています！」

見気の瞳で見えたことを叫ぶと、珖璉と暎睲が息を呑んだ。

「何ら痛痒を感じていないと思ったが……。厄介な」

「すべての脚と羽を切り落として芋虫にでもしますか？」

珖璉の苦い声に暎睲がからかうような声を上げる。だが、整った面輪に浮かぶ表情は硬い。

「おとなしく地に落ちてくれればよいがな。新たに生えてくる可能性もあるぞ」

「今はまだ、《気》の量にも余裕があるとはいえ、もしこのまま戦いが続けば、きりがありませんね……」

術師がその身に宿す《気》の量は、個人差が大きいと珖璉に教えてもらった記憶がある。すべての《気》を使ってしまうと、意識を失う場合もあるのだと。そこまでいかずとも、倦怠感《けんたいかん》で動きは確実に鈍るだろう。

何十匹という盾蟲や刀翅蟲を召喚していながらまだ余裕があるらしい珖璉と暎睲の力

量には驚くほかないが、蟲を大量に召喚するこの戦い方がいつまで続けられるのか、鈴花にはわからない。

「墨蟲から《気》を奪えるような呪具があればいいのだがな……。そう都合よくはいかぬか」

珖璉の苦い声に鈴花ははっと気づく。

この巨大な墨蟲はもともと博青が纏斂墨壺に己を捧げて変化したものだ。なら——。

目を凝らし、墨蟲を観察する。

巨大な墨蟲は、鈴花の目には、薄墨色から闇色まで、濃さを変えながら《気》を纏っているように見える。揺らめく《気》は、まるで炎を纏っているかのようだ。

ゆらゆらと揺れて、輪郭さえおぼろげに見える。だが。

「珖璉様っ、頭です！　博青さんの顔の下に、ひときわ濃い闇色が見えますっ！　もしかしたら、纏斂墨壺があそこにあるのかもしれません……っ！」

鈴花の声に、蟲封じの剣を構えた珖璉が鋭いまなざしを墨蟲に向ける。

「なるほど。《気》を集める源を叩けば、倒せるやもしれんな」

だが、墨蟲は空中に浮いている上に、胴体だけで大人三人分の長さは優にある。どうやってその上にある頭部を狙うのか。

珖璉がちらりと暎睲を振り向いた。

「暎暒、援護しろ。わずかな間でもいい。墨蟲の動きを止めろ」

「かしこまりました」

暎暒が応じると同時に、墨蟲がふたたび動く。

耳をつんざくような叫びに、「《刀翅蟲！》」と暎暒の声が重なる。

先ほどと同じでは、外殻を傷つけるにすぎないのでは、と不安になる鈴花の視線の先で。

刀翅蟲の群れが墨蟲を回り込むように軌道を変える。狙うのは胴体ではなく、その後ろの四対の羽だ。

板のように分厚い羽は、だが外殻よりは硬度が低いらしい。八枚の羽根のうち、刀翅蟲に半分を切り裂かれた墨蟲が空中で体勢を崩す。だが、床に落ちるには足りない。

残った羽をはためかせ、ふたたび舞い上がろうとした墨蟲に。

「《板蟲《ばんちゆう》！》」

床を蹴って跳んだ珖璉が、空中の己の足元に羽を持つ板状の蟲を召喚する。

階《きざはし》のように宙に浮く何匹もの板蟲の背を珖璉が駆け上がり。

「博青っ！　悪足掻《わるあが》きもここまでだ！」

珖璉が蟲封じの剣を墨蟲の頭部、博青の顔の下に突き立てる。

博青の口から絶叫がほとばしり、墨蟲が大きく頭部を振る。

一瞬、珖璉が振り落とされるのではないかと、鈴花は思わず悲鳴を上げた。が、珖璉は剣を放すどころか板蟲の上で体勢を立て直すと、もう一方の手でも柄を握り、さらに深く突き立てる。

びくんっ！　と墨蟲の巨体が大きく痙攣《けいれん》し。

息を詰めて見守る鈴花の目に、ざぁっ、とほどけるように墨色の《気》が散っていくのが映る。同時に、墨蟲の巨体がぐずぐずと溶けていくように形を失い、塵と化して消えてゆく。

床に硬い音を立てて落ちたのは、二つに割れた闇色の玉だ。これこそが本来の纏斂墨壺なのだろう。

ふぅ、と大きく息を吐いた珖璉の長身が板蟲の上で揺れた気がした。鈴花は珖璉が床に落ちたらどうしようと気が気でない。しかし、珖璉は駆け上った時とは逆向きに板蟲の背を踏み、危なげなく下りてくる。

「珖璉様っ！」

居ても立ってもいられず、鈴花は禎宇達の後ろから飛び出し、珖璉へと駆け寄る。

「珖璉様っ、お怪我は……っ!?」

屋根の破片から鈴花を守ってくれた珖璉は、つややかな髪も衣も乱れ、土埃《つちぼこり》で汚れていて、ふだんの麗しい珖璉とは打って変わったひどい有り様だ。

床から拾い上げた鞘に蟲封じの剣を収め、帯に差した珖璉が、険しい表情で鈴花を振り向く。眉を寄せた珖璉の顔を見た途端、凍りついたように足が止まった。

博青に攫われた恐怖と、珖璉が助けに来てくれた喜びですっかり頭から抜け落ちていたが、鈴花は珖璉に呆れ果てられていたのだ。

鈴花が、珖璉のそばに行っていいはずがないというのに。

「あ……」

かすれた声を上げて足を止めた鈴花に、珖璉の腕が伸びてくる。かと思うと、次の瞬間、珖璉に抱き寄せられていた。

「わたしのことなどどうでもよい！　お前こそ無事か⁉　まだ傷が残っているところはないか⁉」

「え……っ⁉」

予想だにしていなかった言葉に、呆けた声が出る。

鈴花を抱きしめる珖璉の腕にぎゅっと力がこもった。

「すまんっ、どれほど詫びても詫び足りぬ……っ！　お前を守るために躑躅妃様に預けたというのに、守るどころか、お前をあんな目に……っ！」

「あ、謝らないでくださいっ！」

聞いているこちらの胸まで痛くなるような声で詫びる珖璉に、鈴花は抱きしめられていてろくに動かせない頭を必死に横に振る。

「きっと罰が当たったんですっ！ いつまでも珖璉様のおそばにいられるはずがないってちゃんとわかってなきゃいけなかったのに……っ！ 忘れて、挙句の果てに珖璉様に見限られて……っ！」

泣いては珖璉に気を遣わせてしまうとわかっているのに、勝手に涙があふれてくる。

と、珖璉が虚をつかれたような声を出した。

「待て、鈴花。いったい何のことを言っている？ わたしがお前をそばから離すことも、見限ることもあるはずがないだろう⁉」

「だ、だって私、暎暒さんに無理やり……っ」

「……ほう。やはり、無理やりだったか」

突然、珖璉の声が氷よりも冷たく、低くなる。しっかと鈴花を抱きしめたまま、珖璉が刃よりも鋭い視線を暎暒へ向けた。

「最初からわかってはいたが……。暎暒、よくもわたしの大切な鈴花を泣かせてくれたな？」

「泣かせてなどおりませんよ。仮に鈴花が泣いたとしても、それはわたしのせいではなく、鈴花を不安にさせていた珖璉様のせいではございませんか？ わたしなら、可愛い鈴花を決して不安になどさせませんのに」

ひるむことなく真っ向から言い返した暎曜に、珖璉が美貌をしかめる。

「減らず口を……っ！　おぬしも墨蟲と一緒に斬っておくべきだったか？」

「こ、珖璉様っ⁉」

突然、とんでもないことを言い出した珖璉に、鈴花がすっとんきょうな声を上げる。

「いったいどうなさったんですか⁉　それより、躑躅妃様や躑躅宮のみなさんはご無事なんでしょうか……っ⁉」

大切なことを思い出し、あわあわと珖璉に問うと、

「大丈夫だ。躑躅妃様達は眠らされていただけで、怪我ひとつ負われておらん」

となだめるように頭を撫でられた。

「というか、誰よりもひどい目に遭ったのはお前だというのに、こんな時でも人の心配とは……」

呆れ交じりの珖璉の声は、だがどこか優しい。

「だが、お前の言う通りだな。躑躅宮だけでなく、後宮全体の様子を確認せねばならん。纏斂墨壺を壊したことで、墨蟲も消えていればいいのだが……」

「で、では、私も連れて行っていただけますか⁉」

美貌を見上げて請うと、珖璉が眉をひそめた。

「しかし、お前は休むべきだろう？」

「ですが、墨蟲を見ることができるのは私だけでしょう? 珖璉様のお役に立ちたいんですっ! お願いします!」

珖璉を見上げて必死に頼み込む。

「それに、その……っ。珖璉様と一緒が――、ひゃっ⁉」

鈴花の身体に回されていた腕が、抱き潰さんばかりに強くなる。

「そんな風に言われたら、決してだめだと言えぬではないか」

吐息をこぼした珖璉が、ゆっくりと腕をほどき、鈴花の手を取る。

「お前が来てくれるのならば心強い。だがよいか。決して無理はするな。疲れたと思ったら、すぐに言え」

鈴花に告げた珖璉が暎睲と禎宇、朔を振り向く。

「禎宇、暎睲の供として、二人で妃嬪様の宮を回れ。騒ぎが収まったとご報告申し上げるとともに――」

す、と黒曜石の瞳が細くなる。

「博青と組んでいた妃嬪がおらぬか、それとなく探れ」

「っ⁉」

珖璉の言葉に、鈴花だけでなく、暎睲達も息を吞む。

「珖璉様は、妃嬪のどなたかが、博青を手引きしたとお考えなのですか?」

整った面輪をしかめて問うたのは暎暒だ。

「確証はないがな。だが、博青は鈴花が躑躅宮に預けられた途端、躑躅宮を襲って連れ去った。しばらく後宮を離れていたにしては、情報を摑むのが早すぎる。数日間、後宮で誰にも見つからず過ごしていたことといい、妃嬪の誰かが博青に手を貸していた可能性は十分にある」

珖璉の言葉に、博青に捕らえられていた時の記憶が甦る。

「は、博青さんは牡丹妃様を……っ。私が人質として役に立たぬなら、次は牡丹妃様を狙うと言っていました……っ！　牡丹妃様に何かあれば、後宮中の妃嬪が喜ぶ、と」

震えながら告げると珖璉が眉をきつく寄せた。

「おそらく、博青と手を組んだ妃嬪は、邪魔になるわたしを博青に殺させた後は、牡丹妃様を襲う気だったのだろうな」

低い声で呟いた珖璉が、暎暒に視線を向ける。

「というわけだ。暎暒、禎宇。怪しい妃嬪がいないか調べてくれ。……わたしを謀ろうとしたのだ。妃嬪を鎌にかけることくらい、お手のものだろう？」

冷ややかに睨みつけた珖璉に、暎暒が肩をすくめる。

「ずいぶんとひどい言われようですね。ですが、お引き受けいたしましょう。牡丹妃様に何かあってからでは遅いですからね」

踵を返し、歩き出した暎暒の後を禎宇が追う。

「朔。お前は牡丹妃様と躑躅妃様に、無事に博青を倒し纏斂墨壺を破壊したと報告してから、後宮の様子を調べてくれ。わたしは墨蟲に取り憑かれていた宮女が押しかけていた医局の様子を鈴花と確認した後、一度部屋へ戻る」

「かしこまりました」

恭しく一礼した朔が、さっと身を翻して駆けていく。朔の背を見送ることもせず、珖璉が振り返って歩み寄ったのは、真っ二つに割れて床に落ちた纏斂墨壺だった。

「茱梅も博青も……。身に余る呪具の力で己の欲望を叶えようとした結果、身を滅ぼしたな……」

誰にともなく低い声で呟いた珖璉が、二つに割れた纏斂墨壺を拾い上げる。

「こ、珖璉様っ！　危なくはありませんか……っ⁉」

心配で思わず駆け寄ると、無造作に纏斂墨壺を懐に入れた珖璉が、鈴花を見やって苦笑した。

「大丈夫だ、何ともない。割れてまで力を発揮するかどうかはわからんが……。洞淵に返して、今度こそ誰も持ち出せぬよう、蚕家の宝物庫の奥に厳重に封じさせよう」

「はいっ」

博青がなぜあそこまで珖璉を恨んでいたのか、鈴花にはわからない。もう聞くこともかなわない。

鈴花と珖璉に向けられていた憎しみのまなざしと博青の最期を思い出すだけで、身体が震えそうになる。と、大きくあたたかな手に優しく指先を握られた。

「おいで、鈴花。もうこんなところにいる必要はない」

気遣いに満ちた優しい声。

もう一度こんな風に声をかけてもらい、手をつなぐことができるなんて、蠍蠋宮で別れた時には想像もしていなかった。

「珖璉様。助けていただき、本当にありがとうございます！　いくらお礼を申し上げても足りません！」

珖璉と手をつないだまま深々と頭を下げると、珖璉が驚いたように目を瞬かせた。

「礼など……。むしろ、お前はわたしを責め立てて当然だというのに……。それより、本当にどこも痛みは残っていないか？　髪も衣も、こんなに乱れて……」

珖璉が鈴花の顔を覗き込む。黒曜石のまなざしが自分に注がれているだけで、かぁっと頬が熱くなり、鈴花はごまかすように口を開く。

「わ、私は大丈夫ですっ。珖璉様が庇ってくださったので……っ。その、珖璉様こそ大丈夫ですか？　身体もですけれど、土埃で大変なことに……」

「……これは、医局に行く前に、お互い身支度を整えたほうがいいやもしれんな」

確かに、男物の服を着ている鈴花が奇異の目で見られるのはともかく、いつも凜と一分の隙なく身を整えている珖璉が今の有様《ありさま》で歩いていたら、宮女も宦官も何事かと驚くに違いない。また新たな騒ぎが巻き起こりそうだ。

「では、先に部屋に戻りますか？」

「ああ、だが……」

先ほどから、珖璉の視線が鈴花から外れない。いったい、どうしたのだろうと思っているると、つないでいないほうの大きな手のひらに、そっと頰を包まれた。

「その……」

鈴花が初めて見る気まずげな表情で視線を揺らしていた珖璉が、覚悟を決めたように鈴花に視線を戻す。

「……本当に、暎睲にくちづけされたのか？」

「っ⁉」

問われた瞬間、反射的にびくりと身体が震えてしまう。頰にふれていた珖璉の手に力がこもったかと思うと。

「んっ⁉」

突然、乱暴に唇をふさがれて、くぐもった悲鳴が飛び出す。

「珖……っ、んんっ！」

上げようとした声を奪うように、くちづけが深くなる。つないでいた手がほどかれ、背中に回ったかと思うと、ぐっと珖璉に抱き寄せられる。ぎゅっと目を閉じ、顔を背けて逃げようとしても、頰から耳朶《じだ》を撫で、頭の後ろに回った手が許してくれない。

あまりに突然のことに、何がどうなっているのかわからない。珖璉の香の薫りと燃えるような熱にくらくらして、意識が遠のきそうだ。

これ以上は窒息してしまうのでは、と鈴花が怖くなったところで、ようやく珖璉の唇が離れた。

「くそっ、やはり暎曜などに鈴花を預けるのではなかった……っ！　鈴花の唇を味わったとは、今からでも斬り捨ててやりたい……っ！」

憤怒に満ちた低い声に、鈴花は珖璉が誤解していることにようやく気づく。

「ち、違いますっ！　いえその、くちづけされたのは本当ですけれど、口にじゃなくて、頰で……っ！」

「……頰？」

珖璉が虚をつかれた声を上げる。

「そ、そうです。墨蟲が飛んでくる方向を確認しようと思って横を向いた時に、左の頰に……。でも……っ」

その時の胸の痛みを思い出し、勝手に涙があふれてくる。

「宮女に取り憑いた墨蟲の反応を確かめるためとはいえ、珖璉様以外の人にされるなんて……。すごく、すごく嫌でたまりませんで――、っ⁉」

みなまで言うより早く、くいと横を向かされ、左頰にくちづけられる。

「こ、珖璉様っ⁉」

鈴花がすっとんきょうな声を上げても、ちゅ、ちゅ、と珖璉が何度も左頰にくちづけする。

「たとえ頰だとしてもやはり許せん。暎睲のくちづけなど、わたしが上書きしてやる」

熱い吐息とともに珖璉が呟いたかと思うと、はむ、と頰を食《は》まれ、今度こそ悲鳴が飛び出す。

「こ、ここ珖璉様っ⁉　食べないでくださいっ！」

「この程度、食べるうちにも入らぬだろう？　食べるというなら――」

珖璉の声が熱くかすれる。頰から唇が離れ、ほっとしたのも束《つか》の間《ま》、珖璉を振り向いた鈴花にふたたび美貌が下りてくる。

先ほどよりは優しい、けれども熱のこもったくちづけ。

「鈴花」

くちづけの合間に耳に心地よい声で名を呼ばれるだけで、幸せで気が遠のきそうになる。そっと耳を撫でた指先がくすぐったくて、変な声が洩れてしまう。

かすかな声に触発されたように珖璉のくちづけが深くなり、ゆっくりと耳朶を辿った指先が首元へ下り――。

無意識に首にかけられた縄を思い出して、鈴花はびくりと肩を震わせた。

途端、珖璉が我に返ったように手を離す。

「あの……っ」

身体が震えてしまったのは、決して珖璉のせいではない。誤解させたくなくて必死に説明しようとすると、「わかっている」と優しく頭を撫でられた。

「わたしが不用意だった。お前は何も悪くない。むしろ、我に返らせてくれて助かったと、礼を言わねばならんほどだ」

鈴花が気に病まぬようにだろう。珖璉がおどけるように笑みを見せる。と、黒曜石の瞳に真剣な光が宿った。

「鈴花……。わたしは、お前にまだ話せていないことがある。話せば、お前を望まぬ権力争いに巻き込んでしまうのではないかと。いや……」

珖璉の美貌に、自嘲の笑みが浮かぶ。

「わたしは恐れているのだ。お前が嫌になってわたしのそばを離れてしまうのではないかと……」

「そんなこと……っ！　私が珖璉様のおそばを離れたいと願うなんて、絶対にありえませんっ！」

「ああ、わかっている。わたしの杞憂にすぎないと……。だが、そんな懸念に囚われてしまうほど、お前を離したくないのだ」

証明するかのように、珖璉がぎゅっと鈴花を抱きしめる。

「虫のいい願いだとわかっている。だが、それでも……。鈴花、わたしがお前をそばから離すことは決してない。それだけは信じてほしい。そして……。お前に話せるようになるまで、もう少しだけ待ってくれるか？」

「はい……っ！」

考えるより早く、きっぱりと頷く。

「珖璉様がそうおっしゃるのでしたら、その日が来るまで、ずっと待ちます……っ！」

迷いもなく、断言する。

珖璉も、鈴花と一緒にいたいと願ってくれている。それだけで、涙があふれそうなほど嬉しくて。

「まったく……。即座に頷くとは、お前は本当に甘くて人が好いな。だが……、そんなところも、愛おしい」

蜜よりも甘く微笑んだ珖璉が、ちゅ、ともう一度くちづけを落とす。

「では、行くか」

「はい……っ」

腕をほどいた珧璉に手を引かれるまま、鈴花は蔵を後にした。

◇　◇　◇

纏斂墨壺による騒動が終わった二日後。

鈴花は牡丹妃主催の茶会に珧璉の侍女として控えるために、朝から躑躅宮で侍女に手伝ってもらって支度をしていた。

珧璉と禎宇、朔はすでに牡丹妃の元へ行っている。鈴花だけが躑躅宮に来ているのは、初めて着る立派な衣装なら、手伝いがあったほうがいいだろうと珧璉が判断したためだ。さすがに禎宇や朔に鈴花の支度を助けてもらうわけにはいかない。

一昨日、珧璉と一度部屋に戻り、お互いに身なりを整えてから医局に行ってみたが、医局は閑散としていた。

医師達に話を聞いたところ、しばらく前に急に宮女達が悪い夢から醒《さ》めたかのように正気に戻り、三々五々、自分の持ち場へ戻っていったのだという。おそらく、纏斂墨壺が破壊されて墨蟲が消えたためだろう。

念のため、珧璉と少し後宮を回ったが、墨蟲は一匹も見つからなかった。

二つに割れた纏斂墨壺は、夜に王城から後宮へ来た洞淵に渡され、蚕家で厳重に保管されることとなった。巨大な墨蟲のことを聞いた洞淵は、

『え～っ！　珖璉達だけズル～イ！　禁呪で生まれた巨大な墨蟲なんて、ワタシも見たかった～っ！』

と大騒ぎし、珖璉に、

『肝心な時にいなかったくせに文句を言うなっ！　そもそも、茱栴が呪具を無断で持ち出せたのもお前の管理が悪かったせいだろう⁉　割れた纏斂墨壺にどれほどの力が残っているのかはわからんが、今度こそしっかりと蚕家の宝物庫の奥深くに厳重にしまうのだぞ⁉』

と険しい顔で叱られていた。鈴花としても、今回のような騒ぎは、もう二度と起こってほしくない。

桂花妃に命じられた茶会の日までに何とか解決できて、本当によかった。

珖璉から聞いたところによると、今回の事件は表向きには、後宮内で流行り病が発生したというかたちで処理されるそうだ。十三花茶会の夜、目の前で茱栴の禁呪を見た妃嬪や侍女達はごまかしようがないが、多くの宮女や宦官達は禁呪のことは何ひとつ知らない。

ましてや、捕らえられていた博青が蚕家を脱獄して後宮に忍び込んだなど、公にでき

るはずがない。

「鈴花、支度はできまして？」

「は、はいっ！」

扉の向こうから躑躅妃の声が聞こえ、ぼんやりしていた鈴花はあわてて返事をする。ちらりと支度をしてくれていた年かさの侍女達を見ると、「大丈夫ですよ」と言わんばかりに頷かれた。

侍女が扉を開け、躑躅妃が入ってくる。鈴花の姿を見た躑躅妃が目を瞠った。

「まぁっ、鈴花！　とっても愛らしいわ！」

「い、いえっ、とんでもないですっ！　私なんて……っ！」

躑躅妃の言葉に、鈴花は千切れんばかりにかぶりを振る。

今日、鈴花が着ているのは、牡丹妃から贈られた薄紅色の衣だ。珖璉の侍女として初めて公の場に出るのだから、と、十三花茶会のお礼も兼ねて、という名目で贈ってくれたのだが、綺麗に染められた綿の真新しい衣なんて、どう考えても自分に似合うはずがない。

一方、にこにこと鈴花を見つめる躑躅妃は、冠せられた名の通り、金糸で刺繡《ししゅう》がほどこされたあざやかな躑躅色の衣を纏っていて、まさに咲き誇る躑躅のようだ。華やかな美貌にあでやかな衣がよく似合っている。

恐縮しきりの鈴花に、「まあ、何を言うの？」と鄭蜀妃が優雅に小首をかしげる。

「よく似合っていてとっても素敵よ。その衣は牡丹妃様が贈ってくださったのでしょう？　さすが牡丹妃様ですわ。鈴花に似合うものをご存じね。とても素敵よ」

「は、はい。そうなんです。とっても素敵な衣で……。だからこそ、私なんかが着ているのが申し訳なくて……」

こんな華やかな衣なんて着たことがない。居心地の悪さに身を縮めていると、

「だめよ、鈴花。しっかりと背を伸ばさなくては」

と、すかさず鄭蜀妃に注意をされた。

「あなたの気持ちはどうであれ、あなたは珖璉様の侍女なのよ。珖璉様のためにも、侮られるわけにはいかないでしょう？」

「は、はいっ！」

鈴花は弾かれたように背筋を伸ばす。

珖璉のために。そう思うだけで、どんなことでもできるような気がしてくるのだから、我ながら現金だ。

「できの悪い侍女がいる」と珖璉が非難されぬためにも、珖璉の侍女に恥じないふるまいをしなくては。

緊張した面持ちの鈴花に、鄭蜀妃がくすりと笑う。

「そんなに心配しなくても大丈夫よ、今日のあなたはいつも以上に可愛らしいもの。あとは、自信を持って堂々とふるまうだけよ。わたくしがお手本になってあげる」

「あ、ありがとうございますっ！　頑張ります……っ！」

たった一回だけだが、躑躅妃に礼儀作法の講義を受けておいて本当によかったと思う。

「さあ、行きましょうか」

躑躅妃に促され、躑躅宮の三人の侍女達の後について宮を出る。躑躅色を基調としたあでやかな衣を纏う一団は、まるで花の精が現れたかのようだ。きっと茶会の場に行けば、華やかに着飾った他の妃嬪達と侍女達とで、目がくらむほどまばゆいに違いない。

牡丹を愛でる会という名目のため、会場は牡丹宮の近くだ。近づくにつれ、すでに会場に着いている妃嬪達のさざめきが聞こえてくる。

本来なら、下位の中級妃達が集まってから上級妃達が会場入りするのだが、今回の茶会は牡丹妃が主催のため、牡丹妃はすでに会場に並べられた卓のひとつについていた。

両隣を着飾った珖璉と暎睲が守っているので、牡丹妃自身の美しさと相まって、そこだけ天から光が降りそそいでいるかのように、ひときわまばゆい。妃嬪や侍女達がうっとりと珖璉と暎睲を見つめている。

牡丹妃のつわりがひどいと珖璉から聞いていたので心配していたが、七日ぶりに見た牡丹妃は、少しだけ痩せた気がするものの、見る者の心を捉えるあでやかな笑みはそのままで、鈴花は心の底からほっとする。

無事、今日の茶会の日を迎えられて本当によかった、と改めて喜びが湧いてきた。

ちなみに皇帝陛下も少し顔を出されるとのことだが、茶会の最後のわずかな間だけだと事前に珖璉に教えてもらっている。

珖璉いわく、牡丹妃が皇帝陛下の寵愛を受けていると示すために顔を出すだけで、長居するつもりは端からないそうだ。寵を争う妃嬪達の戦いに巻き込まれるのは御免というわけらしい。

珖璉達の後ろには、牡丹妃の護衛についている影弔と銕延が控えている。銕延の姿を見た躑躅妃が花ひらくように嬉しげな笑みを浮かべ、いそいそと牡丹妃が座す卓の前へ挨拶に進み出た。

躑躅妃や侍女達が腰を折るのに合わせて、鈴花も習った通りに頭を下げる。躑躅妃が口上を述べた。

「牡丹妃様。本日は素晴らしいお茶会にお招きいただき、誠にありがとうございます。本当に見事な牡丹の数々でございますね。牡丹妃様におかれてはこれからもあでやかに咲き続けられることを心よりお祈り申し上げます」

上辺だけでなく心から真摯に言祝《ことほ》ぐ躑躅妃の言葉に、牡丹妃が嬉しげに声を上げる。

「ありがとう、躑躅妃。そう言ってもらえて嬉しいわ。今日はゆっくりと楽しんでちょうだいね。もしひとりで牡丹を愛でて散策したいということでしたら、わたくしの護衛を貸し出しますわ」

ちらりと牡丹妃が後ろに控える銕延を振り返る。

「まぁっ！　ありがたき幸せでございます。本当に見事な牡丹ですもの。後でじっくりと愛でさせていただきますわ」

あでやかに微笑んだ躑躅妃が、次いで珖璉に視線を移す。

「珖璉様。お預かりしていた大切な侍女をお返しいたしますわ。いかがでしょう？　わたくしの侍女達の腕前は」

楽しげに告げた躑躅妃が、鈴花の手を取って自分の隣へ連れてくる。

まさか前に引き出されるとは思っていなかった鈴花は、驚きに声を上げそうになるのをかろうじて我慢した。

が、躑躅妃に話しかけられた珖璉は、鈴花を見下ろしたまま無言だ。見惚れずにはいられない美貌は、凍ったように動きを止めている。

やっぱり、鈴花なんかが立派な衣装を着ているなんて、分不相応すぎて呆れて声も出ないんだ……。と、泣きそうになっていると、牡丹妃がはずんだ声を上げた。

「見違えたわ、鈴花！　薄紅色の衣を着てお化粧をしていると、どこからどう見ても愛らしい侍女ね！」

「ほぇっ⁉」

予想だにしない褒め言葉に、ついにすっとんきょうな声が出てしまう。

「こんなに可愛らしくなるなんて、贈った甲斐《かい》があったわ！　ねぇ、珖璉もそう思わないこと？　……珖璉？」

黙りっぱなしの珖璉を不思議に思ったのか、椅子に座す牡丹妃が、隣に立つ珖璉をいぶかしげに見上げる。

が、牡丹妃の声が聞こえていないかのように、珖璉は黙したままだ。代わりに口を開いたのは、優雅に微笑む暎曜だった。

「おっしゃる通り、本当に愛らしいですね。牡丹妃様が大輪の牡丹とすれば、鈴花は野辺で風に揺れる桜草と言ったところでしょうか？　愛らしさに、つい手を伸ばして摘みたくなってしまいます」

「ならん！」

暎曜の言葉に、弾かれたように珖璉が鋭い声を上げる。ようやく我に返ったらしい珖璉が、刃のようなまなざしで暎曜を睨みつけた。

「言ったはずだ。わたしの大切な侍女に手を出すことは決して許さんと。もし、ふたたび鈴花を泣かせてみろ。今度こそ、首を斬り飛ばしてくれる」

冷ややかな圧を放ち、剣呑《けんのん》極まりない表情で告げる珖璉に、鈴花のほうが驚いてしまう。どう考えても、首を斬り飛ばすのは物騒すぎる。

が、牡丹妃はすぐ隣で珖璉が怒気を放っていても泰然としたものだ。

「あら。わたくしの知らないところで何があったのかしら？　気になって仕方がないわ」

うふふふ、と楽しげに笑みを覗かせるさまは、大物というほかない。

「珖璉。牽制《けんせい》をするのも大事だけれど、それよりも大切なことがあるでしょう？　ほら、鈴花が不安そうな顔をしているわ。何も言ってあげないの？」

牡丹妃の言葉に、珖璉がはっと息を呑む。と、真剣な表情で鈴花を振り向いた。

じっと鈴花を見つめる熱のこもったまなざしに、思わずたじろぎそうになってしまう。

「あ、あの……？」

「見惚れて、声も出ないほどに愛らしい」

「ふぇっ⁉」

突然、思いもかけないことを言われ、息が止まりそうになる。一瞬で、ぼんっと顔ばかりか全身が熱くなったのがわかった。

が、珖璉は鈴花にかまわず言を継ぐ。

「いつも愛らしいが、それ以上に可憐《かれん》で、夢ではないかととっさに言葉が出てこなかった。不安にさせてしまったのなら、すまぬ」

困ったように笑った珖璉が、そっと手を伸ばして鈴花の頬にふれる。鈴花だけに向けられた甘い笑みに、気が遠のきそうだ。ぱくぱくと水揚げされた魚みたいに口を開閉するだけで、何も声が出てこない。

まさか、珖璉がこんなことを言うとは、誰ひとり予想していなかったのだろう。

躑躅妃や暎瞿、禎宇達はもちろん、牡丹妃までもが目を瞠っている。躑躅妃の後ろの侍女達は珖璉の笑みにあてられて、今にも気絶しそうになっていた。

最初に衝撃から回復したのは牡丹妃だった。

「まさか、珖璉がこんなことを言うようになったなんて、本当に感慨深いこと……。ふふっ、今日の茶会は、珖璉は牡丹を愛でるどころではなさそうね」

「牡丹妃様のおっしゃる通りです」

どう考えても牡丹妃の冗談だろうに、珖璉が大真面目な顔で答える。

いったいどうしたのだろう。事件が解決して、いろいろなものがゆるんでいるのだろうか。おずおずと口を開く前に。

「鈴花。今日は牡丹より何より、愛らしいお前を愛でさせてくれ」

蜜よりも甘く珖璉に微笑まれ、果たして今日は気絶せずにお茶会を乗り切れるのかと、鈴花は本気で心配になった。

あとがき

このたびは『迷子宮女は龍の御子のお気に入り』第二巻を手に取っていただき、誠にありがとうございます。

一年以上お待たせしてしまいましたが、生まれて初めて書き下ろしの本を出すことができました！　これも第一巻をお読みくださった皆様のおかげに他なりません！　厚く御礼申し上げます。

私自身、もう一度鈴花や珖璉達に会うことができて、本当に楽しく執筆しました。一巻を出した時には、まさか二巻を書かせていただけるとは思っていなかったのですが……。某人物を生き残らせておいてよかったと、心から思いました（笑）。

今回も、新井《あらい》テル子《こ》先生には素晴らしいカバーイラストを描いていただき、いくら感謝しても足りません。イメージはラストの茶会のシーンなのですが、鈴花がこんなに綺麗な衣装を着られるようになるなんて……っ！　と感慨深いです。

また、二月より『少年エースplus』様にて、和久田若田《わくたわかた》先生によるコミカライズ連載が始まりました！　美麗極まる珖璉や、表情豊かな鈴花達をぜひぜひご覧くださいませ！　漫画ですので、今までビジュアルが出ていなかった禎宇や朔、洞淵達も素敵に描いていただいております！　ほんとイケメン達ばかりで眼福です……っ！

さらに、角川文庫様より、『迷子宮女』の二巻と同時発売で『夫君殺しの女狐《めぎつね》は幸せを祈る』という恋愛ファンタジーを出していただいております。こちらは『迷子宮女』とは違う世界観での中華風あやかし婚姻譚《たん》なのですが、書き下ろし続刊といい、同時発売といい、初めてづくしで、こんなに嬉しいことがあっていいのかとどきどきが止まりません……っ！

初めての書き下ろしということで、今回も編集様達にはたくさんのアドバイスをいただきました。本当にありがとうございます。また、この本が皆様のお手元に届くまで携わってくださった方々にも、厚く御礼申し上げます。

いつも応援してくださる創作仲間や家族にも、たくさんのありがとうを。へっぽこな私を支えてくださり、本当にありがとうございます。

何より、この本を手に取ってくださった皆様に心から感謝いたします。

叶うことなら、珖璉の実家のごたごたや、珖璉と暎睲のさらに火花を散らすやりとりも書けると嬉しいので、多くの方々に手に取っていただけたらと願っております。何より、鈴花と珖璉のいちゃいちゃをもっとたくさん書きたいです！

また別の物語でも皆様とお会いできることを、心より願っております。

＜初出＞

本書は書き下ろしです。

この物語はフィクションです。実在の人物・団体等とは一切関係ありません。

メディアワークス文庫

迷子《まいご》宮女《きゅうじょ》は龍《りゅう》の御子《みこ》のお気《き》に入《い》り2

～龍華国後宮事件帳《りゅうかこくこうきゅうじけんちょう》～

綾束《あやつか》 乙《きのと》

2024年4月25日　初版発行

発行者　山下直久
発行　株式会社KADOKAWA
〒102－8177　東京都千代田区富士見2－13－3
0570-002-301（ナビダイヤル）
装丁者　渡辺宏一（有限会社ニイナナニイゴオ）
印刷　株式会社暁印刷
製本　株式会社暁印刷

●お問い合わせ
https://www.kadokawa.co.jp/（「お問い合わせ」へお進みください）
※内容によっては、お答えできない場合があります。
※サポートは日本国内のみとさせていただきます。
※Japanese text only

※定価はカバーに表示してあります。

Printed in Japan
ISBN978-4-04-915618-8 C0193

メディアワークス文庫　https://mwbunko.com/

本書に対するご意見、ご感想をお寄せください。

あて先
〒102-8177　東京都千代田区富士見2-13-3
メディアワークス文庫編集部
「綾束　乙先生」係

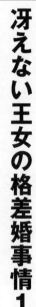

私はただの侍女ですので

ひっそり暮らしたいのに、騎士王様が逃がしてくれません

日之影ソラ

今世はひっそり生きようと思ったのに、
最強の騎士王様に求婚されました。

　魔法使いの名門公爵家に生まれながら魔法の才を持たないと虐げられてきたイレイナ。屋敷では侍女扱いだが、その正体は古の女王の前世を持つ最強の魔法使いだった！

　前世で国と民に尽くしたものの悲惨な最期を迎えたイレイナは、今世は目立たず自分のために生きようと力を隠していた。しかし、参加させられたパーティーで出会った騎士王・アスノトに婚約者にならないかと迫られて――!?

　ひっそり生きたい最強令嬢と彼女を手に入れたい騎士王様のチェイスラブロマンス！